CU00881461

A FONTE

C. LUIS

Traduzido por
FERNANDA MIRANDA

PREFÁCIO

Celas feitas de vidro cobriam os longos corredores brancos, as luzes dos seus sensores piscando e se apagando. Em uma dessas celas, uma jovem de pele macia e intocada pela luz do sol estava sobre uma cama. Fios de longos cabelos negros se derramavam sobre o travesseiro de linho branco. Em seu rosto em forma de diamante, maçãs do rosto delicadas se erguiam acima dos lábios rosados e cheios.

Ela estava deitada quieta demais, vestida com uma camisa branca de mangas compridas e calças. Somente quando ela respirava e os lençóis se mexiam, ela revelava algum sinal de vida. Uma coleira de aço estava apertada em seu pescoço, pequenas luzes verdes ao longo da borda externa piscando na superfície junto com sua respiração. Esse piscar também imitava o padrão de luzes semelhantes no canto da sala, perto da porta de entrada. Quando o verde ficou amarelo, o corpo da mulher pareceu relaxar. Seus músculos antes rígidos se descontraíram, permitindo o movimento mais uma vez.

Seus olhos se abriram.

— Olá? — a mulher sussurrou, olhando para o teto branco. Ela estava sozinha, mas algo a havia despertado. Ela olhou em volta, agora se lembrando de onde estava com uma certeza agonizante. Seus sonhos forneciam a única fuga dessa realidade.

O mesmo dia se repetia constantemente - testes e exames. Ela se lembrou de um lampejo de seus dias iniciais, sentada diante de um homem de branco. Suas irmãs os chamavam de Jalecos. Alguns usavam um uniforme preto ou azul com estranhos emblemas vermelhos na lateral do braço. Aqueles eram os guardas, que a traziam para a sala onde os testes eram realizados.

Os testes eram sempre os mesmos.

Havia sempre uma parede entre eles, a metade inferior sólida e a metade superior de vidro. O Jaleco fazia perguntas usando apenas sua mente e permitia que ela lesse seus pensamentos. Ela achava esse um jogo chato; ela sempre respondia corretamente.

Às vezes, ela ficava instável; era assim que eles chamavam. O nariz dele começava a sangrar, e um sorriso se formava em seus lábios até um choque violento percorrer seu corpo. Então ela caia. Era isso o que a coleira fazia quando a ativavam. Isso acontecera no dia anterior, e ela ficara em seus aposentos, parada como uma estátua e incapaz de se mover, desde então. Talvez esse fosse seu castigo. É claro, eles queriam controle total sobre os que estavam em contenção.

Ela era, afinal, uma prisioneira dos homens de jaleco branco. Ela era especial, eles haviam dito. Ela estava entre os poucos que podiam falar com *eles* - as criaturas nos contêineres, os mesmos seres que ela encontrava em seus sonhos.

Ela havia ouvido uma voz chamando-a logo antes de abrir os olhos, ou estivera tudo dentro de sua cabeça? Ela puxou o lençol de algodão do corpo, virou para o lado da cama, passou as pernas pela borda e sentou-se.

Maya. Desta vez, ela tinha certeza de que ouvira. Um sussurro em algum lugar, escondido atrás dela ou mesmo viajando pelas aberturas da ventilação. Não, estava dentro da cabeça dela.

O pequeno quarto que ela ocupava não tinha janelas, apenas a porta de vidro transparente revelando o corredor externo - forte e esterilizada. Ela conhecia as dimensões do corredor de cor. Ela vira isso em seus sonhos.

Maya. A voz estava claramente dentro da sua cabeça. Alguém estava tentando alcançá-la.

— *Quinn?*

— *Sim...*

— *Eu estou te ouvindo. Onde você está?*

* * *

— *Quem é você?* ela havia perguntado daquela primeira vez.

— *Alguém que te ama. Você não sente isso?*

O choque da coleira a fizera se sentar de súbito. Uma agulha perfurou sua pele, e a voz dele desapareceu.

Ele encontrava sua mente durante os testes e experimentos - sua primeira indicação de que ele era real. A coleira e suas agulhas subjugavam suas habilidades e o vínculo entre eles. Controle. Ele havia ensinado a ela a habilidade, o ofício de sua conexão e, com o tempo, ela havia dominado certas habilidades.

— *Você está ficando mais forte* — ele a havia dito com orgulho.

A vida deles se desenrolou em sua mente e uma vasta civilização floresceu; ela fazia parte desse mundo. Ele ficou ao lado dela, segurando-a nos braços e observando o mundo com ela.

— Uma vez tivemos uma vida juntos — disse ele. — Viemos das estrelas. Muito foi perdido. Incluindo entes queridos. — Ele se virou para olhá-la. — Mas eu te encontrei novamente.

— O que aconteceu com o nosso mundo? — Ela sabia que agora era isso o que via diante deles — um planeta outrora rico e bonito, seus recursos reduzidos e esgotados a vastos aterros de lixo. O ar ficava mais ralo, tornando-se insuportável. Incêndios tomaram o lugar dos campos verdes, destruindo as poucas colheitas restantes. O céu escurecia e as tempestades aumentavam. Eles ficaram assistindo ao desenrolar de tudo.

— Tomamos e tomamos até que não houvesse mais nada para usar. Matamos tudo pelo poder e, à beira de encontrar uma solução - nossa mais importante descoberta - apenas criamos mais caos.

Cristais iluminavam uma nave que entrava na vasta extensão do espaço, da lateral escorria um piche preto manchava a superfície do piso do local e das câmaras de hibernação.

— Eles são lindos — disse ela.

— Eles são mortais... — ele sussurrou. — Destruímos nossa única casa. Os cristais só trouxeram doenças e o piche veio depois. — Ela encontrou tristeza na voz dele, decepção nos seus olhos roxos.

Quando eles estavam juntos, parecia que eles existiam sozinhos em outro plano; sua conexão havia alcançado um vínculo mais profundo que nem os Jalecos podiam detectar ou possivelmente entender. O mundo que ele havia conhecido agora se fora; ela sabia disso porque ele sabia. A busca de seu povo por um novo lar os trouxera à Terra — e a ela.

— *Estou perto. Mais perto do que você pensa, meu amor... Venha para mim. Está na hora.* — Suas palavras a trouxeram de volta a essa realidade - uma realidade que ela odiava.

Ela se levantou da cama, as pregas de um uniforme de linho branco acariciando sua forma. As marcas vermelhas no colarinho eram idênticas às dele. A estrutura de metal da cama havia sido gravada com linhas simples para registrar seu tempo lá. Quantos dias haviam se passado? Quantos anos? Ela havia arranhado dezoito linhas no metal antes que ele a encontrasse e depois havia parado de contar os dias; ela não podia ter certeza de quantos mais tempo perdera dentro dessas paredes.

— *Venha para mim, Maya. Por favor* — ele implorou. — *Eu preciso de você mais do que nunca. Não deixe que eles nos separem por mais tempo. Quero você aqui. Venha até mim. Por favor...* — Ela sentia falta dos braços dele e ansiava pelo conforto da presença dele nessa realidade.

— *Também sinto sua falta. Eu te amo.* — Uma onda de energia inundou seu corpo, estendendo-se de um lugar desconhecido onde ele morava na escuridão, como uma corrente elétrica se estendendo de um extremo ao outro até que estivessem ligados, mental e espiritualmente. O "distúrbio genético", diziam os Jalecos. Para ela, era amor.

— *Como? Eu não posso...* — Ela congelou.

— *Sim, você pode. Confie em mim* — ele disse.

Ela pressionou o rosto contra o vidro da porta, sentindo a energia correr pelas pontas dos dedos. A fechadura acima da porta estava eletricamente carregada, o mecanismo operando exatamente como a coleira em volta do seu pescoço. Ela estendeu a mão para tocar a coleira de metal. Seus dedos totalmente carregados enviaram um choque através dela, e ela caiu com um ruído aos seus pés.

— *Juntos somos mais fortes* — ele sussurrou. Eles haviam praticado o ato repetidamente; várias vezes, ela sofrera a força do choque poderoso, que a deixava imóvel pelo resto do dia. Eles haviam aprendido como mudar o padrão. Então ela descobrira um breve momento em que o colar estava menos ativo dentro da cela.

— *Juntos somos mais fortes. Eles não conhecem a força do nosso poder.*

O interruptor acima piscou e a porta trancada se abriu.

Ela entrou no corredor, tetos e paredes brancos se estendendo em cada direção. Quartos como o dela alinhavam-se no corredor.

— *Não tenha medo* — disse ele. — *Maya, depressa. Não há tempo a perder...*

Ela correu para um extremo do corredor; acima dela, a saída de ar sacudiu. Os parafusos caíram lentamente dos soquetes no chão, cada um deles aterrissando com um baque leve na palma da sua mão aberta. A grade sobre a abertura se seguiu. Maya a pegou rapidamente e a colocou no chão. Então ela pulou para agarrar a borda do duto de ar, ergueu-se até ele, e desapareceu na escuridão.

— Eu estou indo — ela sussurrou.

Os dutos compunham um vasto labirinto, voltas e mais voltas que se abriam a todos os corredores onde guardas patrulhavam. Maya desprezava aqueles brutos.

Ela se arrastou para frente, a voz dele liderando o caminho. — *Não tenha medo. Quando você estiver aqui, ficaremos juntos para sempre e ninguém nos separará...* — ele a encorajou.

A imagem de um jovem vestido com roupas de couro preto brilhou em sua mente; ele a esperava. Ele estava lá em seus sonhos e pensamentos. Seu rosto era branco-amarelado, mechas de cabelo escuro cortadas curtas e práticas. Seus olhos roxos amendoados a olhavam de algum lugar escuro.

O uniforme dela prendeu em um parafuso solto nas paredes do duto, rasgando quando ela o puxou. Vozes distantes chamaram sua atenção, levadas até ela por uma abertura nas proximidades. Ela se inclinou na direção da grade para olhar mais de perto.

A sala era grande e branca, cheia de equipamentos de laboratório. Um grande recipiente continha uma figura, vestida com um uniforme de couro escamoso, sentada dentro dele. Ela reconheceu o uniforme. Quinn usava um igual.

— Cuidado — uma voz masculina avisou. No outro lado da sala, ela percebeu o movimento de um braço mecânico. Ela não conseguia ver claramente o que estava acontecendo.

— As células estão se partindo. Está funcionando! — outro homem exclamou do outro lado da sala. — Parabéns, Dr. Nicholson. Parece que o procedimento foi um sucesso.

— Eu nunca tive dúvidas — respondeu uma terceira voz muito mais sombria.

— Você sabe o que criou aqui, senhor? Nós devemos notificar a Companhia imediatamente...

A conversa se esvaiu quando Maya perdeu o interesse e se preparou para seguir em frente pelo duto. Ela não conseguiria avaliar o escopo completo do que havia acontecido de sua posição no duto de ventilação, não importava o quanto ela olhasse.

Ela parou quando um baque alto seguido pelo estalo de vidro quebrado se ergueu da sala, e ela olhou para trás para espiar pela grade mais uma vez. Um corpo jazia no chão abaixo dela, então ela ouviu outro estrondo. Faíscas voaram e fumaça subiu pelo quarto.

Um grito sufocado brotou de sua garganta, mas ela cobriu a boca com a mão. Outra figura estava agora sobre o corpo imóvel enquanto as chamas subiam, consumindo e destruindo tudo dentro das paredes brancas.

A figura, quase indiscernível, olhou para a abertura. Maya tinha certeza de que ele a via, podia senti-lo olhando profundamente em seus olhos escuros. Por um momento, ela não pôde se mover; os lábios dela tremeram. Então o homem se foi.

Maya se apressou pelo duto. Um alarme soou e luzes brilharam de todas as direções. — *Atenção! Formas de vida alienígenas foram detectadas.* — O som mecânico do sistema de aviso do computador ecoou pelas aberturas de ventilação. — *Formas de vida alienígenas foram detectadas no Setor 10. Atenção! Possível contaminação...*

Ela chegou ao fim da abertura e derrubou a grade antes de descer. Um espaço grande e escuro se espalhou diante dela, as lâmpadas do teto acima provendo uma luz fraca e ineficaz. Em todas as direções, fileiras e fileiras de contêineres continham figuras sem vida, flutuando em uma substância líquida dentro do vidro transparente.

— *Maya* — ele chamou. Ela se moveu rapidamente pelos contêineres, que sacudiram quando passou por eles.

Os alarmes ainda soavam em todas as direções.

Ela se apressou, sentindo-o mais perto do que nunca. Por um momento, ela teve que parar e cair de joelhos, sentindo-se subitamente fraca. Os recipientes tremiam e balançavam, rachaduras aparecendo em pedaços dos vidros. Vapor e fluido se derramaram através das fissuras, que estalaram e verteram mais líquido através das rachaduras que se alargavam rapidamente.

Maya se virou para assistir aos outros recipientes se esfumaçarem e assobiarem. Então, um após o outro explodirem em incontáveis pedaços, enchendo a sala com uma névoa gelada.

A voz no interfone falou novamente:

— *Atenção! Todos os contêineres do Setor 12 foram violados. Formas de vida alienígena foram detectadas. Advertindo todo o pessoal. Protocolo de evacuação ativado. Todo o pessoal, o protocolo de evacuação foi ativado. Atenção! Formas de vida alienígenas foram detectadas.*

Lindos rostos pálidos, com mechas de cabelo emaranhadas e vestidos com uniformes de couro escuro surgiram atrás dela. Maya lutou para se levantar, mas não conseguiu se erguer, o medo a paralisara com a visão.

— *Maya.* — Ele emergiu das figuras circundantes e estendeu a mão para ela. Os outros se espalharam pelos corredores.

— Maya — disse Quinn em voz alta —, nós fomos mantidos separados por tempo demais, meu amor.

Ela pegou a mão dele e ele a puxou para perto.

— *Formas de vida alienígenas detectadas no Setor 10. Todas as celas dos prisioneiros foram violadas.*

— Eu esperei por esse momento por muito tempo. Sentir você nos meus braços, tê-la ao meu lado. Minha amada Maya. Eles pagarão por nos manter separados. — Ele a levantou nos braços quando o teto acima deles começou a desmoronar.

— Queimem tudo! Destruam tudo! — ele gritou. O teto caiu e, através da brecha, os seres subiram aos céus. Em seus braços repousavam as mulheres que haviam resgatado - prisioneiras como Maya - amigas, irmãs.

Quinn subiu com eles enquanto o prédio, sua prisão, desmoronava e queimava. O céu estava cheio dos anjos dos seus sonhos. Maya fechou os olhos, agarrando-se ao abraço de Quinn enquanto ele a levantava aos céus.

1

O DESTINO DE BELLE

M*arço, dias atuais*

O avião pousou em Houston, Texas. Papai havia dito que ele e mamãe chegariam mais tarde naquele dia. Eu havia dito que era estranho, eu ir sozinha. Eu não havia gostado nada. Mas não podia questionar. Eu aprendera desde muito cedo a nunca questionar as decisões dos meus pais.

— Um carro estará lá para buscá-la — ele havia dito. Ele entregara minha bagagem ao motorista, que a colocara no porta-malas. — Apenas espere lá fora.

Então o motorista abrira a porta do passageiro do Range Rover preto e meu pai me conduzira até ele.

— Você não vai estar lá? — eu havia perguntado. Isso era repentino. Por que eu só estava ouvindo sobre isso naquele momento? Meu pai me dera um olhar severo. Eu sabia que era melhor não continuar pressionando-o, mas estava com raiva.

— Tenho negócios a tratar pela manhã ...

— Que tipo de negócio? — Eu disse. — Não dá para esperar? Eu pensei que estávamos indo em um cruzeiro. Você disse que finalmente iríamos fazer algo juntos como uma família.

— Não discuta comigo. Você sabe que não tenho escolha. Se eu sou solicitado, eu tenho que estar lá.

— E qual é a desculpa da mamãe? Ela não quer ficar sozinha comigo?

As sobrancelhas dele se franziram. — Se você está tentando começar uma briga comigo, isso não vai me fazer mudar de ideia. Você vai ficar bem... até chegarmos. Como instruí, um veículo estará lá para buscá-la.

E havia sido só isso...

Agora que eu tinha desembarcado, peguei minhas malas na área de bagagens e fui até a entrada do aeroporto. Do lado de fora, outros viajantes lotavam as calçadas, veículos estacionavam na pista para pegar amigos e familiares.

Fiquei esperando, como meu pai instruiu, até um Lincoln com janelas pretas parar no meio-fio. Eu me perguntei o quão lamentável eu parecia, sentada ali esperando como uma criança abandonada. A porta se abriu lentamente e, por um momento, eu esperei que fosse meu pai, mesmo que ele odiasse carros americanos.

Um homem de trinta e poucos anos vestindo um terno preto e uma gravata verde pastel saiu. Ele era alto e um pouco gordinho. Ele não sorriu. O ninho de seus cabelos escuros estava emaranhado, e as olheiras sob seus olhos pareciam indicar que ele ficara acordado até tarde. Minha primeira impressão dele foi a de que era uma pessoa altamente não profissional e desorganizada. Seu terno era um pouco grande demais, as pernas da calça estavam largas demais em torno de suas panturrilhas e tornozelos, e sua gravata era de uma cor feia.

Ele sabia quem eu era antes que eu pudesse me apresentar.
— Senhorita Claudia Belle? — ele perguntou enquanto se aproximava.

Curiosamente, olhei para o rosto dele, com medo do que ele revelaria.

Ele abaixou a cabeça levemente; seus olhos assumiram uma profunda tristeza. Eu já sabia muito antes de ele me dizer.

Eu respondi: — Sim?

Ele respirou fundo. — Eu sou o Sr. West, um amigo do seu pai. — O mundo continuou ao nosso redor sem o menor cuidado.

Por um longo momento, eu não disse uma palavra, com medo de ver seus pensamentos estampados em seu rosto cansado. Lágrimas se acumularam nos cantos dos meus olhos, e um pequeno suspiro me escapou.

— Ele me pediu para vir. — O Sr. West fez uma pausa como se também achasse difícil falar. — Receio ter notícias terríveis... — acrescentou, e eu sufoquei um soluço. — Seus pais sofreram um acidente — ele finalmente conseguiu dizer. Uma lágrima rolou pela minha bochecha. Eu olhei para ele, meus olhos bem abertos. — Eu sinto muito.

Sem palavras, sentei-me lá e chorei, limpando as lágrimas que escorriam dos meus olhos. Eu não sabia o que dizer. Eu não acreditava, mas era a verdade. Eu sabia.

— É por isso que você está aqui? — Eu perguntei, tentando me impedir de chorar, mas não adiantou.

— Fui instruído a levá-la a um amigo — disse ele. Ele abriu a porta do Lincoln. Em qualquer outro momento, eu não teria acreditado em um estranho. É claro que ninguém em sã consciência teria aceitado algo tão ultrajante sem provas concretas, mas eu sabia como diferenciar as verdades de uma pessoa de suas mentiras. Para ser sincera, eu ouvia isso em seus pensamentos.

Eu queria fugir da verdade, dele e de tudo o mais, mas apenas fiquei lá. Ele abriu a porta do Lincoln e olhou para mim.

— Tenho algo para você do seu pai. Ele me instruiu a dar a você, se alguma coisa acontecesse com ele ou sua mãe...

Respirei fundo e subi no Lincoln. O motorista saiu do banco do motorista e pegou minha bagagem. O Sr. West fechou a porta atrás de mim e entrou no carro. Ficou quieto por um momento antes que o motorista se sentasse novamente e começasse a dirigir.

— Seu pai fez isso para você — disse o Sr. West. — Ele me pediu para vir, se alguma coisa acontecesse. Sou advogado.

— Você é advogado do meu pai? — perguntei. Ele não era, percebi de repente.

Ele levou um momento. — Ajudei seu pai a fazer os arranjos com meu cliente.

— Arranjos? — Mas ele não respondeu, ocupado puxando um dispositivo da sua pasta.

Eu já sabia. Papai o havia contratado para cuidar da papelada de outra pessoa. Eu encarei o Sr. West, e um nome ecoou claramente em sua mente: Edwards. Esse Edwards era alguém em quem meu pai confiara.

Ele pegou um iPad. — Ele me pediu para lhe dar uma mensagem.

— O que é isso? — O Sr. West apontou o dispositivo em minha direção e percebi que era um vídeo. Quando peguei o iPad e apertei o play, o rosto do meu pai apareceu na tela.

— Claudia — ele disse —, se você está vendo isso, então eu temo que... — Ele fez uma pausa. — Você deve me ouvir com muito cuidado. Ouça o que o Sr. West lhe diz. Eu não posso explicar tudo completamente, mas com o tempo, você descobrirá a verdade por si mesma. Agora, você deve ir com o Sr. West. Eu garanti um lugar para você com uma pessoa em quem confio. Ele cuidará de você agora. Todas as providências foram tomadas para seu conforto e segurança. Você deve acreditar em mim, que fiz tudo isso para protegê-la. Nós te amamos. Nunca esqueça isso. Nós te amamos.

— Nicholas, por favor, deixe-me... — minha mãe implorou de fora da câmera. — Eu te amo... — ela disse antes de começar a soluçar, incapaz de continuar.

— Fique em segurança... — Essas foram as últimas palavras do meu pai, e então a imagem sumiu.

West puxou o iPad de volta e o enfiou na pasta, sentando-se silenciosamente. — Essa é a mensagem. Recebi a notícia do acidente esta manhã. Mais uma vez, sinto muito por sua perda.

No início desta manhã, pensei. Eu havia partido na noite anterior. Ele dissera que um carro estaria lá para mim. Eu pensei que ele quisera dizer um carro com ele e minha mãe dentro. Ou talvez que ele tivesse planejado enviar um veículo da empresa. Ele havia dito que iríamos sair de férias. Então seu trabalho chamou, e as coisas mudaram. Parecia estranhamente encenado.

— Todas as providências finais para o enterro foram resolvidas pelo empregador de seu pai. Os detalhes estão nesses documentos. — O Sr. West puxou uma pilha de papéis da pasta. — Você tem alguma pergunta para mim?

— Eu não entendo. Estávamos saindo em um cruzeiro... e agora ... — O carro saiu da rua do aeroporto e virou para a saída que nos levaria à estrada.

— Querida, você ouviu o que eu disse? — ele perguntou.

— Como eles morreram? — perguntei.

O Sr. West olhou para mim com olhos arregalados e surpresos, hesitante em responder. — Eles foram atropelados por um caminhão que passava a caminho do aeroporto... — Até onde ele sabia, fora isso o que acontecera. Era tudo o que sabia. — Foi um acidente grave. Não havia nada que alguém pudesse ter feito. — Ele voltou aos documentos.

— Onde será o funeral? — perguntei, olhando para o meu colo.

— Não haverá um. O empregador de seu pai deu instruções específicas sobre o manuseio dos restos mortais de seus pais. Seus corpos serão cremados imediatamente. Seu pai concordou com isso antes de morrer.

Eu olhei para ele. Eu era *filha* deles. Eu não tinha nenhuma escolha sobre isso?

O telefone do Sr. West tocou e, pelo bocal abafado, ouvi o nome Edwards novamente. — Sim, ela está comigo agora — disse ele. — Acabei de buscá-la no aeroporto. Vou deixá-la na sua residência... Não? — Ele franziu o cenho e piscou, incapaz de olhar para mim. — Isso não será um problema. Pode ser na escola. Não, eu não vou entrar. Espero que você entenda. Tenho negócios urgentes no escritório... Muito bem, então.

— Eu quero que você faça algo por mim ...

Uma lembrança surgiu em minha mente. Eu estava do lado de fora da minha escola no final do dia, e meu pai havia vindo me buscar no próprio carro. Normalmente, ele enviava um para mim ou, se alguma vez decidisse se juntar a mim, contratava um motorista e viajava com um segurança.

— O que está acontecendo? — Eu havia brincado, percebendo que ele me vira procurando por seus guarda-costas. — Onde estão seus amigos? — Eu entrara no carro e colocara minha mochila no chão entre os pés.

— Eu dei a eles o dia de folga — ele respondera, mas eu podia dizer que ele estava escondendo alguma coisa.

Eu levara um momento para olhar para ele. Seu cabelo loiro estava sempre tão bem arrumado, e naquele dia ele usava um terno cinza escuro e gravata preta. Não me lembrava de algum dia tê-lo visto em traje casual, mesmo quando estávamos sozinhos em casa. Muitas vezes me perguntava como poderia ser sua filha e ainda não me parecer em nada com ele.

— Qual é a ocasião? — eu havia perguntado. Tinha que haver uma razão para sua decisão de me pegar; ele nunca havia feito um esforço para sair sem os guarda-costas por minha causa. Eu havia afastado meu longo cabelo castanho e o puxado para um rabo de cavalo, antes de deixá-lo deixei cair sobre meus ombros.

— Eu não posso pegar minha filha na escola?

Eu havia feito uma careta para ele, notando pela milionésima vez quão clara a pele dele era comparada ao meu tom marrom dourado. Minha mãe era da mesma cor.

Do lado de fora, outros pais pegavam seus filhos e carros se alinhavam no acostamento, lotando a rua principal. Então ele dera partida e seguira em frente, deixando tudo para trás.

— Não, sério. O que está acontecendo? — eu havia perguntado.

Ele havia tentado sorrir, mas pareceu mais uma careta de decepção. Eu pensava que talvez lhe doesse que nossas reuniões sempre indicassem algo ruim. — Eu só quero falar com você. Ver como as coisas estão indo na sua vida. Faz tempo que nós não conversamos...

— Nós nunca conversamos, pai.

— Exatamente. E é por isso... é por isso que deveríamos.

Eu gostaria que ele apenas me dissesse o que estava acontecendo. Eu queria ler sua mente, mas quebrar essa regra o deixava com raiva. Eu não deveria fazer isso com ninguém, e não ousava tentar com ele.

Pegamos a longa viagem para casa e paramos na sorveteria. Quando ele parara no estacionamento, eu não soube o que dizer. Ele estava morrendo? Íamos *conversar* por cima de um sorvete de baunilha?

— O que estamos fazendo? - eu havia perguntado.

Ele desligou o motor e sorriu. — Estamos tomando sorvete. — Então ele abriu a porta e saiu.

Eu não sabia o que pensar, e as coisas pareceram estranhamente normais até a metade do nosso mimo de depois da escola.

— Eu quero que você faça algo por mim... — ele começara. Eu sabia que não poderia ter durado - nós dois felizes e eu finalmente cumprindo todas as suas expectativas. — Claudia, se alguma coisa acontecer comigo e com sua mãe, eu quero que você esqueça.

Eu estreitara meus olhos para ele. Não era esse o tipo de conversa que se tinha com o pai enquanto tomavam sorvete. — Pai, para.

— Não, escute. Isso é importante, ok?

Eu havia olhado para seus olhos azuis bebê, inabaláveis em sua seriedade mortal. Parecíamos um par estranho sentado ali - ele de terno, eu de uniforme escolar, sentados em um silêncio rígido com sorvete derretendo sobre os cones. As pessoas sempre nos davam olhares críticos quando estávamos juntos. Papai os ignorava com distanciamento eficiente, mas eu ainda estava aprendendo - e ainda trabalhava no meu auto-controle. Tudo girava, me empurrando e me puxando, as vozes daqueles ao nosso redor ficando mais altas, sussurrando suas inseguranças e suspeitas. No minuto em que ele sentiu que eu estava me perdendo, ele me redirecionou.

— Pare — ele retrucou, e algo dentro de mim voltou à normalidade - como se nada tivesse acontecido.

— Ok.

— Acontecerão coisas que você não pode impedir — continuou ele. — Coisas com as quais você não vai concordar, talvez que você ache que não estão certas. Não importa o que você sinta, o que você perdeu... suas coisas, suas pinturas... quero que você as esqueça. Tudo. Inclusive nós.

Eu havia franzido uma sobrancelha. — O que? Por quê? — Eu encarara ele em descrença, mas ele estava apenas olhando para mim. Nenhuma mudança, nenhuma emoção - eu apenas tinha que fazer o que ele disse.

— Elas não são nada além de coisas.

— E você. E nossas memórias. Elas são apenas coisas? — eu havia perguntado.

— Escute ... Sim, mas você não precisa delas. Não quando estamos aqui em cima. — Ele deu um tapinha na própria cabeça. — Todas essas coisas podem ser substituídas. Suas roupas, suas tintas. A diferença importante é que você nunca se preocupe com elas. Podemos perder o que temos, mas são apenas coisas. OK?

— Tudo bem. — Não fazia sentido para mim, mas eu havia concordado, apenas para não começar uma discussão.

— Deixe que eles fiquem com tudo. — Ele sorrira e dera uma mordida na baunilha. Naquele momento, havia visto uma paz em seus olhos, mas ainda não entendia.

Que eles fiquem com tudo?

— Então, você não precisa se preocupar com nada — continuou o Sr. West, me puxando de volta para o carro e para a nossa situação impossível. — Todos os arranjos foram resolvidos. Não há nada para você se preocupar. — Ele deu um meio sorriso simpático.

— Quem é o Dr. Edwards? — perguntei. O nome continuava aparecendo em sua cabeça, e eu tive que mencioná-lo, embora eu antecipasse sua reação de choque de olhos arregalados.

— Seu pai deu instruções específicas de que você deveria ser levada ao Dr. Edwards se algo acontecesse com ele e sua mãe — disse ele, rapidamente. — O Dr. Edwards é seu avô. — Ele parou, esperando minha reação, mas eu não tive uma.

Eu só conhecia um homem que era remotamente próximo de ser um avô, e o Sr. Valentine era um homem rico que meu pai conhecia. Papai me levara para vê-lo algumas vezes em sua casa grande e extravagante. Aparentemente, o homem tinha sido como um pai para meu próprio pai, o criara e dera a ele as ferramentas que ele precisava para ter sucesso. Papai odiava me levar para vê-lo; ele sempre ficava tenso e irritado nos dias que visitávamos. Mas ele sempre me preparava para o dia. Ele me dizia para limitar meu poder quando me encontrava com ele. O homem sabia da nossa capacidade e isso o havia tornado rico.

— Nunca os impressione — ele disse. — Se eles fizerem uma pergunta com a mente deles, não responda. Quanto menos você puder fazer, melhor. — Então foi o que eu fiz. Não importava o que eles faziam para me testar, eu nunca respondi.

2

A CHEGADA

O Lincoln parou ao lado de um prédio abandonado. Pelo menos, parecia assim. Na entrada lateral, captei um rosto ou dois olhando através das pequenas janelas da porta. Eu me encolhi. Para onde ele havia me trazido?

Puxei meus fones de ouvido; o som abafado de *Rammstein* tocando no meu iPod teria que esperar enquanto eu olhava para o nosso novo ambiente. O edifício era definitivamente antigo, com uma aura cativante e assustadora em sua aparência deserta. Tinha arcos semicirculares de design medieval europeu, coisas que eu só via nas catedrais. O exterior românico - arcos grossos e redondos, pilares robustos e arcadas decorativas - parecia ser a única coisa que eu gostava no prédio à primeira vista. Meu pai era um grande fã de arquitetura e aproveitava todas as oportunidades para me ensinar o que sabia de diferentes estilos.

Um homem de cabelos loiros, que a essa distância parecia um ator cujo nome eu não conseguia lembrar - passou pelas portas da frente. Com ele estava outro homem muito alto, de terno cinza-esverdeado e bigode grosso. Pareciam um par estranho.

— É aqui — disse o Sr. West.

Olhei para o Sr. West, que não parecia preparado para se mover, embora o motorista já estivesse abrindo a porta do carro para ele sair.

— É aqui que você desce, minha querida. Eu não vou com você. Eu preciso voltar ao escritório. Não se preocupe. O Dr. Edwards está ciente de sua chegada. — Ele olhou pela janela.

— Que lugar é esse? — perguntei, finalmente encontrando minha voz. Os sons da minha banda favorita me fizeram querer voltar ao mundo do metal industrial e abafar os gritos da realidade.

— Esta é a Escola Milton — disse ele. Tive dificuldade em acreditar que meu pai havia me deixado com um professor. — Ah, e aqui está ele agora.

Mais dois homens se juntaram aos outros pelas portas duplas. Ambos eram mais velhos, um com uma cabeça cheia de cabelos brancos. Quando ele pisou no topo da escada, seus grandes olhos encontraram os meus por baixo das grossas sobrancelhas negras. Ele exibia um sorriso gentil e paciente.

O outro homem com ele parecia ainda mais velho; ele também tinha cabelos brancos, mas estavam afinando, e ele era significativamente mais pesado. Ambos usavam camisas brancas e gravatas.

O motorista tirou minha mala do porta-malas.

— O que vai acontecer com a casa dos meus pais? — perguntei. — Todas as nossas coisas? Serei capaz de voltar? — Eu queria nossos álbuns de fotos, minhas pinturas, todas as coisas que havíamos compartilhado.

— Receio que tudo isso foi deixado para o empregador de seu pai. Eles cuidarão dessas coisas. A casa será posta à venda, embora eu não tenha certeza de todo o resto... — Ele olhou para a papelada em sua pasta. — Não vejo nada sobre isso aqui. — Por algum motivo, ele não parecia preocupado.

As palavras do meu pai voltaram com um significado flagrante. — *Que eles fiquem com tudo.* — Tudo o que eu havia deixado para trás agora se fora. Eu não podia ficar com nada além do que eu havia trazido para um cruzeiro inexistente.

O Sr. West franziu a testa, parecendo genuinamente preocupado com o meu estado emocional. — Sinto muito, minha querida. Esses são todos os detalhes e instruções que me foram dados. Vou procurar por qualquer documentação de uma unidade de armazenamento. Eu posso ter deixado isso escapar.

— Não se preocupe com isso — eu murmurei. Era assim que tinha que ser.

Esqueça elas. Nos esqueça... estamos aqui em cima. Que eles fiquem com tudo. O meu pai dera um tapinha na própria cabeça.

— Vou preparar um envelope para você e mandar entregá-lo na casa do Dr. Edwards na semana seguinte.

— Um envelope?

— Sim, detalhando informações sobre a herança que seus pais deixaram para você. — O Sr. West olhou para o relógio. — Eu tenho que ir. Mais uma vez, minhas condolências por sua perda. — Ele abriu a porta para mim e literalmente me empurrou para fora. Peguei minha mochila e empurrei a porta, embora o motorista já a tivesse puxado para me ajudar.

Emergindo do carro, olhei para os quatro homens estranhos olhando para mim do topo da escada. O motorista colocou minha mala perto dos meus pés e os homens desceram as escadas.

Coloquei o iPod de volta na mochila e absorvi minha nova realidade. — Esta é uma escola? — Eu consegui dizer quando os homens finalmente ficaram na minha frente. O estacionamento estava cheio de cascalho, e algumas pedras entraram no meu sapato enquanto eu deslizava meu pé no chão.

— É um prédio antigo, rico em história — disse o homem de cabelos brancos e grossas sobrancelhas negras. Eu fiz uma careta para ele, mas acreditei nele. — Garanto que você nunca encontrará um lugar como a Milton. — Isso me fez pensar em quem ele estava tentando convencer.

Os outros dois homens, o par estranho, estavam atrás dele, parecendo meio bobos enquanto os dois sorriam. O homem de terno esverdeado parecia um garoto crescido - muito alto, com bigode grosso, cabelos castanhos claros em ondas grossas e um bronzeado claro. Seus olhos cinza-esverdeados brilharam de volta para mim, embora ele parecesse amigável o suficiente. O homem ao seu lado usava uma camisa branca de manga comprida enrolada até os cotovelos, a gravata preta e os olhos azuis me olhavam por baixo dos fios finos e fantasmagóricos de cabelos loiros e sobrancelhas quase imperceptíveis.

— Bem-vinda, Claudia — disse o homem mais velho e mais pesado, olhando com curiosidade para mim. Eu imediatamente me perguntei se ele sabia o que eu podia fazer. — Esse sábio indivíduo — acrescentou, apontando para o homem de cabelos brancos e sobrancelhas negras —, é o Sr. Michael McClellan, nosso vice-diretor. — O Sr. McClellan sorriu e assentiu.

— Você deve ser ele. O Dr. Edwards— interrompi antes que ele pudesse se apresentar. Ele pareceu surpreso por um mero segundo, mas então seus olhos se suavizaram, e ele finalmente sorriu também.

As mentes de seus companheiros giravam de animação, e eu as ouvi. *É ela! Essa é a neta dele. Ela é tão bonita. Ela está realmente aqui.* O Dr. Edwards estava mais controlado do que eles, eu podia sentir isso. Ele tinha o dom. Assim como meu pai, assim como eu. Se ele era meu avô, não havia dúvida de que nossas habilidades haviam vindo dele. Mas ele se absteve de se conectar comigo. Ele não era mais forte que eu, mas ele estava mais no controle de si mesmo do que eu jamais estivera. Ainda assim, eu sabia que ele estava sobrecarregado.

A incerteza aqui me assustava. Eu tinha tantas perguntas, a maioria delas centrada no porquê de o meu pai ter tomado essas medidas para me trazer para cá ao invés de me deixar com alguém que eu conhecia.

Olhei para o prédio atrás dos homens, hesitando em acreditar que este seria meu novo lar. Essa seria minha nova realidade também?

— Sim, sou o Dr. Edwards, diretor da Escola Milton. — Seu sorriso se alargou lentamente. — Eu também sou seu avô.

Os outros homens me encararam, esperando minha reação. Eu não acho que eles esperavam a desaprovação ou dúvida que eu não podia esconder. — Meu avô...

— Mas você já sabia disso — respondeu o Dr. Edwards, e eu fiz uma careta. *Não sabia?*

— *Sim* — respondi em minha mente, e quando seus olhos se estreitaram, percebi que ele tinha me ouvido exatamente como eu o ouvira. — Por que eu nunca havia te conhecido até agora? — Eu perguntei em voz alta. Meu estômago revirava. Não sabia mais o que dizer, confusa pelo fato aparente de que a morte de meus pais havia sido necessária para eu descobrir a verdade.

— Tenho certeza de que seu pai teve seus motivos — respondeu o Dr. Edwards. Ele fez uma careta de simpatia e nossos olhos se encontraram novamente. Nós compartilhávamos o dom - o dom que meu pai e eu havíamos compartilhado. — Estou esperando há muito tempo para conhecê-la — acrescentou. — Agora, aqui está você.

— Tenho certeza de que você tem muitas perguntas para mim. — Eu pisquei para ele e tentei olhar em sua mente. Era mais fácil contatá-lo do que eu esperava. Eu podia sentir o transe nebuloso dentro de sua mente ao meu toque, e ele congelou, sem piscar. Eu encontrei a conversa dele com meu pai em suas memórias.

— *Eu sei que você estava querendo vê-la ...* — *disse o meu pai. O Dr. Edwards abriu a boca para falar, mas meu pai o silenciou com um olhar frio.* — *E agora, aqui está sua chance. Eu quero que ela venha morar com você. Vou pedir ao meu advogado que tome as providências necessárias com o seu, o Sr. West, correto? — O Dr. Edwards assentiu. — Eu preciso que você a proteja — continuou meu pai. — Eu não posso mais mantê-la segura...*

Fui gentilmente empurrada, soltando a memória. O Dr. Edwards se libertara. Eu o deixei ir, sentindo-o se contorcer como um peixe emaranhado em uma linha.

O Sr. McClellan tocou o Dr. Edwards gentilmente no braço. Ele piscou para mim, e eu me perguntei se ele sabia o que eu tinha acabado de fazer. — Você deveria levar Claudia para casa para ela se instalar, Neil. Tenho certeza de que ela está cansada de sua longa viagem. — O sorriso do homem pareceu um pouco forçado.

— Sim, Michael. Você está certo.

— Não se preocupe. Eu sei o que fazer por aqui — Michael acrescentou. — Além disso, vocês dois têm muito o que conversar.

O Dr. Edwards olhou para ele e assentiu. Atrás deles, os outros dois homens observavam, ainda não apresentados. Eles me deram sorrisos estúpidos, como se estivessem posando para uma foto.

O Dr. Edwards pegou minha única mala. — *Claudia, venha. Deixe-me levá-la para casa.*

Passei por ele e fui em direção aos carros no estacionamento. — Não faça isso — eu disse alto o suficiente para que os outros homens pudessem ouvir. Só porque nós havíamos nos conectado, não significava que ele podia usar essa conexão comigo.

O Dr. Edwards não disse nada. Quando me aproximei do carro, sabia que ele não estava surpreso por eu saber qual

era o dele. Fiquei de pé junto à porta do passageiro do Land
Rover e, quando ele pegou as chaves, destranquei a porta eu
mesma. Ele sorriu - ele sabia como eu havia feito isso - mas
eu apenas entrei. Eu não deveria usar meu dom para nada,
meu pai havia dito. Mas o meu pai não estava mais aqui.

UM NOVO LAR

A viagem para *casa* foi tranquila. Tentei não iniciar uma conversa com ele se não precisasse; Eu acho que ele entendeu a ideia. O Dr. Edwards morava em uma casa modesta, de aparência simples e de dois andares. Parecia grande demais para ele, mas estava bem arrumada.

O bairro parecia hospitaleiro e acolhedor, com as ocasionais cercas brancas e canteiros de flores coloridos nos jardins da frente. As crianças andavam de bicicleta e jogavam bola na rua. Havia corredores e pessoas passeando com seus cães, e todos pareciam se conhecer. Era o tipo de bairro em que as crianças cresciam juntas e moravam nas mesmas casas por um longo tempo.

O Dr. Edwards parecia deslocado aqui - um homem velho de cabelos brancos morando sozinho. Quando chegamos à casa dele, senti a vibração da suspeita vinda do casal vizinho enquanto saíam do carro deles.

Aí está aquele velho louco de novo.

Meu Deus. Quem é aquela jovem garota com ele?

Eles acenaram para mim, mas pareceram se arrepender de ter feito contato visual quando meu avô olhou na direção deles. O Dr. Edwards acenou de volta, mas seus vizinhos entraram correndo em casa e não olharam para nós novamente.

É só não chamar a atenção para si mesmo...

Ele é tão estranho...

O Sr. Edwards carregou minha mala e eu andei atrás dele para a casa. Eu parei no vestíbulo, olhando para o meu novo lar. A casa era bem grande por dentro. Uma escada nos recebeu na entrada, levando ao segundo andar com três quartos e um banheiro. A sala de estar ficava perto do vestíbulo, e a sala de jantar ficava perto da cozinha do outro lado da casa. Eu pegara este mapa de sua mente, assim como eu soubera qual carro ele dirigia, como se já tivesse estado aqui antes.

Eu o segui escada acima para um dos quartos. Ele entrou primeiro, e eu esperei no corredor enquanto ele colocava minha mala perto da cama. Era menor que o meu antigo quarto, e só esse pensamento já me fez sentir falta de casa. Eu tentei esconder minhas emoções, não querendo chorar na frente dele.

Os móveis pareciam tão velhos quanto os prédios da Escola Milton. No canto, havia uma cômoda antiga com um espelho. A cama tinha uma moldura simples de mogno e um edredom azul, e de cada lado dela havia duas mesas de cabeceira com luminárias antigas. Eu senti como se tivesse chegado a um motel antigo e respirei fundo.

— Espero que este quarto não seja muito pequeno — disse Edwards. — Não é muito, mas está em casa.

— É bom, eu acho — respondi. O Dr. Edwards olhou para mim. Ele estava tentando fazer com que eu me sentisse confortável, eu sabia disso. Mas eu não queria sua compreensão ou sua compaixão. Eu queria ficar sozinha. A ficha da minha nova e estranha vida estava começando a cair.

— Sinto muito — disse o Dr. Edwards.

Eu olhei para ele, afundada em minha própria autopiedade. Talvez ele pudesse sentir isso - ou estava assim tão óbvio? A maioria das pessoas dizia que eu tinha problemas para mostrar minhas emoções, mas que eu agia ao invés disso. — O que meu pai quis dizer? — eu perguntei, rudemente. — Do que ele está tentando me proteger?

Ele sabia o que eu queria dizer, mas ainda estava surpreso com a minha pergunta. O mínimo que ele podia fazer era ser honesto comigo. — Hoje não é o momento certo para conversarmos sobre isso. Você precisa de tempo para ficar de luto. — Então ele fechou sua mente para mim. Eu forcei, e ele empurrou; levou tudo o que ele tinha, mas ele me afastou com força.

O Dr. Edwards respirou fundo. — Claudia, seu pai estava tentando protegê-la de... Ele não queria que o que aconteceu com ele acontecesse com você. Foi por isso que ele trouxe você para mim.

— Mas nós íamos fazer um cruzeiro... Nós o passaríamos em família. Você está tentando me dizer que ele mentiu, que planejava me trazer aqui o tempo todo?

— Não, o que estou tentando dizer é que ele só queria mantê-la segura... — Parecia que ele não sabia como mais expressar isso, o que era óbvio por ele já ter dito aquelas mesmas palavras muitas vezes. — Há tanta coisa que você precisa saber — continuou ele —, mas quero que você entenda que ele iria te contar quando fosse a hora certa. Ele simplesmente não teve essa chance. Nada disso deveria ter acontecido. Eu estava protegendo ele e você quando o afastei. — Ele exalou. — Se alguém falhou, fui eu ...

— Então, ele planejou tudo, apenas para que eu ficasse com você? — perguntei.

— Sim. Combinamos isso juntos. — Ele franziu a testa. — Seu pai apenas queria prepará-la para o pior. Eu nunca pensei nem por um minuto... — Ele fez uma pausa, incapaz de falar por cima do seu próprio luto. — Eu nunca pensei que o perderia novamente.

Isso me surpreendeu. Eu não queria mais falar sobre isso.

Meu avô respirou fundo. Eu fui para a janela. Lá fora, o vento soprava rapidamente; a noite parecia viva com o movimento. O som do vento nunca me incomodara, mas agora, sim. Eu estava brava, e o vento parecia bravo comigo. Quando meu pai ficava bravo, o céu trovejava e escurecia. Quando eu estava triste, chovia. Eu pensava que essa era a norma. Às vezes, as luzes piscavam e as lâmpadas se apagavam ou até explodiam.

— Recebi um e-mail dele alguns dias antes de você chegar — disse meu avô. Isso me surpreendeu. — Ele queria fazer um cruzeiro. Todos nós. Era por isso que eu estivera esperando. Uma chance de poder voltar a conhecer seu pai. Mas acho que ele sabia, no fundo, que nunca teríamos essa chance... — Um suspiro escapou de sua boca pálida. — Foi por isso que ele fez tudo isso... tomou providências caso o pior acontecesse...

Eu sentei pesadamente na borda da cama. Eu não queria chorar, então forcei as lágrimas a voltarem. Lá fora, um trovão rugiu.

Não chore. Você é mais forte do que isso, Claudia ... A voz do meu pai interrompeu meus pensamentos. Era isso o que ele realmente havia dito?

Pare, Claudia! Você tem que aprender a controlar seu poder. Eu não deixei isso claro para você? Você quer que as pessoas más a levem de nós?

— Ele falou sobre pessoas más vindo me levar embora... — eu disse. — Eu pensei que era a maneira dele de me fazer comer tudo quando eu era pequena. — Eu ri. O Dr. Edwards sorriu. — Mas eles são reais, não são? — Ele mordeu o lábio e abaixou a cabeça. Ele não precisava dizer nada; eu sabia.

Meu avô olhou para mim. — Eu não vou deixar nada acontecer com você. Seu pai fez muitos arranjos para mantê-la segura. Para esconder qualquer registro de sua existência e do que você pode fazer.

— Como?

Ele encolheu os ombros. — Ele conhecia pessoas, suponho...

Eu ainda segurava as lágrimas, apesar de eu não ser mais ninguém. Eu não tinha nome, nem família de verdade. Nem mesmo no papel.

— Você tem uma identidade totalmente nova. E você tem, sim, uma família.

Eu não queria ouvir mais nada e acho que ele sabia disso. Baixei a cabeça, as mãos no colo, e finalmente deixei as lágrimas rolarem pelos lados das minhas bochechas. Eu as limpei. Quem eu era?

A minha neta.

Eu olhei para ele, mas o Dr. Edwards não repetiu em voz alta. — Você não está pronta para a escola amanhã — disse ele. — Você deveria ficar em casa. Na verdade, acho que não deveria ir a lugar nenhum. Você precisa de tempo para sentir a perda.

— Que diferença faz? — eu sussurrei. Eu havia desistido de lutar. Um raio iluminou o céu, o trovão seguiu como um cão rosnando, e finalmente começou a chover.

Incapaz de pensar no que dizer, o Dr. Edwards foi até a porta. Ele olhou para mim, respirou fundo e girou a maçaneta lentamente. Antes de sair, ele disse: — Eu só quero que você saiba que estou muito feliz por você estar aqui. Conversaremos mais... quando estiver pronta. Há muito mais que você precisa saber sobre quem somos...

Eu olhei para ele, perplexa com suas palavras e sem saber o que dizer. Eu queria xingá-lo, mas não o fiz. Ele apenas me deixou em silêncio.

4

A PRESENÇA

Ouvi a chuva através da minha janela e senti alguém sentado ao lado da minha cama. Parecia a presença do meu pai, mas meu coração estava muito pesado...

Claudia... Soava como meu pai.

— Olá? — Eu sussurrei para a sombra, piscando e tentando me ajustar à escuridão. Sentei-me e acendi a luz para encontrar um homem com cabelos loiros e olhos azul-pastel olhando para mim. Um sorriso travesso curvou sua boca, e seus olhos pareceram perfurar minha alma. Eu não o reconheci, mas, de alguma maneira, me senti conectada a ele ainda mais do que aos meus próprios pais. Ele me assustava.

Finalmente te encontrei. Eu te encontrei... Você é a fonte... Você é a pessoa que eu estava procurando. E eu não vou deixar você escapar... Ele estendeu as mãos para mim e eu gritei.

Acordei, percebendo que estava sozinha na minha cama. Quando me sentei, alguém bateu na porta. Esfreguei o sono

dos meus olhos, grata por ter sido apenas um sonho. Quem
era aquele estranho? Por que eu o conhecia? E como? A
sensação de conhecê-lo de algum lugar era forte demais
para ignorar, mas me perguntei se era mesmo verdade. Ele
usava um terno branco - disso eu me lembrava - com uma
gravata vermelho-sangue e uma camisa preta de seda. Eu
não conseguia lembrar do rosto dele além dos cabelos loiros
e olhos azuis.

A batida veio novamente, me assustando.

— Claudia? Claudia, estou indo trabalhar agora. — A voz do
meu avô parecia trêmula e nervosa. — Eu estou indo para a
escola, para Milton. Entendo se você preferir ficar em casa.
Está tudo bem. Você pode ficar em casa hoje ou pelo tempo
que precisar. — Então ele ficou quieto por um momento. Eu
não estava pensando em responder. Imaginei que ele fosse
captar a ideia. — Estou deixando meu número, só por
precaução — acrescentou. — Use o telefone fixo se você não
tiver seu próprio telefone celular. — Revirei os olhos. — Ok,
eu estou saindo agora. Há muita comida na geladeira, se
você estiver com fome. — Depois de mais silêncio, ouvi-o
descer as escadas, abrir a porta e, após uma breve pausa,
fechá-la novamente. Eu estava sozinha.

Durante o restante da semana, todas as manhãs pareceram
começar da mesma maneira. O Dr. Edwards saía e eu ficava
no meu quarto. Eu nunca respondia quando ele batia na
minha porta, não importava que horas fossem. Quando ele
ia embora, eu finalmente saía do meu quarto para vasculhar
a geladeira, pegar o que eu precisava e voltar para cima para
comer. Eu só saía novamente para colocar a louça suja na
pia, mas sempre quando ele não estava por perto.

No jantar, ele deixava uma bandeja com a comida fora do meu quarto enquanto limpava a cozinha. Toda vez que eu abria a porta para pegar a bandeja, ele voltava correndo pelas escadas querendo conversar. Mas eu fechava a porta atrás de mim e não dizia nada.

Ele vinha até a porta do meu quarto novamente todas as noites antes de dormir. Eu não sabia o que ele pretendia fazer, mas sentia apenas bondade em seu coração. Ainda assim, eu não queria conversar e não conseguia dizer nada. Ele ficava no corredor e pensava no que poderia me dizer. Eu lia seus pensamentos; talvez ele quisesse que eu o fizesse. Parecia quase um convite que ele pensava que poderia me confortar. Havia algo que ele queria compartilhar comigo, mas eu o expulsava antes que ele pudesse começar.

Afastei-me da porta e afastei seus pensamentos. Somente quando o ouvi tropeçar e percebi que devia tê-lo empurrado com força demais, eu me senti mal.

Chovera a semana inteira também, e a escuridão nunca desaparecia completamente. As nuvens nunca se abriam para um céu bonito, mas algo naquele dia estava diferente; um pequeno raio de sol agora caía através das cortinas, iluminando o quarto que não me era familiar - o quarto que era apenas mais um quarto.

Peguei minha mochila; Passei o dia desenhando esboços de meus pais, não querendo esquecer seus rostos. Eu queria ter certeza de que sempre me lembraria deles. Temendo agora, como antes de começar, que havia esquecido pequenos detalhes do rosto de meu pai, voltei-me para olhar a foto na mesa de cabeceira. Eu a havia colocado lá no dia em que chegara e era a única foto que eu tinha dos dois.

Os grandes olhos azuis do meu pai me encaravam da foto. Ele era a imagem da perfeição, com mechas bem loiras. Muitas vezes eu me perguntava por que não havia herdado nada de sua beleza. Eu era mais como minha mãe, cujos olhos escuros me cumprimentavam por trás da mesma moldura. Ela tinha longos cabelos castanhos na cintura e pele bronzeada como a minha. Meu pai parecia tão pálido ao lado dela, mas ele era tão bonito que isso não importava. Eu nunca percebera o quão perfeitos eles pareciam juntos. E agora eles haviam me deixado para sempre. Eu continuava pensando que veria meu pai, que ele entraria por aquela porta a qualquer momento e me pediria desculpas por me assustar.

Mas isso era apenas um desejo; Eu nunca os veria novamente. E quanto mais cedo eu pudesse ficar em paz com isso, mais cedo eu poderia começar a viver.

Passei mais alguns minutos desenhando, depois me levantei da cama e fui para a janela do quarto que tivera a sorte de poder chamar de meu. Lá, abri as persianas e olhei para fora. O dia estava claro e ensolarado; crianças brincavam do outro lado da rua, outras andavam de bicicleta. Parecia um dia agradável e normal. O bairro era bonito, acentuado pelas grandes e caras casas de luxo que ladeavam a rua e pelos portões de metal que exigiam códigos de entrada para serem abertos.

Afastei-me da janela, me sentindo uma prisioneira. Mas isso era principalmente minha culpa. Talvez fosse a hora de sair da prisão e conhecer meu avô. Eu temia a ideia, mas não tinha escolha.

Respirei fundo, olhei para a foto dos meus pais e abri a porta para o corredor.

5

O DOM

E le estava na cozinha, tomando o que parecia ser um café da manhã tardio, quando desci as escadas. Passei pela porta vestida com uma calça jeans escura, uma blusa florida e um suéter, meus longos cabelos caindo pelas minhas costas.

O Dr. Edwards levantou-se e sorriu, e pensei no que dizer a ele. Eu devia ter parecido algum tipo de adolescente mimada. Mas estava envergonhada e me sentindo desconfortável por ter agido daquela maneira. Talvez eu devesse ouvir o que ele tinha a dizer. Talvez eu devesse dar a ele a chance de me dizer o que estava fervendo em sua mente para ser revelado.

— Gostaria de tomar café da manhã? — Ele perguntou. Um suéter de algodão escuro cobria sua camisa branca. O ar condicionado parecia estar funcionando muito bem, pois nós dois havíamos precisado de casacos. Eu puxei a barra do suéter azul que cobria minha blusa florida.

Eu olhei para ele e assenti lentamente. Imediatamente, ele pegou ovos, bacon e batatas assadas na geladeira.

— Gostaria de ovos e bacon? — ele perguntou educadamente, voltando com a caixa de ovos já na mão.

— Bacon? — Eu havia parado de comer qualquer tipo de carne vermelha há um tempo; minha mãe achara isso fofo e meu pai achara que eu estava passando por uma fase.

— Bacon de peru, ok? — Ele perguntou. Ele tinha lido meus pensamentos? Eu assenti. Ele colocou o bacon de lado no balcão e pegou uma tigela para bater dois ovos e continuar me fazendo o café da manhã.

Sentei-me quase imediatamente no lado oposto da mesa, e ele pegou o suco de laranja para me servir um copo antes de subitamente parecer lembrar que ele não perguntara se eu queria suco.

Quando ele perguntou, eu assenti, e ele pegou um copo do armário superior. Ele colocou o suco no copo e o colocou perto da minha mão com tanto cuidado que tentei ler sua mente e me deparei com sua mente divagando, procurando entre pensamentos descartados e ameaças perdidas. Fiquei atordoada e me distraí com esses pensamentos, tentando dissecá-los enquanto puxava cada um de sua mente. Eu me perdi no momento, tentando me conectar sem ser notada; Eu havia tentado isso com meu pai também. Mas ele era muito melhor em controlar sua mente.

Eu senti que meu avô podia facilmente se perder em sua própria mente, mas por alguma razão, ele parecia estar no controle hoje. Ele pensou o mesmo, e isso o intrigou. Então ele olhou para mim e, por um momento, nos conectamos.

Eu era a razão pela qual nós dois havíamos pensado a mesma coisa? Ele sabia que eu estivera lendo ele, o que me pegou de surpresa; Eu não conhecia mais ninguém além de meu pai e eu que podia fazer isso. E agora aqui estava este homem - meu avô - tentando se conectar da mesma maneira.

Havia algo diferente em tentar nisso com ele, e eu sabia que ele também sentia. Seria porque ele era meu avô? Era como com o homem de cabelos loiros no meu sonho, embora com o Dr. Edwards parecesse ainda mais forte. Eu não conseguia explicar direito para mim mesma, mas esse pensamento me deixou tanto feliz quanto assustada.

Ele virou o bacon, pegou um prato da prateleira e acrescentou os ovos na segunda panela. Eu o senti imaginando o que ele poderia dizer para quebrar o silêncio pesado que atormentava nós dois.

— *Claudia,* ouvi um sussurrar em minha mente. No começo, tentei ignorá-lo. Mas eu sabia que era ele tentando se comunicar. Quantas vezes meu pai me repreendera e avisara? *Nunca use suas habilidades na frente deles. Se eles a chamarem em pensamento, não responda.*

— *Eu costumava conversar com sua avó dessa maneira.*

Eu pisquei para o Dr. Edwards; ele não deixaria as coisas como estavam.

— Você disse alguma coisa? — perguntei em voz alta.

Ele olhou diretamente para mim. *Claudia...*

Eu me levantei, me afastando da mesa. — Eu não vou fazer isso com você.

— Você não precisa ter medo — disse ele, lamentando sua tentativa de começar uma conversa entre nós.

— Eu não tenho medo — eu disse, voltando-me para ele. Era mais do que medo, mas algo que havia sido incutido em mim por meu pai para nunca desobedecer. Eu o empurrei, e a vibração disso o moveu para trás.

Ele balançou a cabeça e colocou a mão no balcão para se firmar. *Mais forte do que eu pensava...* sua mente sussurrou. Embora ele tivesse o dom, assim como meu pai e eu, isso não iria nos aproximar, se era isso que ele esperava.

— Meu pai e eu podíamos fazer isso — eu disse. — Costumávamos ter nossas próprias conversas, apenas nós dois. Eram os únicos momentos em que eu tinha permissão para usar isso. Ele nunca quis que eu o usasse em outro lugar. Ele disse que as pessoas iriam me temer, não iriam entender. — Eu encontrei seu olhar. Por que eu pensava que ele precisava de uma explicação? Mesmo enquanto dizia a mim mesma para não fazê-lo, comecei a chorar. — E agora ele se foi. Eu não quero usar isso nunca mais.

— Claudia, você tem um dom. Um dom maravilhoso... seu pai fez o que fez para protegê-la.

— Me proteger do quê? Tudo o que continuo ouvindo é que ele queria me proteger. De quê? — Meu avô estava se segurando novamente; ele estava com medo, e eu queria saber *o que* ele temia. Ele e meu pai pareciam ter pavor da mesma coisa. — Então ele me manda embora para morar com você... — Abaixei minha cabeça. — E no momento em que nos separamos, ele morre.

— Você acha que isso é tudo culpa sua? — o Dr. Edwards perguntou, surpreso com minhas palavras.

De quem mais poderia ser a culpa? Meu pai costumava dizer: *Juntos somos mais fortes, unidos temos um elo, a fonte da minha força é você.* Eu sempre pensara que era só uma frase boba, mas agora significava muito. Agora, eu estava começando a me perguntar quanto mais significado isso poderia ter.

— Se ele não tivesse me mandado embora, ele ainda estaria vivo — declarei.

— Você não pode pensar que é a culpada por isso. Seu pai não gostaria que você acreditasse em tanta bobagem. — Meu avô se virou de repente para ver que ele estava queimando o bacon. Ele tirou a panela do fogo e jogou meus ovos prontos em um prato. — Me desculpe por isso. Vou fazer um pouco mais. — Ele jogou o bacon queimado no lixo, depois começou de novo.

— Não precisa se incomodar — eu disse. Eu tinha perdido o apetite.

— Não, está tudo bem. — Ele pegou mais bacon da geladeira e novamente colocou mais algumas fatias na panela. O bacon começou a chiar sob o óleo de cozinha mais uma vez. A batata havia sido feita junto com os ovos e ele também os jogou no prato. Pelo que pude ver no balcão da cozinha, ele já havia feito algumas panquecas. Uma delas, ele adicionou ao meu prato com um garfo, depois olhou para o prato com os olhos arregalados, como se percebesse que era comida demais enquanto ele colocava o prato na minha frente.

Relutantemente, sentei-me novamente. Eu estava com fome, e essa foi a única razão pela qual eu voltei.

Então alguém bateu na porta. Olhei para meu avô, que retornou meu olhar surpreso e questionador. Ele obviamente não estava esperando ninguém.

6

HISTÓRIA DE FAMÍLIA

Eu fiquei olhando meu avô indo até a porta. A comida que ele colocara na panela estava fervendo de novo. Levantei-me, fui ao fogão e virei o bacon com o garfo que ele havia deixado ao lado. Parecia quase normal, embora eu tivesse certeza de que nunca mais me sentiria normal. Meu pai estava morto. Minha mãe estava morta. Eu estava morando com um estranho, embora ele não fosse cruel. Suspirei, percebendo que estava sendo injusta com esse homem.

Ele voltou com um grande envelope branco, que colocou na beira da mesa da cozinha. Não me virei para olhá-lo, mas percebi que ele estava me observando. Talvez ele estivesse procurando um pouco do meu pai em mim.

Eu sei. Eu quase espirrei a gordura do bacon em mim mesma quando larguei o garfo. Eu sabia que ele podia falar comigo como meu pai podia, mas isso me deixava desconfortável toda vez. Inclinei-me para pegar o garfo no chão, murmurando um pedido de desculpas.

— Está tudo bem, Claudia. Aqui, eu posso terminar isso.

Ele deu alguns passos em minha direção e eu me afastei de volta para a mesa. O tilintar de talheres e pratos de vidro encheu o silêncio entre nós, e ele me trouxe o pequeno prato de bacon, adicionando-o à quantidade já substancial de comida que ele colocara na minha frente. Eu cutuquei a comida com o garfo, meu corpo me dizendo que estava com fome, mas meu cérebro relutando em voltar a comer em um mundo sem meus pais.

Meu avô deslizou o envelope em minha direção. — Estes documentos são do Sr. West. Informações sobre a herança que você receberá no seu vigésimo primeiro aniversário.

Eu encarei o papel branco e tudo o que ele implicava. Isso era dinheiro de morte. Eu preferiria ter meus pais. Eu fiz uma careta, percebendo que estava agindo como um bebê. Eu não era um bebê, e então eu senti — meu avô entrando em contato com a minha mente, tentando entender o que eu estava pensando. Eu não sabia se ele havia percebido que estava fazendo isso, ou mesmo se sabia que eu notaria.

— Pare com isso — eu disse. Ele pareceu confuso. — Você está tentando ler minha mente. Não vai funcionar.

Ele corou e desviou o olhar. — Eu sinto muito. Eu não quis bisbilhotar. A maioria das pessoas, você sabe, não percebe quando outra pessoa toca em sua mente.

Dei de ombros. Eu sabia disso perfeitamente, e meu pai havia me dito para não fazer essas coisas. Era perigoso; isso nos machucaria. Isso o havia machucado. Eu me sacudi mentalmente. Eu não sabia disso ao certo, estava apenas assumindo. Peguei um pedaço de bacon e mastiguei lentamente.

— Há uma histórico em nossa família dessa capacidade.

— Meu pai me disse — eu menti. Claro que ele não havia me dito nada. Ele sempre se recusara a falar sobre isso.

— Eu esperaria isso dele. Ele conhecia os perigos. Foi por isso que ele te enviou para mim. — Essa história de novo. O meu avô não ia deixar isso pra lá. — Existem... coisas que nos caçam. — Tentei ouvir, pensando que ele poderia revelar algo que o meu pai nunca dissera.

— Coisas? — eu respondi, parecendo incrédula até para mim mesma.

— Sim — ele disse. — Há mais neste mundo do que você pensa. Nosso poder é muito antigo e especial para este mundo. Existem... bem, suponho que sejam pessoas à sua própria maneira. Eles nos procuram pelos sistemas solares. São atraídos por nós.

— Alienígenas? — eu disse. — Sério? — Ok, agora eu não sabia em que acreditar, mas senti que *ele* acreditava.

— Sim e não. — O canto da boca dele se franziu. — Eu não estou explicando isso muito bem.

Eu franzi a testa para ele. — Não mesmo. — Recusei-me a mencionar a palavra "loucura".

— Seu pai nunca te disse nada?

— Ele me disse para não mostrar minha capacidade, que havia pessoas que me levariam para longe dele... — E isso era a verdade, entranhada em mim desde a tenra idade de cinco anos. Lembrei-me das palavras repreensivas de meu belo pai gritando comigo na frente da minha escola primária. Eu escondi minhas memórias do meu avô, mas ele teve um vislumbre do que eu queria esquecer.

— Sim, existem esses tipos também — disse ele. — Cientistas. Outros que nos usariam para seus próprios objetivos... para coisas não tão boas.

— Isso é loucura. — Chega. A coisa toda parecia absurda. Ele estendeu a mão e tocou a minha, querendo que eu escutasse. Meus olhos se arregalaram quando sua pele tocou a minha. Por trás do ombro dele, vi uma figura sombria e volumosa, com o rosto obscurecido por um capuz profundo. Uma mão esquelética saiu de uma manga escura e uma foice impossivelmente grande encheu a cozinha. O ser voltou seus olhos brancos e ardentes para mim. Eu puxei minha mão de volta. A visão se foi. A *escuridão* que eu havia visto lá ...

Meu avô me encarou com os olhos arregalados. — O que você viu? — Ele perguntou. Ele tentou estender a mão e me tocar novamente.

— Eu não vi nada. — As palavras saíram em um ganido. Eu definitivamente, não queria que nosso contato convocasse aquela criatura horrível de volta para a cozinha. — Eu não sei de *nada*! — Eu gritei, levantando da mesa. A visão ficou em minha mente. Meu pai às vezes podia sentir essas coisas também; devia ter sido uma visão do futuro. Eu conseguia fazer isso de vez em quando, mas apenas em flashes que não faziam sentido, como um quebra-cabeça que eu tinha que montar sozinha.

Meu avô olhou para mim do outro lado da mesa, a testa franzida em preocupação. Ele parecia tão frágil e, nos detalhes, era óbvio que ele era o pai do meu pai. — Claudia, vai ficar tudo bem. Eu vou mantê-la em segurança.

Meu pai costumava dizer isso para mim também. — Como?

— Nossas habilidades podem nos dar avisos. Premonições.

— Ele fazia parecer como se fôssemos videntes ou charlatões com bolas de cristal. Isso era um absurdo.

— Eu não acredito em contos de fadas.

— Isso não é um conto de fadas, Claudia. Você sabe que sua capacidade é real. — *Você sabe que pode ouvir meus pensamentos, assim como eu posso ouvir os seus. Quando você me deixa.*

Eu me virei, não querendo que ele visse meu rosto. Minhas mãos tremiam. Eu era a responsável pela morte de meus pais; Eu não tinha dúvidas. E agora eu machucaria esse homem que acabara de entrar na minha vida, também. Meu avô.

— Você está me assustando. — Ele estendeu a mão para mim novamente, mas eu me afastei ainda mais do seu alcance.

— Por favor, não... — eu sussurrei. — E se eu te machucar também? Eu não quero te machucar como eu os machuquei ...

Ele piscou para mim, finalmente parecendo perceber o que eu sentia. — Claudia, isso não é algo que você fez. Você não teve nada a ver com isso.

Eu olhei para ele. — Como você pode ter certeza?

Ele parou como se não soubesse o que dizer. — O que você viu? Claudia, por favor, só quero prepará-la para o que pode vir. Quero lhe contar as coisas que sei. — Ele respirou fundo, considerando suas palavras, ciente do meu medo. — Mas vou esperar até que você esteja pronta — ele finalmente disse. — A morte de seus pais não foi sua culpa. Lembre-se de que você tem um *dom*. Você deve aprender a controlá-lo. Eu vou te mostrar como. Quando você estiver pronta.

Era a segunda vez que ele dizia isso, e eu não acreditei mais do que na primeira vez. Se essas premonições que ele mencionara fossem reais, eu teria sido avisada. Eu teria sido capaz de impedir que meu pai e minha mãe me mandassem embora. Eu não estaria sentada do outro lado da mesa desse parente maluco que eu nem sabia que tinha.

Eu me levantei novamente. — Eu vou para o meu quarto. — Ele me deixou ir.

Quando cheguei ao topo da escada, olhei de volta para ele. A sombra estava lá novamente, pairando sobre sua cabeça. Estremeci e tentei pensar em outra coisa.

7

O EQUILÍBRIO

O carro parou no estacionamento dos professores sob uma placa que dizia *Dr. N. Edwards*. Eu fiquei sentada em silêncio. Eu não tinha dito uma palavra a manhã toda. Senti que meu avô esperava que, no final do dia, pudéssemos conversar. Havia mais a discutir, mais que ele queria compartilhar comigo. Eu também queria conversar, mas estava com medo. Ele não acreditava que eu fosse responsável pelo que havia acontecido com meus pais, mas eu tinha certeza de que havia sido minha culpa. Agora, eu temia machucá-lo de alguma maneira estranha. Eu tinha visto algo naquela cozinha. E tinha malícia nele.

— Você gostaria de entrar no prédio junto comigo? — ele sugeriu com um sorriso.

Eu queria, mas não podia me permitir ficar próxima demais.
— Eu quero ... mas tenho medo — confessei, sentada muito quieta e olhando para o meu colo.

— Claudia, não há razão para ter medo.

— Você não entende. — Eu queria dizer a ele, mas a terrível lembrança daquela sombra me paralisou em silêncio. Contar pioraria as coisas. Eu olhei de volta para ele, as lágrimas nos meus olhos. — Quando vejo alguma coisa... — comecei. — Quando vejo... essas coisas estranhas... elas se tornam reais. — Eu sempre suspeitara de que isso acontecesse, porque estava vendo o futuro. Na semana antes de meus pais morrerem, eu havia tido um sonho em que voltava para casa e não era capaz de encontrá-los - andando por nada além de uma casa vazia. Não achei que houvesse algo errado com o desaparecimento deles. Eu nunca contara isso a meu pai; Eu nunca quis, torcendo para que, se eu não dissesse nada, isso não aconteceria. Então eu poderia considerá-lo apenas mais um pesadelo. Peguei minha mochila no chão do carro.

— O que você viu? — Ele perguntou novamente.

— Eu não quero dizer.

Ele assentiu, uma compreensão surpreendente em seus olhos. Talvez o vínculo entre nós fosse mais forte do que eu queria admitir. Ele realmente entendia?

— Você sabe onde são todas as suas aulas? — ele perguntou, desligando o motor do carro.

— Sim... — Nesse momento, de repente, me senti mal pelo que eu dissera a ele quando nos conhecemos. — Sinto muito pelo que eu disse... na primeira vez. — Eu me sentia uma pirralha agora. Nada disso era culpa dele.

— Eu sei que você está apenas tentando ser legal comigo... — Ele sorriu. Eu senti a paz em seu coração, um calor que havia vindo de mim. Talvez eu pudesse vir a entendê-lo. Eu queria isso. — Estarei aqui quando você estiver pronta para conversar — ele acrescentou. — Não consigo imaginar o quão difícil deve ser para você, ser mandada para viver com alguém que você nunca havia conhecido.

— Podemos tentar depois da escola? Conversar, quero dizer.

— Eu queria tentar entender esse homem que eu sabia que carregava apenas bondade em seu coração.

Ele assentiu. — Claro. Eu realmente gostaria disso.

Saímos do carro e subimos os degraus juntos até a entrada da escola. Paramos no final do corredor, que estava lotado de estudantes. Engoli em seco, entrando em pânico, e esperei que isso não provocasse *o dom*, para usar as palavras do meu avô.

Uma mão descansou no meu ombro, e o caos se acalmou dentro de mim, segurança e calma aliviando a minha ansiedade. *Temos o poder de aliviar os medos dos outros. Nós nos conectamos... Os fortes ajudam os jovens, os sábios os menos instruídos, mas às vezes funciona de maneira inversa. Assim como você me ajuda. Esta fonte equilibra todas as outras e dá força aos nossos dons...*

A sua força, Claudia, me dá controle sobre meu poder. E, em troca, nossa conexão te fornece orientação e ajuda a aliviar seus próprios medos.

Então estávamos nos alimentando um do outro.

— *De certa forma* — ele respondeu. — *Você entende?*

— *Acho que sim* — respondi.

Ele tirou a mão do meu ombro para ir embora sozinho; ele conhecia a rotina. Eu me virei para ele. — *Vamos conversar mais tarde...*

Eu gostaria disso. Ele se virou para mim e sorriu. — Vejo você no almoço?

Eu balancei a cabeça e entrei no corredor lotado, deixando-o na porta.

8

A SOMBRA NO CORREDOR

M e apressei pelo corredor. Eu estava começando a entender o Dr. Edwards muito mais do que eu havia esperado. Eu tinha medo de contar o que havia visto na cozinha dele; Eu estava com medo que dizer isso em voz alta o faria acontecer. Ele sabia agora, sem dúvida, que eu havia visto alguma coisa, mas ele obviamente não sabia o quê.

Agora, eu me vi querendo aprender com ele, especialmente as coisas que meu pai havia deixado de me revelar. A ideia disso me aterrorizava, mas ao mesmo tempo, eu estava pronta para aprender quem eu era - o que podia fazer. Ler mentes e movimentar objetos era uma grande parte disso, além de sentir emoções - sentir a dor de outra pessoa. Eu tentava não fazê-lo, mas a conexão estava lá, me atraindo para a energia de outros seres. Pessoas com o dom como meu pai e avô tinham uma conexão ainda mais forte, um vínculo comigo e um com os outros, assim como meu avô havia explicado.

Meu pai era um pouco menos complicado. Ele sabia ler mentes e mover objetos, e essa era toda a extensão de seu dom. Meu pai tinha um nome para isso: *Inquisidor de Mentes*. Eu sempre pensava nos filmes de *Guerra nas Estrelas* quando ouvia esse nome, e no começo ele havia ficado irritado comigo e com o fato de eu não levar as coisas a sério.

Enquanto eu caminhava pela escola, os olhos se voltavam para observar a aluna nova, mesmo quando entrei pelas portas laterais e passei pela entrada da cantina. Eles sabiam quem eu era muito antes de eu entrar. Parecia até que eu era uma celebridade.

Será que isso era uma coisa boa? Eu era a neta do diretor. Que estranho - um minuto, eu estava comendo cereal na mesa da cozinha com a minha família e, no outro, eu estava indo para a escola em um dia agitado com um avô que acabara de conhecer. A vida era estranha. Eu estava sozinha. Eu sempre me sentira assim, sozinha, mesmo com minha família. Sempre houve algo faltando na minha vida. Eu não sabia o quê, mas um grande pedaço de mim parecia perdido. Embora eu ainda sentisse muita falta dos meus pais, não conseguia decidir se minha vida havia terminado com a morte deles ou se estava apenas começando.

O corredor se estendia à minha frente, multidões de estudantes se espalhando para abrir um caminho para mim, me encarando muito tempo depois de eu ter passado por eles. Eu ansiava pela solidão, um lugar para me esconder de tudo isso - antes de perder o controle. Eu não conseguia me controlar quando estava com raiva ou triste. Eu não sentia que seria capaz de me controlar agora. Mas eu não conhecia esse lugar; Eu não tinha ideia de para onde ir. Não era justo.

Então, mais uma vez, a voz do meu pai entrou na minha mente, a imagem dele marcada nos meus pensamentos para sempre. Ele estava do lado de fora da porta do meu quarto, dizendo que íamos nos mudar.

— Mas eu realmente gosto de Trent, pai — eu havia dito a ele. — Por que nós temos que ir?

— Porque você é minha filha e não vou dar a eles minha única filha. Já dei tudo, e isso é demais. Isso termina aqui.

Eu não havia entendido a maior parte, mas não precisava, porque tinha tanta certeza de que meu pai sabia o que era melhor para mim.

— Não é justo — eu havia protestado, e ele veio se sentar ao meu lado na minha cama.

— A vida não é justa, mas você tira o melhor proveito do que recebe, querida.

Eu conhecia as palavras de memória.

Subi correndo a escada, esperando encontrar um lugar privado. Acabei encontrando o banheiro feminino virando o corredor do segundo andar, onde entrei na última cabine vazia e desabei. Eu não podia fazer nada além de chorar. Acima de mim, os canos sacudiram e gemeram ao som dos meus soluços, e eu pensei que eles estourariam.

— Parem! — Eu gritei, e os canos se acalmaram instantane-amente. Em meio ao silêncio, o sinal tocou, penetrando meus pensamentos. Ouvi vozes de estudantes nos corredo-res, correndo de um lado para o outro, portas e armários batendo, tênis deslizando pelo chão ceroso e, finalmente, silêncio - tirando o som da minha própria respiração.

Por um breve segundo, permaneceu assim. Mas então a porta do banheiro se abriu lentamente e ouvi um assobio misterioso - uma melodia cativante, mas ainda assim assustadora. Passos se seguiram, ecoando nos azulejos do chão do banheiro. O assobio aumentou em tom, desaparecendo lentamente, depois começou de novo. Isso era a música tema da *Vila Sésamo*?

Fiquei quieta, ouvindo em silêncio e esperando que quem quer que fosse fosse embora rapidamente. O assobio continuou para perto das pias até que ouvi a torneira se abrir e a água espirrar.

Espiei através das fendas da cabine, mas não consegui ver quem era ou onde estava. Eu ouvi mais alguns passos, então uma figura apareceu claramente. Um homem alto, esbelto, de cabelos loiros, vestido com um terno preto e gravata vermelha, estava de frente para as pias e espelhos. Parecia normal o suficiente, exceto pelo simples fato de que ele estava no banheiro feminino de uma escola.

Minhas mãos ficaram suadas, e eu tive que me lembrar de não prender a respiração.

De uma maneira incrivelmente robótica, ele inclinou a cabeça levemente e encarou o próprio reflexo, como se estivesse se olhando pela primeira vez. Seus olhos grandes, escuros e sem vida quase brilharam, e ele curvou os lábios finos em uma careta. Eu podia ver as maçãs do rosto definidas afundando nos lados finos de seu rosto pálido.

Passando um dedo pelas sobrancelhas, o estranho pegou uma toalha de papel, secou as mãos e depois ajeitou a gravata. Seu reflexo tremeluziu levemente, distorcendo sua imagem por apenas um momento. Além dos olhos ocos havia uma caveira de porcelana, uma fileira de dentes aparecia em uma cabeça encapuzada no espelho - seu reflexo o encarando.

Eu quase caí contra a porta da cabine e engoli um grito. Meu coração bateu forte no meu peito. Eu realmente havia acabado de ver isso?

As luzes acima de mim piscaram novamente, depois pararam. Uma única lâmpada do teto se apagou completamente. Eu olhei para ela, aterrorizada.

Ai, você deve estar de brincadeira, pensei, olhando para a lâmpada. Se aquilo não temesse a escuridão, a luz havia sido a minha única proteção.

O assobio continuou. Eu congelei, tentando me controlar, e quando a música parou abruptamente, pressionei meu rosto novamente na fresta da cabine. Nossos olhos se encontraram no espelho e eu pulei de volta contra o vaso. Não havia dúvidas de que ele havia me visto. Claro que havia.

Sentindo-me corajosa e estúpida, espiei pela fresta da cabine novamente apenas para encontrar o banheiro vazio - pelo menos, o pouco que eu podia ver dele.

— Bu. — Um par de olhos azuis escuros apareceu do outro lado da fenda na porta da cabine. Eu gritei e tropecei para trás novamente. Um cano estourou acima da minha cabeça e, por um momento, fiquei ali, olhando para a porta da cabine e incapaz de me mover enquanto a água caía sobre a minha cabeça. Mas nada aconteceu e, quando finalmente abri a porta e saí, não havia ninguém lá. Eu estava completamente sozinha de novo.

A luz acima do espelho cintilou quando dei um passo à frente. Eu estava agora no mesmo lugar onde ele estivera. Eu pensei que nunca poderia esquecer seus olhos e aquele sorriso inteligente e onisciente.

O único reflexo que agora me encarava era o meu. A luz piscou novamente e, no espelho, eu o vi parado atrás de mim em uma cabine aberta, me encarando com o mesmo olhar doente. As luzes se apagaram completamente e eu me virei para encará-lo. Minhas mãos agarraram a pia atrás de mim quando eu pressionei contra ela. Mas ele havia desaparecido novamente.

Uma pequena poça já havia se formado dentro da cabine onde eu havia me escondido, e a porta se abriu um pouco mais. O som da água espirrando do cano quebrado me impedia de enlouquecer. *Senti* algo me encarando da escuridão, esperando silenciosamente.

Então o próximo sinal tocou. Assustada, peguei minha mochila e corri para o corredor.

Corri para um pequeno parapeito com vista para o primeiro andar. Abaixo de mim, estava a entrada do auditório, ao lado da qual estava pintado *"Vamos Búfalos"* e um desenho de um búfalo soprando nuvens de fumaça de suas narinas.

Lá estava ele - o homem de terno preto e gravata vermelha, de pé contra a grade. Por alguma estranha razão, senti que ele estava me esperando. Quando seu olhar encontrou o meu, ele pareceu me chamar para a frente. Um calafrio percorreu meus braços quando seus olhos azuis escuros e vazios olharam quase através de mim. Como uma aparição fantasmagórica, seus lábios se abriram um pouco para sussurrar algo que eu não conseguia ouvir. Ninguém mais podia ver isso? Ele apontou um dedo ossudo para mim, e seus olhos sorriram e dançaram com aquele olhar frio e oco.

Você ... Eu estive procurando por você.

Eu me afastei, caindo no caminho de dois outros homens vindo pelo corredor. Aterrorizada, eu me virei e, por um momento, nenhum deles disse uma palavra. O homem mais alto, vestindo um casaco esportivo verde, conseguiu um aceno. Ele era um pouco difícil de ignorar já que se erguia na minha frente como uma muralha.

Seu companheiro loiro, o sósia do Ed Harris, sorriu. — Está gostando das aulas, Claudia? Me desculpe por não termos tido a chance de nos apresentarmos. Sou o Sr. Claypool, e este é o Sr. Vasquez. Está tudo bem? — O Sr. Vasquez sorriu calorosamente para mim.

Eu fiz que sim com a cabeça, ainda tremendo. Olhei em direção ao parapeito, mas o homem de terno preto e gravata vermelha se fora. Tentei parar de tremer, esperando que eles não fizessem mais perguntas; Não achei que seria capaz de dizer algo coerente.

Não consegui encontrar nenhum motivo para *o que* havia visto, porém, e desejei nunca ter tido essa visão. Era impossível agora me livrar da sensação de que eu não deveria ter visto nada disso. — *Você... eu estive procurando por você...* — ele havia dito. O que isso significava?

— Não hesite em nos pedir ajuda, ok? — o Sr. Claypool disse. O Sr. Vasquez deu um aceno bobo, sua cabeça balançando. Seus lábios pareciam desaparecer sob o grosso bigode.

Eles nem pareceram notar meus cabelos e roupas molhados até que alguns estudantes correram para lhes dizer que o banheiro das meninas estava inundado. Então eles voltaram seus olhares para mim, olhando-me de cima a baixo, e eu os vi juntando as peças.

— Ah, Claudia. Por acaso, você sabe alguma coisa sobre isso?

Consegui um sorriso meio culpado, e nós três olhamos para a trilha de pegadas molhadas vindas do banheiro.

O Sr. Claypool e o Sr. Vasquez me levaram ao escritório do meu avô. Olhei em volta, me perdendo nos premios e fotos na parede dele. Meu avô estava de pé junto à mesa, conversando com Michael, e os dois se viraram para nós quando entramos.

— Olá novamente — disse Michael. Eu apenas sorri para ele antes que ele parecesse se despedir e seguir em direção à porta. — Falo com você mais tarde, Neil.

— Não esqueça do jantar na minha casa hoje à noite. Sr. Claypool e Sr. Vasquez, vocês também estão convidados... — Meu avô franziu o cenho e apertou os olhos para mim quando notou meu cabelo úmido. O Sr. Vasquez e o Sr. Claypool cumprimentaram Michael quando ele passou por nós.

Os olhos do meu avô foram para os homens ao meu lado, depois se voltaram mais uma vez para a minha cabeça. — Por que seu cabelo está molhado?

— Senhor, um cano estourou no banheiro feminino do segundo andar — o Sr. Vasquez proferiu, soando como se estivesse esperando muito tempo para dizer isso. Olhei para os meus sapatos.

— Você está bem? — Meu avô me perguntou, ignorando a súbita explosão do Sr. Vasquez.

Sua preocupação me surpreendeu, e me perguntei se ele sabia de alguma coisa - se eu havia deixado transparecer alguma coisa. Eu olhei para ele e assenti.

— O que aconteceu? — ele perguntou, e franziu a testa ainda mais. Essa empatia estranhamente precisa sempre parecia estranha para quem não conhecia o dom como nós. Mas nós sabíamos. Nós sempre sabíamos. Ele sabia que eu havia visto alguma coisa.

— Eu não sei... — eu disse. — Eu vi uma coisa... Realmente não sei. — Eu silenciosamente implorei para que ele não perguntasse novamente, ainda aterrorizada com o que aconteceria se eu falasse em voz alta.

— Senhor, se me permite dizer — disse o Sr. Claypool. — Esses canos são bem antigos. É melhor que arrebentem agora, para que possamos pedir dinheiro no orçamento desse ano para reparar o resto.

Meu avô assentiu; eles não entendiam nossa dor interior. Ele sabia que os canos não haviam sido um acidente.

— Eu posso levar Claudia para a enfermaria — acrescentou o Sr. Claypool. — A Sra. Jenkins sempre mantém um par de roupas sobressalentes em seu escritório para uma emergência como essa.

— Essa é uma boa ideia. — Meu avô deu um passo em minha direção e colocou a mão no meu ombro. Eu olhei em seus olhos tristes e compreensivos. — Você tem certeza de que está bem? — Ele perguntou novamente. Eu assenti. Ele respirou fundo, depois pareceu tomar uma decisão. — Há algo que preciso lhe dar. Algo sobre o qual deveríamos falar. Tudo bem?

Eu olhei nos olhos dele, e suas imagens inundaram minha mente. Ele segurava o cristal na mão, que brilhava vermelho e às vezes azul - vermelho para perigo, azul para segurança. O cristal lançava emoções e alertava sobre perigo iminente, como um anel de humor estranho e poderosamente preciso. Qualquer sombra, qualquer presença, rapidamente recuava da luz do cristal.

— Você entende? — disse meu avô. Ele me mostrou aquela breve imagem novamente. Eu sabia que ele queria me dar o cristal, mas também senti que muito mais vinha com esse gesto do que simplesmente entregá-lo para mim.

— Acho que sim — eu disse. E agora eu estava ainda mais curiosa. — Isso te mantém seguro? — Eu perguntei.

Ele assentiu. — E faz muito mais do que isso. Eu vou te ensinar como usá-lo. Depois da escola, conversaremos mais. — Ele olhou novamente para o Sr. Claypool parado atrás de mim. — Por favor, peça à senhora Wallace que ligue para o encanador — disse ele. — Diga a ela para usar meu cartão de crédito.

— Sim, senhor — respondeu o Sr. Claypool, virando-se para sair. O Sr. Vasquez esperava por ele na porta.

Meu avô virou-se para mim mais uma vez antes de eu sair.
— Se você precisar de alguma coisa, eu estou aqui. Não importa quão pequena. Você vem me procurar, ok?

Eu sorri, sentindo o calor do seu coração se espalhando pelo meu. Pareceu que nós dois compartilhamos a conexão por um breve momento. Ele estava brilhando. E eu senti que essa era a maior felicidade que ele já tivera em sua vida.

9
CONHECENDO A ESCOLA

A Sra. Jenkins realmente guardava muitas roupas extras - roupas velhas de estudantes que as haviam deixado no ginásio. Ela as mantinha em uma caixa de doações montada na enfermaria. Depois de secar o cabelo com uma toalha, examinei os itens, mas não havia como usar nenhum deles. Alguns itens pareciam ser de antes dos anos setenta.

O sinal tocou novamente quando saí da enfermaria. O Sr. Vasquez e o Sr. Claypool estavam no corredor, e eu tentei ignorá-los. Eles realmente falharam em não parecer tão óbvios.

O segundo sinal tocou no momento em que entrei na minha aula de história com o Sr. Peterson, e encontrei um lugar atrás. Eu esperava que o professor não fosse me chamar para me apresentar, já que eu era a neta do diretor em seu primeiro dia de aula.

O olhar penetrante do Sr. Peterson nunca me deixou, mesmo depois que me sentei. Ele estava cheio de ressentimento, não comigo, mas com meu avô. *Será que ela é estranha como o avô? Eu o ouvi pensar. É a falta de religião que é o problema. Se eu estivesse no comando aqui, faria algumas mudanças... Precisamos de oração, precisamos de religião na escola...*

Seus olhos foram para outra direção, silenciando as vozes começando a atrapalhar a aula. Então ele se voltou para a lousa e adicionou uma tarefa.

Alguns estudantes olharam para mim, sussurrando. Um murmúrio de vozes vibrou dentro dos meus ouvidos.

Aposto que ela recebe tratamento especial...

Desde quando o Dr. Edwards tem uma neta?

— Ei, você é Claudia Belle, não é? — Uma garota sentada na minha frente virou-se para me encarar. Os cabelos castanhos e ondulados caiam sobre os óculos quadrados de armação escura. Pega de surpresa, eu não respondi imediatamente. Suas palavras interromperam e estranhamente silenciaram as vozes quase imediatamente, e eu não conseguia me concentrar em mais nada além dela.

— Eu sou Tina Watkins. — Ela ofereceu uma mão. Eu hesitei. As pessoas ainda apertavam as mãos? — Eu acho isso muito legal, você ser parente do diretor. Aposto que você pode se safar de muita coisa — exclamou Tina com um sorriso. Um suspiro de alívio escapou da minha boca. Isso era um fato que eu não tinha considerado. — Então, está gostando da Milton até agora?

Achei Tina curiosamente estranha - um pouco zelosa demais. Ela parecia muito mais interessada em mim do que no que o professor estava escrevendo na lousa. O Sr.

Peterson pigarreou para fazê-la se virar, mas ela apenas o encarou brevemente, torcendo o nariz para ele em resposta.

Ele desviou o olhar quando os olhos deles se encontraram, o que eu achei mais do que um pouco estranho. Então ele se virou para a lousa novamente e continuou escrevendo suas instruções.

— É interessante... — eu disse, finalmente respondendo sua pergunta. — Diferente...

— Você não sabe nem a metade. — Ela riu.

Tentei me concentrar na lição, mas era difícil quando Tina não era a única outra pessoa que não prestava atenção. Algumas garotas do outro lado da classe riam, e eu sabia que elas estavam falando de mim mesmo antes de eu olhar para elas e elas torcerem o nariz na minha direção. Rachel Westcott - peguei o nome dela em meus pensamentos. Ginger e Becky eram as outras duas. Elas me lembravam de uma cena de *Meninas Malvadas.*

Tina virou-se novamente para falar comigo. — Não deixe que elas te irritem — disse ela.

— Elas não estão — eu respondi, encontrando seu olhar. Ela sorriu, seus olhos brilharam para mim, e eu me encolhi no meu assento, captando olhares das garotas más na esquerda e ouvindo suas risadas. As luzes acima piscaram. *Aqui não,* eu implorei, mais risadas ecoando do lado da sala. *Por favor, não.* Algo estalou acima de nós, e o Sr. Peterson parou sua aula para se virar e olhar para o teto.

Eu exalei. *Respire...* Outro estalo soou, depois mais dois, e as luminárias acima de Rachel e suas amigas acenderam e se apagaram completamente, o vidro quebrando sobre suas cabeças. Eu ofeguei, Rachel e suas amigas gritaram e se dispersaram, e os outros alunos fugiram para o outro lado da sala.

Tina riu. Quando me virei para frente novamente, ela era a única outra aluna ainda em sua mesa, me dando um sorriso enorme. Rachel olhou para mim e me perguntei se ela realmente achava que isso era minha culpa.

Ficou decidido que o incidente se dera por conta de luminárias defeituosas. Passamos a maior parte do período da aula vendo o zelador remover tanto a luminária quanto a bagunça de vidro espalhado. Depois de mais alguns minutos disso, o sinal tocou acima de nós.

Saí da sala de aula com o resto dos alunos, o Sr. Peterson agora estava de pé atrás de sua mesa nos observando sair. Eu só me virei quando notei Tina passar lentamente pela mesa e encarar o homem, passando lentamente o dedo pela borda da mesa. Mas foi a maneira como ela fez isso que chamou minha atenção; ela usou a ponta afiada da unha para arranhar a superfície da madeira.

Eu me apressei. Eu já havia visto estudantes encrenqueiros o suficiente para saber que ela poderia ser um deles. Eu pensei que o corredor estava muito cheio de estudantes para Tina me ver, mas então ela apareceu ao meu lado.

— Ei, qual é a pressa? — ela disse, colocando a mão no meu braço para me parar, quase como se soubesse com certeza que eu estava tentando desesperadamente escapar dela.

— Estou apenas indo para a aula — murmurei, sentindo-me pressionada a me justificar.

— Ah, não se sinta mal — disse ela. — Não é como se fosse sua culpa. — Ela não saiu do meu lado.

— O que você quer dizer? — Eu olhei para ela. Tina sorriu largamente, e eu duvidava que ela percebesse o quanto aquele sorriso assustador implicava que ela sabia do contrário. — Certo ... — eu disse. — Não é. — Não tive tempo de explicar por que estava chateada, se é que ela havia notado. Mas parecia que ela não queria uma explicação. Ela era educada - estranha, mas ainda assim educada. E não era como se eu tivesse outros amigos, de qualquer maneira. Eu podia realmente me dar ao luxo de ser exigente?

— Então, quem você tem agora? — Tina perguntou. Notei o Sr. Peterson olhando para nós da porta da sala de aula.

— Qual é o problema dele? — Eu perguntei. — Ele não para de me olhar desde que entrei pela porta. — Ou, eu me perguntava, se ele estava preocupado com Tina e com o fato de eu ter feito uma aliança estranha com ela?

Tina riu. — Ah, não deixe ele te incomodar. Ele é um fanático religioso. Provavelmente pensa que você é um demônio ou algo assim e quer exorcizar você.

— O que? — Eu disse, olhando de volta para o Sr. Peterson. Ele havia dado um passo para fora porta da sala de aula e agarrava o crucifixo de ouro em volta do pescoço.

— Estou só brincando. Esse homem é muito amargo — disse ela. — Ele acha que o Dr. Edwards é o diabo.

— O que? Por que? — Eu exclamei.

Tina revirou os olhos. — Ele acha que todo mundo é o diabo. Desde que o Dr. Edwards o fez tirar o crucifixo da parede, ele tem agido assim.

— Um crucifixo? Então ele ainda acredita em oração na escola? — Eu perguntei.

— Tipo isso. — Tina sorriu. — Eu acho que ele pensa que ele é tipo Jesus Cristo renascido. — Ela riu novamente.

— Ótimo — eu sussurrei. — Como se eu precisasse de mais problemas.

— Alguns professores ficam tão apegados às suas salas de aula que até parece que eles moram lá ou algo assim. E eles pensam que podem pendurar todo tipo de lixo nas paredes — Tina balançou a cabeça, depois olhou de volta para o Sr. Peterson. Isso levou o professor a fugir de volta para a segurança de sua sala de aula. Talvez ele realmente fosse louco.

— Então... — Tina voltou-se para mim. — Quem você tem agora? — Ela sorriu, revelando um conjunto de dentes brancos e retos.

Tentei não deixar seu sorriso perturbadoramente zeloso me dominar. Olhei para o meu horário e encontrei matemática com o Sr. Thompson e educação física na lista a seguir. Eu já tinha perdido minhas duas primeiras aulas - inglês e ciências.

— Deveríamos memorizar os horários uma da outra — sugeriu ela com um sorriso. Pareceu um pouco estranho, mas achei que não havia mal nisso. Dei de ombros e mostrei a ela meu horário. — Você tem inglês com o Sr. McClellan. — Tina franziu a testa. — Ai, que chatice.

— Você também tem? — Eu perguntei, me perguntando por que ela parecia tão decepcionada. Eu só havia encontrado o homem duas vezes, e ele parecera legal o suficiente. Ele era um amigo íntimo do meu avô, isso eu sentira dos dois, especialmente do Sr. McClellan; ele era muito mais fácil de ler.

— Não. Eu o tive no ano passado — disse Tina. — Agora eu tenho a bruxa velha da Sra. Whitman. Nossa, eu odeio a aula dela.

Alguns estudantes passaram por nós e ela acenou de uma maneira bastante robótica, como se tivesse sido programada para fazê-lo. Ela parecia quase irreal naquele momento - tão irreal quanto seu sorriso, eu percebi. Eu me perguntava por que ela estava tão animada para falar comigo. Poderia ser meu status neste lugar como neta do diretor? Ou era algo mais? Eu não gostava muito de conversar com os outros, sempre tendo ficado melhor sozinha. Às vezes, eu pensava que a distância que mantinha era o que acabava atraindo as pessoas para mim.

— Ei! Que horário de almoço você tem? — Tina perguntou. Eu não respondi imediatamente, então ela olhou para o meu cartão. — Você tem o almoço B, que nem eu. Podemos sentar juntas. — Ela disse isso sem um pingo de pergunta, como se ela não achasse que eu diria não ou não se importasse se eu o fizesse. Eu sorri, assentindo, incapaz de oferecer qualquer outra coisa. — Bem, eu tenho que ir para a aula. Vejo você por aí. Não seja uma sumida. — Então ela foi varrida pela multidão de estudantes que se moviam na outra direção.

Eu me movi pela multidão sozinha.

Depois da aula de matemática com o Sr. Thompson, caminhei pelo corredor em direção à cantina e vi meu avô conversando com um dos professores. Ele estava tão feliz;

Eu senti seu coração disparado. Então eu vi uma imagem de mim aparecer em sua mente. Eu queria ir até ele - ele queria almoçar comigo - mas um sentimento desconfortável me empurrou na outra direção. Com medo de trazer outros sentimentos estranhos ou figuras fantasmagóricas para o dia dele, também, decidi que ficaria longe até que pudéssemos conversar mais tarde naquela noite. Ele tinha coisas para me dizer, eu sabia. Ele me ensinaria quem eu era e o que meu pai havia falhado em me contar sobre nosso poder. E sobre o perigo.

O Sr. Thomas, o segurança, e outro homem latino-americano com o mesmo uniforme vieram pelo corredor. O segundo homem parecia estar acompanhando o Sr. Thomas para treinamento, e os dois acenaram de volta para mim quando passei por eles.

Alguns estudantes atrás de mim saíram da escada e entraram para o almoço B, chamando a atenção dos guardas. Eu fiquei na entrada da cantina lotada por alguns segundos, olhando para uma massa de rostos, nenhum dos quais eu reconhecia. Finalmente, e com relutância, entrei na fila do almoço.

Paguei meu almoço e vaguei, tentando fingir que sabia para onde estava indo. Encontrei um canto agradável e vazio do refeitório e me afundei em um livro no meu aplicativo Kindle.

Algo se mexeu no canto da minha visão e eu pisquei, olhando para a esquerda. Tina esticava o braço no ar, acenando para frente e para trás e olhando diretamente para mim. Senti meu rosto queimando e quis desaparecer. Eu tinha a sensação de que essa garota teria ficado em cima da mesa apenas para chamar minha atenção. Ela me chamou com gestos menores agora que sabia que eu a tinha visto, e outro sorriso enorme surgiu em seu rosto tenso e distante, como se ela fosse meio doida. Com um suspiro, levantei-me e fui em direção a ela, onde ela estava sentada em uma mesa com apenas alguns amigos, longe do resto da massa estudantil.

Uma exploração de seus pensamentos internos trouxe uma onda de sons distorcidos, em vez de idéias claras sobre que tipo de pessoa ela era. Um olhar zangado dela quase me derrubou, me assustando o suficiente para me fazer parar. Mas ela sorriu novamente com a mesma rapidez, como se nada tivesse acontecido, e inclinou a cabeça. Cautelosamente, fui até a mesa.

Os amigos de Tina imediatamente olharam para mim quando ela nos apresentou. Todos pareciam amigáveis, exceto um.

O garoto chamado Sean parecia o típico presidente da turma. Ele tinha cabelos escuros, óculos emoldurados e madeixas bem penteadas. Seus olhos dispararam para mim por cima das páginas de seu romance de Chuck Palahniuk. Ele sorriu, largando o livro; parecia que sua atenção raramente podia ser desviada do Sr. Palahniuk. Ele parecia deslocado, um intelectual em uma cantina cheia de desajustados, bem o oposto de Tina e dos outros dois. Ele parecia um cavalheiro inglês em um mar de idiotas do ensino médio.

— Olá — disse ele com uma voz musical, e eu corei.

Ruben, um skatista, estava enfiando um pedaço de pão na boca quando eu cheguei. Ele tinha cabelos dourados desgrenhados e um rosto delicadamente estruturado; um anel de metal surpreendente perfurava seu lábio. Ele congelou quando eu olhei para ele, engolindo o pão já em sua boca.

— Isso é nojento — disse uma garota à minha esquerda, vestida de renda preta e um espartilho. Eu não sabia dizer se ela estava pronta para um funeral ou um show de heavy metal. Ela revirou os olhos quando Ruben direcionou sua atenção para mim e acenou.

Ela não parecia tão amigável quanto os outros. Lançando seus claros olhos azuis em minha direção, ela afastou do rosto os cabelos pretos na altura dos ombros, me avaliando com um sorriso de escárnio.

— Uau, olha, é a Pocahontas... de margaridas — ela riu.

O insulto não era novo. Sentei-me ao lado de Tina, de frente para Alex e Ruben. — Era a flor favorita da minha mãe — eu admiti, me sentindo um pouco infantil por ter usado o pingente de margarida em volta do meu pescoço e admitido o motivo. A garota gótica apenas revirou os olhos em resposta.

Ruben e Sean pareciam absorver silenciosamente todas as minhas palavras, assim como Tina quando eu falara com ela no corredor. Eu me perguntei se os dois sabiam que meus pais haviam morrido. Sua atenção extasiada faria sentido se sentissem um pouco de simpatia por mim.

— Eu acho fofo — Ruben disse com um sorriso.

— Margaridas sempre foram uma das minhas flores favoritas — Tina expressou com orgulho.

— Elas são conhecidas por representar inocência e pureza — disse Sean, curvando os lábios em um sorriso cheio de covinhas.

Alex franziu a testa. — Inocência e pureza? — Ela revirou os olhos para eles. — Sério? — Houve um longo e desconfortável silêncio sobre a mesa.

— Então, o que vocês fazem durante o almoço além de comer? — Eu perguntei, esperando quebrar o silêncio constrangedor.

Alex me lançou um olhar feio, mas os outros pareciam ansiosos para responder minha pergunta estúpida.

— Falamos sobre outras pessoas. — Alex sorriu.

Eu consegui dar um sorriso desconfortável e imaginei que já havia sido uma das vítimas dela.

— Então, seu avô é o diretor, hein? — ela perguntou.

Sean estreitou os olhos castanhos, parecendo incomodado pela mudança repentina na conversa. De alguma forma, senti que isso não era novidade para eles. Quem ainda não sabia que eu era parente do Dr. Edwards?

Eu fiz que sim com a cabeça, esperando deixar o assunto para lá, então peguei meu garfo e cutuquei o que parecia ser purê de batatas.

— Então, tipo, você pode fazer o que quiser? — Alex acrescentou.

— Acho que sim — eu consegui dizer, distraída com o que poderia ter sido bolo de carne no meu prato. Eu olhei para cima e notei os dois assistentes de diretor entrando na cantina.

Alex olhou para trás e os viu também. — Amigos seus? Parece que seus guarda-costas chegaram. E bem a tempo — acrescentou ela em um tom musical de zombaria.

— Alex — disse Tina com firmeza, os olhos correndo na direção da garota gótica de cabelos negros. Ela se virou para mim com um olhar que dizia: *Ignore-a.*

— Eles não são meus guarda-costas. — Senti a necessidade de dizer algo, para esclarecer isso, pelo menos. Eu esperava que o Sr. Claypool e o Sr. Vasquez não me vissem, mas então os dois olharam na minha direção e acenaram. Eu quase morri, querendo retribuir o aceno, mas temendo as consequências, especialmente quando Alex me lançou um sorriso de escárnio.

— Você conhece eles? — disse Alex. Claramente, eu conhecia. No entanto, ela me fez repensar minha resposta. Os outros na mesa se viraram para me encarar. Será que conhecer os funcionários da escola era algo que não aprovavam?

— Não. Na verdade, não — eu disse e abaixei a cabeça.

— Como ela poderia? Este é o primeiro dia dela — respondeu Tina por mim. Ela riu, estranhamente tranquilizando os outros. Alex lançou-lhe um olhar peculiar. Tina parecia ser muito estranha - com isso eu podia concordar - como se ela tivesse perdido alguns parafusos, e fiquei feliz por não ser a única pessoa que achava sua individualidade peculiar.

— Temos como regra ficar longe das figuras de autoridade quando estamos matando aula — explicou Alex. — Não confio neles. Sempre tentando me meter em problemas. Pegando no meu pé porque eu sou diferente. Eu sou gótica, e daí? Minha alma é sombria. — Ela sorriu. — Eles simplesmente gostam de emitir boletos de detenção. Vamos pegar no pé da garota gótica.

Os outros não disseram mais nada. Percebi que Sean havia retomado a leitura de seu livro, me observando por trás dos óculos emoldurados sempre que tinha uma chance. Achei estranho que ele ainda se perdesse nas páginas de um livro de capa dura em vez de em um iPad, como a maioria dos adolescentes da nossa idade.

— Eles estão perdendo tempo tentando atualizar esse lugar — acrescentou Alex.

Ela parecia ser a única pessoa falando e a única que parecia remotamente normal, mesmo que ela também fosse um pouco hostil. Sean estava principalmente ocupado com seu livro. Tina e Ruben observaram silenciosamente a cena do outro lado da mesa. Pareciam quase robóticos em suas próprias peles, olhando o mundo como se não o reconhecessem e precisassem ser lembrados de como agir.

— Concordo. Há coisas muito mais importantes com que se preocupar — disse Sean com um sorriso insensível por trás de seu livro. Eu não pude deixar de sentir que ele estava falando de outra coisa, mas então nossos olhos se encontraram, e ele sorriu.

— Eu acho que a escola está bem do jeito que está — Alex continuou, olhando ao redor da cafeteria. — Dá caráter ao lugar. Muito mais caráter do que de algumas pessoas aqui.

Sean reposicionou levemente os óculos, estreitando os olhos grandes enquanto olhava para mim e aparentemente tentava ignorar o discurso de Alex.

O Sr. Claypool e o Sr. Vasquez foram até a frente da cantina e ficaram ali. Eu sabia que eles estavam de olho em mim, mesmo que a ideia fosse ridícula. Mas isso me fez me sentir segura. Eles continuaram olhando para a nossa mesa, e eu senti que eles queriam vir e dizer olá. Mas eles resistiram. Eu já os havia conquistado e só havia sorrido para eles uma vez.

— Vocês estão matando aula agora? — Eu perguntei, sem saber mais o que dizer.

Alex torceu o nariz para mim. — Você não vai nos dedurar, vai, Pocahontas? — Ela torceu o colar de pentagrama pendurado no pescoço, franzindo a testa.

— *Alex* — Tina sibilou em minha defesa.

— Só estou perguntando — Alex disse com um sorriso, pegando sua comida. — O que diabos é isso? — Ela fez uma careta e pegou um pedaço de algo da bandeja. — Você realmente deveria pedir ao seu avô para fazer algo sobre a comida desse lugar — ela me disse, depois largou o garfo novamente com nojo.

— Não ouça nada do que a Alex diz. Ela está apenas sendo... *engraçada* — disse Tina, tentando rir e depois olhando para a garota gótica. Apesar de todo mundo parecer irritado com os comentários de Alex, por qualquer motivo, eles permaneceram sentados como um grupo de manequins. A única pessoa genuína aqui parecia ser a garota me insultando.

— Ela é a única que está matando aula — Sean me respondeu. — E quanto ao caráter, ela não tem nenhum. A literatura constrói caráter. Muito mais do que a renda preta que ela chama de guarda-roupa. — Ele ergueu o olhar do livro para sorrir para ela.

Alex mostrou o dedo do meio para ele. — Vai se foder. Todo o mundo mata aula. É uma exigência de ser adolescente. — Sean não respondeu, concentrando-se em seu livro. — Que seja. Você só está tentando impressionar a Pocahontas.

Sean piscou, seus olhos escurecendo em uma carranca firme, mas assim que Alex desistiu da discussão, ele pareceu fazer o mesmo.

— O nome dela é Claudia — corrigiu Tina.

A mesa ficou em silêncio novamente; apenas o som de outros estudantes na cantina me impediu de sentir o desconforto pesado disso.

— Então, qual é o problema com seu avô, afinal? — Alex perguntou. Isso pareceu chamar a atenção de todos novamente; os outros trocaram olhares, depois me encararam. Eu não tinha muita certeza do que ela queria dizer, e ainda assim sabia exatamente o que ela havia perguntado. Sua mente mandava uma desconfiança irritada e um pouco de ciúme - era bem sombrio lá dentro - mas havia também algo mais que eu não havia percebido antes. Bondade.

— *Pare com isso* — uma voz sussurrou.

Olhei para cada um dos outros na mesa, mas ninguém deu nenhuma indicação de que havia dito alguma coisa. Sempre havia imaginado que bisbilhotar a mente de outras pessoas me causaria problemas, mas deixei isso para lá.

— O que você quer dizer? — perguntei a Alex. — Eu só o conheci alguns dias atrás.

— Mentira! — Ruben gritou, me surpreendendo com sua primeira reação real. — Você quer dizer que você nunca tinha encontrado ele até agora?

— Meus pais morreram... — eu disse. — É por isso que estou aqui. — Dei de ombros e Alex corou.

— Como isso aconteceu? — perguntou Ruben. Sean lançou-lhe outro olhar, que pareceu acalmá-lo e quase silenciá-lo.

— Talvez a verdadeira questão seja por que ele esperou tanto tempo para conhecê-la? — Sean acrescentou, lentamente se inclinando para frente novamente, sorrindo, e por um segundo, eu não pude me mover. Havia algo em seus olhos; a cor rodava em brilhos dourados. Eu devia estar vendo coisas, mas o modo como as cores dançavam em uma mistura de azuis e roxos brilhantes era fascinante.

— Você sabe o que eu quero dizer, Pocahontas — disse Alex, sorrindo timidamente para mim por trás da palidez de seu rosto. Por baixo de sua expressão, encontrei dois olhos azuis me encarando, escondidos pelo pó de maquiagem. Por que eu sentia que ela escondia algo ainda mais escuro? Ou era que ela tentava se esconder daquela escuridão?

Eu captei um vislumbre de choque em seu rosto e meu estômago revirou. Não havia como ela ter lido minha mente, havia?

— Ele não parece um pouco estranho? — Ela continuou, avaliando de perto minha reação. Eu não dei uma a ela, tentando permanecer o mais neutra possível. — A Jessica da aula de inglês disse que mora do outro lado da rua dele. Ela disse que ele é uma pessoa muito estranha. Todos os vizinhos pensam assim. Eles têm medo dele. Ele faz coisas estranhas acontecerem. Gatos morrem, as coisas desaparecem. Tempestades estranhas do nada. Assustador, não é?

Percebi agora que ela estava tentando me atingir e apenas a encarei.

— Eu odeio dizer isso para você, Pocahontas, mas você é parente de um cara estranho. Não me diga que você não sabia disso. — Então ela estourou a bola do seu chiclete.

— Estranho? — perguntei. Ela sorriu. Eu sabia o que ela queria dizer, lembrando-me dos vizinhos da casa ao lado que haviam desviado o olhar quando meu avô apenas tentara ser amigável com eles. Separado pelo dom - esse também era meu problema. — Estranho por que? — continuei. — Porque ele fica na dele? Talvez essa Jessica da aula de inglês seja uma babaca e deva cuidar da sua própria vida.

Sean soltou uma pequena risada, que ele escondeu com a palma da mão.

Alex olhou para mim com olhos arregalados e surpresos, e acima de nós, as luzes da cafeteria piscaram. Um leve silêncio se instalou no refeitório, mas quando a tremulação parou, um murmúrio de decepção subiu ao nosso redor.

Eu respirei fundo; Eu não podia perder o controle aqui - não na frente deles.

Quando olhei de volta para Alex, ela ainda parecia estar me examinando, e nos encaramos.

— Bem, isso foi interessante... — Ela sorriu.

— Na verdade não — eu disse. — Ouvi dizer que isso acontece muito... aqui.

— Isso mesmo — interveio Tina. — Não foi você quem disse que este lugar está caindo aos pedaços? — Com um sorriso brilhante apontado para Alex, ela espetou seu pedaço de bolo de carne com o garfo.

Sean largou o livro e tirou os óculos, aparentemente a conversa havia despertado seu interesse.

Mas Tina estava estranhamente congelada, olhando com os olhos arregalados para a bandeja como se seu bolo de carne estivesse se mexendo na frente dos olhos e tentando escapar. Ela não se mexeu até Sean tocar sua mão, então ela piscou e sorriu como se nada tivesse acontecido. Eu quase não notei nada até que uma risada mecânica explodiu de sua boca. Apenas Alex e eu a encaramos surpresas.

— Okaaay... — Alex disse, revirando os olhos para a exibição estranha de Tina.

Sean colocou os óculos novamente. Eles o faziam parecer bastante sério e observador. — Pessoalmente, não tenho sentimentos negativos em relação ao Dr. Edwards, mas estou curioso para saber por que ele esteve ausente da sua vida por tanto tempo. Essa é a parte que me incomoda. — Eu me vi incapaz de responder, e ele deu de ombros, acrescentando: — Bem, tenho certeza que ele tinha os motivos dele.

— Ele tinha? — Tina perguntou. Alex torceu o nariz, ainda franzindo a testa para a garota que havia agido tão estranhamente apenas alguns momentos antes.

Sean sentou-se, pousando o livro para inclinar-se para a frente e descansar as mãos cruzadas sobre a mesa. Agora ele me encarava com o que parecia ser toda a sua atenção, e isso me deixou enjoada.

Forcei meus lábios a se moverem; seu olhar parecia exigir uma explicação que eu não podia dar.

— Que injusto manter você longe de mim — disse Sean, mas quando eu pisquei, ele estava mais uma vez olhando para as páginas de seu livro aberto.

— O que você disse? — perguntei.

Ele olhou para mim com um sorriso. Seus olhos estavam muito castanhos agora, quase tão sem vida quanto as expressões dos outros haviam parecido desde o começo. — Eu disse que deve ter sido mais difícil para ele ter que ficar longe de você — respondeu Sean, depois voltou para as páginas do seu livro.

— Por que alguém faria isso? — perguntou Ruben.

— Eu não sei — respondi, tentando esquecer o que eu decidi que era apenas minha mente pregando peças em mim.

— Bem, acho que eu não poderia confiar em alguém assim — disse Ruben. — Quero dizer, como você pode? O que ele está escondendo? E o que ele quer agora quando ele levou tanto tempo para aparecer em sua vida? Ele nunca esteve lá, então de repente *bum*. Eu sou seu avô!

— Isso é péssimo — disse Tina. — Escute, se você precisar de alguém com quem conversar, pode conversar comigo. — Ela ofereceu um sorriso estranhamente grande, seus olhos ficando surpreendentemente arregalados.

— Não é nada disso... — Eu tentei dizer. Não era o que eles pensavam. Meu avô era a pessoa mais gentil que eu já havia conhecido. E eu queria conhecê-lo melhor, mas tinha medo de ter trazido algo sombrio comigo para a vida dele. À medida que meu dom ficava mais forte, parecia que a escuridão ao meu redor também o fazia. Eu nunca dissera a meu pai o que eu sentia ou o que havia visto. Mas, também, eu havia sentido que não podia; de vez em quando, parecia que até ele me temia - e era mais cruel comigo por causa disso. Isso me fazia pensar que segredos ele havia escondido de mim.

— Ah, não é? — Alex zombou. — Ruben está certo, e até a senhorita excêntrica aqui entendeu... — Ruben e Tina olharam para ela com o cenho franzido de confusão. — Ele é um vigarista atrás do seu dinheiro. Ele tem todos os documentos certos e disse todas as coisas certas. Eu vi um especial sobre isso na TV.

Os outros olharam para ela, perplexos e mais irritados do que qualquer outra coisa, até que ela caiu na gargalhada e engoliu o chiclete que estivera mastigando.

— Estou brincando! Ah, qual é... Eu estou só brincando. O Dr. Edwards é estranho, isso eu concordo, mas uma coisa que ele não é é um desesperado por dinheiro. Ouvi dizer que ele é podre de rico. Talvez seja o contrário, e *você* esteja tentando conseguir o dinheiro *dele* — disse ela, apontando para mim.

Eu torci o nariz para ela, começando a me sentir tão irritada por ela quanto os outros.

— Você não está ajudando — Sean proferiu.

— Bem, se não, isso pode ser a melhor coisa que já aconteceu com você — disse Alex, olhando para mim. — Agora você pode conseguir o que quiser do velho. Ele te deve muito. Você provavelmente poderia até conseguir um carro dessa história toda.

Os olhos de Sean novamente me encontraram por trás de seu livro; seus lábios apertados me fizeram pensar que ele estava começando a perder a paciência, e eu achei isso difícil de imaginar. Ele parecia tão calmo e composto, era improvável que fosse perder a paciência por causa de alguém como Alex. Eu me perguntei como eles podiam ter se dado bem antes de eu entrar em cena.

— Eu só quero conhecê-lo melhor. Ele é tudo o que tenho — eu sussurrei. Os olhos de Sean suavizaram em uma surpresa inesperada com as minhas palavras.

— O que? Aproveite a situação, gata! — Alex riu.

— Nossa, que surpresa — Ruben disse a ela, revirando os olhos.

— Eu entendo como você se sente — disse Tina, acenando com a cabeça para mim.

— Como? — Alex perguntou.

Tina e Ruben franziram a testa para Alex, e Tina mostrou a língua para a outra garota. Então eles se inclinaram um para o outro e Ruben sussurrou: — Precisamos levar ela para a aula. — Eles se inclinaram para ainda mais perto de mim. — Podemos te levar para a aula?

Sean levantou os olhos do livro. Ele ouviu, esperando talvez para ver o que eu diria.

— Acho que sim — eu disse, me sentindo bem descon-fortável.

— Podemos ir com você até todas as suas aulas, se você quiser — acrescentou Sean. — Somos tipo um pacote agora.

— Um pacote? Os outros concordaram alegremente. — Afinal, somos todos amigos agora.

— Vocês não precisam fazer isso — respondi. — Sério.

— Mas é isso que os amigos fazem — disse Tina.

— Eles se ajudam — Ruben ofereceu.

— Podemos sair depois da escola. Você tem que dizer que sim, Claudia — implorou Tina. — Podemos ir ao shopping, se você quiser. Podemos fazer o que você quiser.

Essa parecia ser a interação social mais estranha que eu já tivera. — Bem... vou ter que perguntar ao meu avô — ofereci suavemente. Eles não pareceram terrivelmente desapontados, apenas aceitaram a resposta como se a esperassem. Mas eles eram mais robóticos em sua compreensão do que eu havia esperado.

— Claro. Tenho certeza de que ele não vai se importar — disse Ruben. Ele olhou para nada em particular e sorriu.

— Podemos pedir a ele, se você quiser — ofereceu Tina.

— Não, acho que posso lidar com isso. — Olhei para Alex e a vi sorrindo para mim, divertida.

— Aqui, fique com meu número — disse Tina. — Se você precisar de alguma coisa, ligue para nós. Não importa a que horas.

— Seus pais não ficam bravos se as pessoas ligam tarde?

Ela riu como se eu tivesse acabado de contar uma piada muito engraçada. — Não, claro que não. Não seja ridícula. Ligue para nós, sério, quando quiser.

— Você de repente é A popular, Pocahontas. — Alex sorriu, vindo sentar-se ao meu lado. — *Assustador*, não é? — Ela sussurrou. Eu olhei para os dois diretores assistentes do outro lado da cafeteria. — Olhe para os dois horríveis lá em cima. Eles acham que não podemos vê-los olhando toda hora para cá? — Alex disse.

— Desculpe. Acho que sou a razão pela qual eles estão aqui — admiti. — Meu avô pediu para eles ficarem de olho em mim.

— Ele pediu, é? Bem, você não precisa se desculpar — disse Tina, com um sorriso rígido.

— O quê? Ah, que ótimo — exclamou Alex. — Eles vão descobrir com certeza que estou matando aula. Muito obrigada, Pocahontas.

— Eu tenho que ir. — Eu me levantei da mesa, mas Tina me parou.

— Você deveria! — Alex gritou.

— Não seja ridícula — acrescentou Tina, me puxando para baixo enquanto eu tentava me levantar. — Fique! — Seu aperto estranhamente forte no meu braço e seu sorriso tenso me fizeram congelar.

— Sério, pessoal? — Alex rosnou, olhando para todos eles.

Tina, Ruben e Sean não ofereceram desculpas ou explicações, sorrindo ainda de onde estavam e virando-se para encará-la. Com raiva, Alex se levantou e voltou a sentar quando notou os assistentes do diretor finalmente se aproximando da nossa mesa.

— Ótimo. Lá vem eles — ela sussurrou, tentando esconder o rosto atrás da mão. — Se eles me virem, eu vou pegar mais uma semana de detenção. Por que você a trouxe aqui, Tina? Ela vai me causar problemas.

— Talvez você devesse ter ficado na aula — disse Sean sem desviar o olhar do livro. Alex fez uma careta e mostrou o dedo do meio. — Quanta maturidade — ele sussurrou sem levantar os olhos da leitura.

Levantei-me e, mesmo depois de Tina me chamar, fui até o Sr. Vasquez e o Sr. Claypool. Eu não podia deixar Alex entrar em apuros por minha causa. Os dois administradores me cumprimentaram com sorrisos.

— Ela salvou você — ouvi Tina dizer a Alex atrás de mim.

— Não espere que eu a agradeça, vossa alteza — resmungou Alex.

— Talvez você devesse — disse Ruben.

— Eu gosto dela — acrescentou Sean.

— Eu também — Ruben concordou.

— Ai, vão se ferrar vocês! — Alex gritou, saindo da mesa enquanto eu conduzia os diretores assistentes para fora da cantina pelo outro lado.

Parei no corredor com o Sr. Claypool e o Sr. Vasquez no momento em que notei Alex atravessando o outro conjunto de portas da cantina mais para frente no corredor. — Vocês podem me mostrar onde é a minha próxima aula? — Eu perguntei a eles, direcionando sua atenção para a direção oposta enquanto Alex entrava na escada próxima e desaparecia.

Os diretores assistentes ficaram mais do que felizes em oferecer sua ajuda. Eu nunca havia visto administradores como esses dois, mas agora estava presa a eles - *os dois horríveis,* Alex os chamara.

Enquanto caminhávamos, o Sr. Vasquez não parava de falar de encontros e jantares dos funcionários na casa do meu avô. O Sr. Claypool, apesar de gentil e doce, era um pouco nerd, me ensinando sobre notas e trabalhos escolares. Pensei no que Alex havia dito sobre eles. Eles pareciam legais o suficiente para mim.

— Espere até o Natal — disse o Sr. Vasquez. — Temos festas do corpo docente e jantares de Ação de Graças para toda a equipe.

— Mas você sabe que não é só disso que se trata a vida, minha querida — interrompeu o Sr. Claypool, encarando o Sr. Vasquez. — Boas notas e estudar muito são sempre mais importantes do que festas. O Sr. Vasquez concordou com um aceno quase imediatamente.

Eles pararam no final do corredor. Notei a entrada do ginásio - onde ficava a minha próxima aula de educação física -, mas eu não queria simplesmente largar eles lá. Felizmente para mim, fui salva pelo gongo e, mesmo enquanto os homens continuavam falando, eu me afastei.

— Eu vou ficar por aqui. Obrigada pela ajuda — eu disse e corri em direção às portas.

10

O HOMEM DE TERNO PRETO E GRAVATA VERMELHA

Infelizmente, educação física era obrigatória para todos os alunos, mas como eu não possuía nenhuma habilidade atlética, imaginei que fosse apenas me sentar na arquibancada para passar o tempo. E talvez os professores tivessem simpatia por isso e pelo fato de o Dr. Edwards ser meu avô.

Mas quando cheguei, o ginásio estava vazio. Olhei para o meu cartão de horário para checar; sim, eu tinha educação física nesse período. Então, onde estavam todos? Eu dei apenas alguns passos para dentro do ginásio vazio e silencioso antes de uma mão pousar no meu ombro, me assustando. Eu me virei para encontrar os grandes olhos azuis da professora de educação física, que apenas me encarou com grosseria.

— Você está atrasada — disse ela, acenando para eu entregar meu cartão de horário.

Isso não fazia sentido; o sinal havia acabado de tocar, então eu tinha chegado bem cedo, na verdade. A professora de ginástica olhou meu horário e depois o devolveu para mim. — Eu estava no escritório do diretor — eu disse, mas a mulher, vestida com uma camisa azul e branca, dois tamanhos menor do que deveria ser e shorts azuis apertados, obviamente não se importava com desculpas.

— Vá para o vestiário com o resto das meninas — ela retrucou. Tentei sorrir, mesmo quando ela não retribuiu, e caminhei lentamente em direção à porta do vestiário.

— Ah, e senhorita Belle — ela chamou atrás de mim. Quando me virei, ela colocou as mãos nos quadris, parecendo intimidadora e ainda muito desajeitada - mais alta e maior que a maioria das mulheres. — Que essa seja a última vez que você se atrasa para a minha aula. Entendido?

Obviamente não havia sentido em discutir com ela. Concordei e corri para o vestiário, sentindo seus olhos em mim até que finalmente entrei.

O vestiario das meninas era uma bagunça de armários e bancos, chuveiros e cabines de banheiros individuais. O lugar era coberto por um azulejo cinza quadriculado, manchado pelos anos de suor e problemas adolescentes. As paredes eram sujas e cobertas com marcas de caneta e lápis, assim como as cabines dos banheiros, por dentro e por fora. A iluminação interna era fraca; as lâmpadas estavam soltas, algumas estavam faltando e algumas haviam se apagado e ainda não haviam sido substituídas. Apenas algumas delas ainda funcionavam, e mesmo essas tremeluziam. Parecia mais uma masmorra do que uma escola.

As outras meninas estavam todas se vestindo; alguns já conheciam a rotina e rapidamente colocaram seus uniformes de ginástica. Quando encontrei um banco vazio ao lado dos armários, algumas meninas apenas olharam na minha direção; ninguém sorriu para mim ou fez contato visual, e se o fez, foi seguido por um revirar os olhos ou uma careta de antipatia.

Mas eu estava acostumada aos olhares dos outros.

Abri um armário vazio e tirei meu uniforme de ginástica de dentro da minha mochila. Algumas meninas olharam na minha direção enquanto eu me trocava e eu não precisava ler mentes para saber o que elas estavam pensando. Fiquei ali, amarrando meus sapatos e prendendo meus cabelos, ouvindo seus risinhos por trás das mãos e sentindo seus olhares em mim. Meu rosto ficou quente e as poucas luzes que funcionavam piscaram ainda mais intensamente. Os canos estremeceram, e eu disse a mim mesma para me acalmar e ignorar seus julgamentos, colocando minhas coisas no armário aberto.

O apito da treinadora assustou a todas nós, e todas saíram do vestiário em direção à quadra de basquete. Fechei o armário e fui segui-las até ouvir passos no chão de azulejos à minha direita. Olhei em volta do vestiário e vi um homem de terno escuro caminhando em direção aos fundos.

Naquele momento, eu não tive dúvida do que vi. Voltei para o vestiário, a curiosidade me puxando, e vislumbrei a ponta de um terno escuro desaparecendo atrás de uma porta de vai e vem.

Corri para a porta de metal, a janela de vidro refletindo a luz na água do outro lado. Apenas brevemente olhei para trás para ter certeza de que todas haviam saído do vestiário; Eu estava sozinha. Não foi difícil imaginar o rosto da professora de ginástica, ouvir sua voz e aquele apito soando novamente na minha cabeça. Eu deveria ter ido para o ginásio com o resto delas, mas não fui.

Rapidamente e silenciosamente, abri a porta e entrei na área da piscina. A piscina ficava a poucos metros da porta, escura e imóvel. A água negra ondulava como se uma brisa soprasse através da sala. A pouca luz era fraca, e aquelas poucas lâmpadas mal iluminavam a grande sala cinza. Algumas haviam quebrado, e vidro quebrado estava espalhado ao lado da piscina, perigosamente perto da água escura. Senti uma brisa fria tocar a parte de trás do meu pescoço - quase como uma mão, mas isso era ridículo. No entanto, o pensamento me fez tremer.

Cheguei mais perto da beirada, tentando ver o fundo da piscina, mas isso foi surpreendentemente difícil. Não havia fundo visível de onde eu estava e me encolhi. Quando dei outro passo, a água pareceu ficar ainda mais profunda e mais escura. Na tentativa de aliviar meu desconforto, mostrei a língua para o meu próprio reflexo nebuloso, imaginando como alguém poderia nadar naquela água tão turva. Parecia nojenta.

— Gostaria de saber quanto tempo eles ficaram sem limpar essa sujeira — eu sussurrei.

Olhei em volta novamente, me sentindo um pouco melhor quando não encontrei o homem de terno preto e gravata vermelha. Para onde ele havia ido? Eu estava sozinha e não havia outras portas além da pela qual eu havia entrado. Eu me virei para voltar para o vestiário, e o prédio rugiu ao meu redor, o chão retumbando.

Um balde caiu no chão e rolou na penumbra; Eu quase gritei de surpresa. Eu lentamente me afastei e, nas sombras, vislumbrei uma figura sombria e não natural parada no meio da escuridão, olhando para mim.

Meu pânico repentino tornou impossível me mover.

— Olá? — eu resmunguei, percebendo o quão estúpido isso era dado quantas vezes eu havia repreendido vítimas infelizes em filmes de terror por fazer a mesma coisa.

Está de brincadeira? Apenas corra!

A água na piscina se mexeu; uma massa de bolhas se juntou, emergindo na superfície. Finalmente, virei-me para sair, mas a sombra apareceu diretamente na minha frente. Um grito escapou da minha boca, a figura se lançou contra mim e eu tropecei para trás na água fria.

Então, tudo escureceu.

* * *

Meu corpo tremia, e um arrepio percorreu minhas costas e ombros, levantando os pelos em meus braços. Eu abri meus olhos. Outra corrente vibrou através do meu corpo, desta vez em minhas mãos; eu nunca tinha experimentado uma sensação como essa.

Então me sentei, percebendo que estava deitada no chão frio e molhado, a centímetros da piscina escura. Meu reflexo zombou de mim através da borda. Eu me afastei. Estava tudo muito quieto; terrivelmente quieto. Quando percebi que não ouvira o sinal tocar no que parecia realmente muito tempo, me perguntei o que exatamente havia acontecido.

Um som sinistro ecoou ao meu redor e, embora eu não pudesse identificar sua fonte, tive a sensação de que deveria me alertar sobre algo.

Levantei-me, incapaz de desviar o olhar da água escura da piscina, e um pavor estranho me consumiu. Eu tropecei para longe da borda e lutei para respirar; havia algo lá.

O mundo ao meu redor curvou-se e depois se expandiu. O chão de ladrilhos rachou na minha frente. Pedaço por pedaço, os ladrilhos caíram no nada abaixo, finalmente parando a centímetros dos meus pés. Virei para outro lado e tentei novamente ir em direção à porta, mas o chão se desfez novamente ao meu redor. Alguém - ou alguma coisa - não queria que eu fosse embora. Engolindo, olhei mais uma vez para a beira da piscina, onde algo desconhecido me chamava.

Mãos invisíveis ondulavam através da superfície da água, bolhas enormes se acumulando no centro. O tempo parecia desacelerar a formação delas, e eu me afastei até que não houvesse outro lugar para ir. Presa contra a parede dos fundos, vi uma figura emergir lentamente da piscina escura.

Mechas de cabelos loiros caíam ordenadamente de sua cabeça. Seus olhos fechados se abriram, os braços esten-didos enquanto ele lentamente se levantava da água à minha frente. Ele pairou brevemente no ar, nossos olhos se encontraram, e um sorriso curvou seus lábios.

Eu estremeci. Era o homem de terno preto.

A figura lentamente se afastou da piscina e abaixou os braços enquanto ele parava a poucos metros na minha frente. Nada nele parecia natural - uma boneca de plástico pastoso. — Você? — Eu arfei.

Ele se moveu em minha direção e depois congelou, virando um pouco quando uma luz brilhante apareceu entre nós e o envolveu. Ela o empurrou através da sala e através da parede oposta, que desabou com um rugido estrondoso.

Eu apenas olhei por um momento, incapaz de processar o que havia acontecido, até que mãos fantasmas saíram da parede para me agarrar. Eu me afastei, gritando. As mãos fantasmagóricas murcharam como ervas daninhas secas e desapareceram.

Ao meu redor, a sala começou a desabar; parte do teto caiu, bloqueando meu caminho. A água voltou a se mexer e, mais uma vez, algo surgiu de suas profundezas. Parecia impossível, mas eu tinha a sensação de que o homem retornaria de lá, e o pensamento me aterrorizou.

Em pânico, tentei pular o teto caído, procurando desesperadamente uma saída. Fazendo espirrar mais água, outra figura fantasmagórica saltou das águas escuras para pousar no chão manchado na minha frente. Ele olhou para mim e eu me encolhi, assustada demais para me mover. Seus radiantes olhos roxos me atraíram para ele, olhando profundamente em minha alma.

— *Não tenha medo.* — Seus lábios não se mexiam.

Confusão e medo correram através de mim, mas eu fui absorvida pelo seu olhar e não pude me mover. Nossos olhares permaneceram presos por uma força desconhecida e, através dos turbulentos olhos roxos dele, uma corrente nos conectou - uma energia avassaladora fluindo dele para mim e de volta novamente. Ele estava aqui para me proteger.

— *Vamos. Ele se aproxima. Ele não vai desistir. Pegue minha mão.* Eu olhei para ele, perplexa. — *Sim* — sua voz sussurrou em minha mente. — *Vamos.* Ele estendeu a mão e sorriu.

Eu lentamente alcancei sua mão estendida, e ele cuidadosamente me puxou em sua direção até nossos corpos se apertarem, nossos rostos a centímetros de distância. Uma sensação avassaladora de segurança me inundou, e eu me senti corar em seus braços, absurdamente incapaz de pensar em qualquer coisa nessas circunstâncias tensas, tirando o quanto eu queria beijá-lo. Tentei falar, mas não consegui formar nenhuma palavra compreensível.

— Quem é você? — Eu finalmente consegui.

O homem sorriu, seus olhos brilhando como jóias raras. — Você me conhece... — ele sussurrou.

— Conheço?

As palavras mal saíram da minha boca antes de uma figura sombria surgir atrás de nós. O homem de olhos violeta me afastou e virou o rosto para o recém-chegado, que se moveu incrivelmente rápido para agarrar meu protetor pela garganta e levantá-lo do chão. O terno preto bem ajustado e a gravata vermelha eram as únicas coisas visíveis na escuridão.

Meu salvador agarrou as mãos em volta do seu pescoço, lutando para escapar.

— Pare! — Eu chorei. — Deixe-o em paz. — Peguei um pedaço próximo do teto caído e o joguei na figura escura. Um rosnado escapou de seus lábios invisíveis, e eu me afastei novamente. A boca da figura escura se abriu e se deformou, suas mãos apertando ainda mais forte o meu salvador, que ainda lutava para se soltar. Apêndices ondulantes como tentáculos emergiram da abertura gigante de sua boca. Entrei em pânico quando eles se moveram em direção ao rosto do meu salvador.

— Pare. Não! — gritei novamente, esperando criar uma distração.

Imediatamente, meu salvador ergueu a palma da mão em direção à figura sombria, e os apavorantes apêndices que se debatiam lentamente voltaram para o buraco aberto. A boca da figura encolheu-se até voltar a ser uma linha de aparência normal em seu rosto. Ele virou a cabeça e de repente soltou o estranho que havia vindo para me salvar.

Meu salvador caiu no chão de joelhos, segurando sua própria mão. Ele havia se machucado? Eu não entendia o que estava acontecendo, mas logo percebi o olhar da figura sombria voltado para mim mais uma vez. Então ela deu um passo devagar para trás e desapareceu na escuridão.

O novo estranho levantou-se e se aproximou de mim, onde se ajoelhou novamente ao meu lado; uma doce preocupação consumia seu rosto estranhamente pálido em forma de diamante. Sua mandíbula forte e mechas escuras e emaranhadas contrastavam ainda mais com um rosto tão pálido. Eu me vi atraída poderosamente para ele mais uma vez. O que estava acontecendo? Quem era ele? Por que eu me sentia tão conectada a ele? Seus grandes e estranhos olhos roxos me encaravam com curiosidade. Eu senti que ele precisava de mim.

Então ele sorriu, como se eu tivesse falado essas perguntas em voz alta. Sua expressão preocupada se suavizou, transformando-se em uma inocência surpreendente, como uma fera domada pela orientação do néctar mais rico.

Ele estendeu a mão - algo que eu senti que ele desejava fazer. Então ele se inclinou para frente, aproximando-se até quase cair em mim, pressionando seus lábios nos meus sem aviso prévio. Assustada, não tentei me afastar e sua mão pressionou a parte de trás da minha cabeça em direção à sua boca macia e gentil. Caí no calor do seu beijo delicado, sorvendo seu gosto profundo.

Sob seu feitiço, uma imagem do meu avô surgiu em minha mente. Ele afundava na escuridão da piscina, tentando estender a mão, mas afundando ainda mais rápido por conta da luta desesperada. Eu tentava segurá-lo, mas não conseguia alcançar sua mão estendida.

Nossos dedos se tocaram brevemente antes que ele escapasse do meu alcance. Então uma mão agarrou meu braço e me puxou para fora da escuridão em que eu estava perdendo meu avô. Ele afundou até que eu não o visse mais - até que a escuridão o consumisse.

Quando o estranho me segurando se afastou, abri meus olhos e olhei profundamente nos dele, tentando entrar em sua mente. Mas só encontrei uma mistura de imagens que não conseguia entender, sentindo-me repentinamente tonta. A náusea tomou conta de mim, uma pressão crescente aumentando no meu estômago, e eu engasguei. Uma onda inesperada de água jorrou da minha boca. O novo estranho assistiu com paciência passiva enquanto eu lutava contra o desejo novamente, mas meu estômago revirou, me fazendo vomitar.

Em vez de vomitar novamente, caí no chão, tossindo violentamente até que outra onda de água saiu do meu corpo e derramou pelo chão. Então eu pensei que havia entendido; eu tinha me afogado. E esse lindo protetor de olhos roxos havia me trazido de volta à vida.

11

O FIM É SEMPRE O COMEÇO

Quando acordei, estava deitada em uma cama desconfortável, as molas espetando a parte superior das minhas costas. Olhei em volta e percebi que estava na enfermaria. O Sr. McClellan, o homem que eu havia conhecido brevemente no dia em que conheci meu avô, estava sentado ao lado da cama. O Sr. Claypool e o Sr. Vasquez estavam por perto. Todos os três me observavam, olhos arregalados de preocupação e consternação, e só se mexeram quando perceberam que eu estava acordada.

A presença deles me deixou desconfortável, mas eu só conseguia pensar no estranho que havia vindo em meu socorro. Como eu tinha chegado aqui? O que eu realmente tinha visto? E se tudo aquilo foi real, onde ele estava agora?

Dúvidas rodavam dentro da minha cabeça; poderia tudo ter sido um sonho? Eu não queria que isso fosse verdade. Na verdade, eu queria correr de volta para a piscina e ver por mim mesma, mas assim que tentei me mover, o Sr. McClellan me parou com uma mão gentil no meu ombro.

— Fique deitada — disse ele.

Eu queria discutir, mas, ainda tonta, eu caí de volta na cama desconfortável. Meu estômago girava como se eu tivesse comido peixe estragado. — O que aconteceu? — perguntei. — Como eu cheguei aqui?

— Você não se lembra? — perguntou o Sr. McClellan. Eu mal pisquei para qualquer um deles. — Os alunos da sua turma de educação física acharam você desmaiada no vestiário.

Eu imediatamente me sentei novamente, lembrando dos olhos do estranho olhando para mim daquele rosto pálido, a luta com a sombra ameaçadora que tinha sido o homem de terno preto o tempo todo, emergindo das profundezas da piscina antes que meu salvador se colocasse entre nós.

Ele havia me salvado de algo horrível — isso eu sabia — mas o que me intrigava era como eu sabia que isso era completamente verdade. De alguma forma, eu percebi, eu sabia porque *ele* sabia. Porque meu salvador entendia essas coisas, e isso me intrigou ainda mais. Eu havia me sentido atraída para ele sem pensar, sem entender minha necessidade dele, que insistia que eu fosse até ele — como uma fome que eu não podia satisfazer.

Olhei para os três homens e percebi que meu avô não havia vindo. Fazia sentido que ele estivesse explicando minhas ações para a professora de educação física agora, dando a ela as notícias tristes da minha recente perda e usando-a como uma desculpa para como eu agia. Se ele quisesse conversar, eu estava preparada; Não podia mais fugir disso. E eu só tinha mais perguntas para ele agora.

— Desmaiada? — Eu perguntei, ainda incapaz de entender a linha do tempo que eles apresentaram. — Não foi isso o que aconteceu. Eu estava na área da piscina. Eu sei que não deveria, mas... — Hesitei, debatendo se eu realmente queria contar a eles o que havia visto. — Onde está o meu avô? Eu preciso falar com ele.

O Sr. McClellan abaixou a cabeça lentamente.

— Claudia, querida — o Sr. Claypool sussurrou, caminhando em direção ao lado da cama. O Sr. McClellan estendeu a mão para detê-lo.

— O quê? — Eu olhei para eles. — *O que foi*? Me digam! — Eles não precisaram dizer nada para eu ler a dor por trás de suas carrancas sombrias, a cautela de dizer em voz alta que os fazia olhar para qualquer lugar, menos para mim. Eu não queria acreditar, mas eu sentia. E quando eu espiei em suas mentes, eu vi isso lá também.

— Sinto muito, Claudia — disse o Sr. McClellan. — Seu avô... faleceu.

Meu estômago revirou. — O que?

— Ele sofreu um ataque cardíaco há quatro horas. Os paramédicos tentaram revivê-lo, mas ele já havia partido. Não havia nada que eles pudessem fazer. Eu sinto muito. Muito mesmo.

Pulei da cama e saí correndo pela porta. Eu os ouvi correr atrás de mim enquanto corria pelo corredor, encontrando-o completamente vazio. Enervada pelo silêncio, corri pelo ginásio e fui direto para o vestiário das meninas, tropeçando no labirinto de armários e paredes cobertas de rabiscos. Os assistentes de direção desajeitadamente tropeçaram atrás de mim, chamando meu nome, mas suas vozes me deixaram mais determinada a provar para mim mesma o que eu havia visto.

Congelei no fundo do vestiário, tremendo e temendo o que encontraria do outro lado. Mas, em vez da porta de vai e vem pela qual eu havia passado da última vez, apenas uma parede sólida estava na minha frente agora. Eu devia ter virado em algum lugar errado, então eu voltei, mas encontrei apenas armários e nenhuma porta para a área da piscina. Parei apenas quando os três homens estavam bem na minha frente, recuperando o fôlego.

— Onde fica? — perguntei. Eles se entreolharam. — A piscina! Onde ela fica? Foi lá onde eu o vi.

Eu não conseguia entender mais nada, porque não conseguia me lembrar o que havia acontecido depois que meu salvador me beijara.

Os administradores me encararam como se eu tivesse enlouquecido. — Claudia, do que você está falando? — respondeu o Sr. McClellan.

— A piscina no vestiário das meninas. Foi onde eu o vi. Um homem de terno preto e gravata vermelha. Tem que ser ele! Ele fez isso. Ele é o responsável. Ele é... *ele é a Morte!*

Eles trocaram olhares novamente, olhando-me cautelosamente como se algo estivesse rastejando para fora dos meus ouvidos.

— Vocês não acreditam em mim? — Eu rebati. — Eu não sou louca! Onde está? Estava aqui. Eu vi! — Eu gritei tão alto que as luzes piscaram no alto.

— Claudia, querida, não há nenhuma piscina. A Milton nunca teve uma piscina — disse o Sr. McClellan calmamente.

— Isso não é verdade. Você está mentindo. Eu a vi aqui. Estava logo ali! Havia uma porta e uma janela de vidro. E logo atrás havia uma piscina, uma grande piscina escura, e foi para lá que ele foi. Eu vi ele!

— Viu quem? — perguntou o Sr. McClellan. As rugas em seu rosto se suavizaram. Ele era alto, mas também gentil, um homem de fala mansa, com olhos azuis arregalados, caídos e claros. Seu cabelo era completamente branco, mas suas sobrancelhas permaneciam escuras.

— Um homem de terno preto e gravata vermelha — respondi, lutando para me acalmar novamente. — Eu o vi entrando no vestiário. Eu o vi antes no banheiro das meninas também. Ele está atrás de mim. Eu sei disso. Foi ele quem fez isso! — O pânico na minha voz era real; Eu não havia percebido até ouvir meu próprio terror o quão louco tudo isso soava.

Naquele momento, lembrei-me da imagem do crânio encapuzado que havia aparecido no espelho do banheiro na primeira vez que eu vira o homem de terno preto. Só essa visão me assustou tanto que eu não consegui mais falar até o rosto do meu salvador ressurgir em minha mente.

O Sr. McClellan permaneceu em silêncio, olhando novamente para o Sr. Claypool e o Sr. Vasquez como se estivesse pedindo apoio. Eu sabia que eles pensavam que eu estava louca. Mas quanto mais eu pensava sobre o que havia acontecido e tentava me lembrar, mais eu sabia que não havia sonhado.

Eu me mexi para sair. — Meu avô sabe o que fazer. Ele vai acreditar em mim! — eu gritei.

O Sr. McClellan agarrou meus ombros e me virou para encará-lo. — Claudia, você não me ouviu? Ele se foi. Neil se foi. — Ele falou gentilmente, mas eu só pude encarar seus profundos olhos azuis em descrença.

Então caí de joelhos sem querer; O Sr. McClellan me pegou suavemente e me colocou no chão comigo em seus braços.

Eu não conseguia entender nada, quando chorei, não tinha certeza de para quem eram as lágrimas. Mas algo dentro de mim havia se libertado, algo que eu não podia controlar. Eu chorei, lembrando do rosto bonito do meu salvador, seu aroma doce e o calor masculino e os braços protetores que haviam me segurado naqueles poucos momentos. Eu ansiava por eles agora.

Estávamos conectados de uma maneira estranha e bonita que eu não conseguia entender. Adorei a ideia. Quanto mais eu pensava sobre isso, mais eu queria conhecê-lo. E quanto mais eu queria entender, mais eu chorava.

Eu passei meus braços em volta do Sr. McClellan, chorando, envergonhada da fraqueza que eu estava mostrando. Eu não havia tido a chance de chorar por meus pais. Agora, eu simplesmente não conseguia parar. Tudo o que eu havia sentido depois de ouvir sobre suas mortes explodiu dentro de mim. Eu queria acreditar que era forte. Mas a verdade era que me sentia impotente, vítima de minhas próprias emoções intermináveis.

O Sr. Claypool e o Sr. Vasquez se aconchegaram ao nosso redor. De alguma forma, eu sabia naquele momento que agora seria sempre assim.

12

MICHAEL MCCLELLAN

Michael chegou cedo ao prédio de escritórios; a secretária não estava na mesa dela quando ele entrou no escritório do advogado, mas ele notou que a porta do Sr. West estava entreaberta. Ele ouviu a voz do homem vindo de dentro do escritório, então se aproximou, bateu e entrou, pegando o Sr. West de surpresa.

O advogado estava em um telefonema e, tão rapidamente quanto ele viu Michael, ele dispensou a pessoa na linha e desligou imediatamente. Michael considerou isso um sinal de respeito, sentindo calor e segurança quando o Sr. West se levantou de trás de sua mesa e contornou-a para cumprimentá-lo. Depois, ele acompanhou Michael em direção a uma das cadeiras destinadas a clientes e visitantes.

— Michael McClellan. É muito bom finalmente conhecê-lo pessoalmente. — Ele apertou a mão de Michael com firmeza.

— Eu sinto muito. Espero que não tenha sido uma ligação importante. Cheguei cedo e não vi sua secretária — disse Michael educadamente.

— Não não. Entre. Sente-se. Eu tenho a papelada pronta para você.

Michael sentou-se em frente à mesa do advogado enquanto o Sr. West voltava para a sua confortável cadeira de escritório.

— É uma pena que tenhamos que nos encontrar em circunstâncias tão terríveis — disse o Sr. West —, mas é melhor que resolvamos isso logo. Neil teria desejado assim.

Michael concordou, embora as palavras do Sr. West parecessem um pouco arrogantes e quase ensaiadas, como um adulto conversando com um garotinho que acabara de cair de sua bicicleta, assegurando-lhe de que tudo era para o seu próprio bem. Ele lembrou que fora o Sr. West quem entregara a Claudia as notícias terríveis sobre a morte de seus pais e sua nova vida com o Dr. Edwards.

— A propósito, como está Claudia? — perguntou o Sr. West, inclinando-se para a frente.

— Ela está melhor. Ela tinha um corte feio na parte de trás da cabeça. Deve ter sido de quando caiu — Michael disse suavemente, se lembrando dos eventos daquele dia. Eles só perceberam isso depois de voltarem à enfermaria. O travesseiro em que ela estivera deitada estava manchado de sangue. Não tinha sido muito feio, mas era feio o suficiente para preocupá-lo.

Depois que as notícias da morte de Neil haviam se espalhado pela equipe mais cedo naquele dia, a escola foi dispensada mais cedo; estava tudo tão quieto. O silêncio às vezes o assustava quando ele estava trabalhando sozinho, e nesse dia não havia sido diferente. O prédio ficou especialmente assustador depois do que acontecera e ainda mais perturbador agora que Claudia insistia que havia visto algo.

Mas como ela deveria agir após essa notícia da morte de seu avô? Ela parecia já ter antecipado. Ele mesmo não tivera ideia até os paramédicos terem sido chamados, e ele nunca havia precisado de um rádio antes, mas Neil havia lhe entregado um naquela mesma manhã.

Poderia Neil Edwards ter percebido o perigo iminente? O dom de seu amigo podia fornecer informações sobre certas coisas que de outro modo seriam desconhecidas. Michael se perguntou se Claudia possuía o mesmo poder. Talvez isso explicasse como ela estivera ciente da morte de seu avô antes mesmo que ele dissesse a ela, mesmo que sua mente tivesse criado uma realidade alternativa para explicar tudo.

— Não é nenhuma surpresa que ela tenha desmaiado quando ouviu a notícia. Não consigo imaginar nada mais terrível.

— Talvez — disse Michael; um longo suspiro deixando seus lábios.

— E o homem que ela afirma ter visto? — perguntou o Sr. West.

— A enfermeira disse que ela bateu a cabeça com força no chão. Ela deve ter pensado que viu alguém — respondeu Michael, se inclinando para frente na cadeira.

— Você acredita nela? — o Sr. West parecia estupidamente preocupado.

Michael achou isso pouco convincente. — Não sei em que acreditar. Só sei que tenho uma menina muito jovem que perdeu o avô e não sei por onde começar.

— A mente pode pregar peças em si mesma, especialmente depois de um episódio traumático. — O advogado riu baixinho. — Mas eu não sou especialista nos caminhos da mente humana. O que eu posso fazer é ajudá-lo na parte legal de todo esse dilema. — O Sr. West puxou alguns documentos de uma pasta, virou-os e colocou-os na mesa para que Michael pudesse lê-los. — Antes de morrer, Neil me pediu para revisar seu testamento, deixando você com custódia dos bens de sua neta para que cuide dela até que faça dezoito anos e possa tomar posse dos bens.

— O que você precisa de mim? — Michael perguntou.

— Nada. A papelada já foi elaborada. Tudo o que preciso é de uma assinatura que comprove que você a recebeu — disse o Sr. West, entregando uma caneta a Michael e apontando para as áreas onde a assinatura dele era necessária.

Michael assinou alguns pontos e rubricou o resto. Quando terminou, o Sr. West pegou a caneta da sua mão.

— Ótimo. Vou pedir à minha secretária que faça uma cópia e a envie para você por e-mail. Há mais uma coisa — ele disse enquanto reunia os documentos da mesa e os colocava de volta na pasta.

— O que é? — Michael perguntou.

— Não é nada importante. Apenas um adendo.

Michael olhou para ele. Ele não conhecia o Sr. West há muito tempo; ele era advogado de Neil há muitos anos, e

Michael não tinha motivos para não confiar nele. Mas a arrogância dele às vezes o perturbava.

— No caso de um parente próximo ser encontrado, pode haver razões para se contestar o testamento.

— O que? Ela não tem parentes próximos. Os pais dela estão mortos. Até onde sei, Neil era seu único parente vivo.

— Então você não tem nada com o que se preocupar. Era apenas um adendo que precisava ser mencionado — disse o advogado com um sorriso enquanto devolvia a pasta à sua maleta.

— Em relação à propriedade de Neil... — Michael começou.

— Está tudo na papelada que minha secretária lhe enviará por e-mail. Leia com atenção e, se tiver alguma dúvida, ligue para mim. Agora, se não tiver mais nenhuma pergunta, tenho outro compromisso.

Michael assentiu, levantou-se e tropeçou em direção à porta. Ele imaginou que poderia se mudar para a casa de Neil - um espaço muito melhor do que seu minúsculo apartamento de um quarto, que não era lugar para uma adolescente em crescimento.

As palavras do advogado ecoaram em sua mente. Ele não conseguia entender por que Neil teria acrescentado um adendo ao seu testamento. Ele estaria tendo dúvidas sobre ser o único parente vivo remanescente de Claudia? Talvez seu amigo tivesse simplesmente esquecido de avisar Michael dessa possibilidade.

Quanto mais ele pensava, mais duvidava de que seu amigo de longa data acreditasse que alguém relacionado a Claudia ainda estivesse vivo. Mas estava no testamento, então a dúvida permaneceu. Afinal, Neil *havia* revisado o testamento. E o que alguém contestaria nas atuais condições de vida da menina? Com quem Claudia viveria? Essa não seria uma escolha dela? Ela tinha dezessete anos, e ele achava isso idade suficiente para ela tomar esse tipo de decisão por si mesma. Forçá-la a esperar mais um ano realmente não mudaria nada.

Michael olhou para trás. Ele pretendia fazer essa pergunta, mas o Sr. West já estava em outra ligação, e quando os olhos deles se encontraram novamente e Michael abriu a boca para falar, o Sr. West fez um sinal para ele sair pela porta.

Com isso, Michael saiu.

Do lado de fora da porta do escritório, ele respirou fundo e caminhou pelo saguão, para fora do prédio e em direção ao estacionamento. O único problema restante a ser resolvido era a questão de quem eles colocariam como o novo diretor da Escola Milton. Ele havia sido nomeado diretor interino - um sonho que ele havia esperado que um dia se tornasse realidade - mas ele já havia recebido notícias do distrito de que um substituto mais adequado estava a caminho.

Michael se perguntou quem havia assumido a difícil tarefa de substituir um homem tão grandioso. Quem quer que fosse, não seria nada comparado ao Dr. Edwards. Toda a equipe e o corpo docente aguardavam ansiosamente, literalmente doentes de preocupação, enquanto se perguntavam quem seria trazido para administrar uma escola que já estava desmoronando de ponta a ponta - e agora um membro da equipe de cada vez. Quem poderia estar à altura dessa responsabilidade?

13

ADEUS

O funeral caiu em um fim de semana, realizado em uma igreja no distrito dos museus. Ele foi enterrado em um sábado ensolarado e brilhante na última semana de março. Eu não pude deixar de me perguntar por que tinha que ser um dia tão bonito no dia de um evento assim.

Todo mundo estava lá - professores, funcionários da escola, amigos, estudantes e muitas pessoas que eu não conhecia. Então o Sr. McClellan subiu ao pódio. Eu o observei do meu lugar entre o Sr. Vasquez e o Sr. Claypool. Ele limpou a garganta; já era difícil para ele, e ele nem tinha aberto a boca ainda. O papel que ele segurava tremia em suas mãos. Ele olhou para baixo, depois se voltou para a igreja grande, silenciosa e cheia de gente e para os muitos rostos olhando de volta para ele no pódio. Ele então me encontrou, encontrou meu olhar e sorriu. Eu esperava que minha presença lhe desse forças para começar.

— O que posso dizer sobre Neil que ainda não foi dito? — Michael começou com uma voz trêmula. Ele parou e respirou fundo. — Neil era um homem que amava a vida.

Ele era um homem que colocava as necessidades de todos os outros antes das suas. Ele era um amigo gentil e bom. Aqueles que o conheciam sabiam de sua bondade, calor, generosidade e grande devoção por ajudar os menos afortunados. Ele dava e nunca pedia nada em troca, mesmo que estivesse sofrendo por dentro e escondendo uma grande quantidade de sua própria dor. Mas ele nunca deixou que isso o mudasse, nunca deixou que isso o impedisse de ser quem ele era para todos nós. Nós compartilhamos de sua felicidade e bondade. Até mesmo de sua maravilhosa alegria quando sua neta veio morar com ele. Acho que nunca o vi tão feliz como ele estava no dia em que ouviu a notícia. Sempre lhe deu um propósito saber que, lá fora, ainda havia uma parte dele no mundo. Claudia — ele disse, olhando para mim mais uma vez —, você era a melhor parte da vida dele, mesmo que ele só tenha podido conhecê-la por uma pequena parte dela. Você era tudo para ele. — Alguns murmúrios encheram a igreja.

O elogio era bonito, emocionalmente avassalador e desgastante enquanto eu ficava sentada lá. Eu não pude deixar de chorar, cheia de culpa enquanto suas palavras ecoavam ao nosso redor. Por que eu havia afastado meu avô? Por que eu não o havia escutado quando ele tentara falar comigo? Por que eu tinha que ser tão teimosa? Mais uma vez, culpei meu pai por essa característica.

A cerimônia terminou com um cortejo até o enterro no cemitério. Outras pessoas agora se juntavam às da igreja; amigos e familiares próximos ficavam em volta do caixão cercado por buquês e coroas de flores.

Sentei-me ao lado do Sr. McClellan enquanto o padre lia um livro preto e dizia algumas palavras. Lágrimas foram derramadas. Eu queria que isso terminasse.

O Sr. McClellan colocou a mão no meu ombro quando o caixão foi abaixado no chão, e então eu desmoronei. Eu agarrei o Sr. McClellan e o segurei como se ele fosse a única coisa que me mantinha viva também. Eu estava sozinha de novo, abandonada primeiro pelos meus pais e agora pelo meu avô.

O Sr. McClellan me levou de volta à casa do meu avô depois. A volta para casa foi silenciosa, mesmo quando subimos os degraus da varanda humilde do meu avô. Mesmo quando estávamos na frente da porta aberta. E quando pensei que o Sr. McClellan fosse dizer alguma coisa, não lhe dei chance. Em vez disso, subi correndo as escadas, parcialmente esperando que ele fosse vir atrás de mim. Ele não o fez. Eu olhei para ele congelado na parte inferior da escada, olhando para mim, antes de bater a porta do quarto.

Caí na cama e olhei em volta para os móveis antigos. Como eu odiara o estilo quando havia vindo morar com ele. E agora, eu não podia deixar de me lembrar de tudo o que eu já dissera ou pensara sobre ele e sua casa. Eu não queria que nada mudasse. A raiva me fez ficar de pé novamente e agarrar os posters que eu tinha pendurado na parede para arrancá-los. Peguei a caixa de jóias da cômoda e a enfiei na gaveta da mesa de cabeceira. De alguma forma, isso não pareceu certo, então eu a peguei novamente e a coloquei na mesa onde ela pertencia.

Sentei na cama novamente e abri a gaveta da mesa de cabeceira para tirar a foto de meus pais e eu. Esta havia sido a última foto que tiramos juntos e a última delas que eu jamais teria novamente. Pensando nesse fato, e na noção de que acabara de enterrar meu avô - a única família viva que havia me restado -, olhei para a foto de quando eu havia tido uma família e solucei.

Eu devo ter adormecido. Quando acordei, os posters espalhados pelo chão e a foto torta de meus pais fizeram parecer que outra pessoa havia estado no meu quarto e o detonara ao invés de mim. Sentei-me na cama e olhei para as paredes.

A casa parecia estranhamente silenciosa. Eu me perguntei então se o Sr. McClellan havia me deixado em paz e o que, se alguma coisa, aconteceria com a casa do meu avô agora. Eu não tinha pensado muito nisso, mas isso me preocupava. Eu teria algum direito de opinar sobre o que aconteceria a seguir com o lugar que se tornara minha casa? Se meu avô a tivesse deixado para mim, eu queria ficar. Eu faria qualquer coisa para que isso acontecesse.

Quando finalmente me levantei, caminhei em direção à porta do meu quarto e prestei atenção. Eu ouvi o murmúrio abafado da voz de um homem vindo do andar de baixo; o Sr. McClellan devia ter ficado. Abri lentamente a porta do meu quarto e notei que a porta do quarto do meu avô estava entreaberta. Sem olhar para dentro, caminhei pelo corredor, fechei a porta do quarto e desci as escadas.

O Sr. McClellan estava parado na cozinha, falando ao telefone sobre algum tipo de contrato com um caminhão de mudanças. Isso me fez perceber que isso significava que eu estava me mudando - de novo - mas eu não podia simplesmente ir embora e deixar para trás os únicos laços que me restavam de qualquer tipo de família. Não agora.

Quando ele desligou, eu corri para a cozinha. — Eu não vou deixar você vender a casa do meu avô — eu disse a ele. Ele ergueu as sobrancelhas, parecendo surpreso ao me ver. — Isso é tudo o que me resta dele. Você não pode vender! — Minha voz tremia de raiva.

Ele balançou a cabeça. As panelas penduradas no balcão da cozinha chocalharam por um minuto, depois algumas caíram dos ganchos e bateram ruidosamente pelo chão da cozinha. O Sr. McClellan deu um passo em minha direção e me agarrou pelos ombros. — Claudia! — ele gritou. — Escute. — Eu olhei para ele, as lágrimas furiosas já correndo pelo meu rosto. Mordi meu lábio com tanta força que senti o gosto de sangue. — Me escute. Não estou vendendo a casa do seu avô.

Por um minuto, eu não sabia o que ele havia dito. Mas quando a ficha caiu, a raiva diminuiu em mim, e eu o estudei através da minha própria visão borrada pelas lágrimas.

— Eu nunca faria isso — ele acrescentou. — Neil deixou este lugar para você. Esta casa é sua. É o que ele queria.

— Então por que você chamou um caminhão de mudança? Por que estamos nos mudando? Por que estamos indo embora?

Ele franziu a testa, hesitante, e eu percebi que tinha entendido tudo ao contrário. — Você vai vir morar. Na casa do meu avô. Comigo. — Isso saiu quase como um sussurro.

Ele assentiu. — Eu pensei que seria mais fácil assim. Esta é a sua casa e é a coisa certa a fazer. Você vai ser menor de idade por mais um tempo Eu pensei em empacotar algumas coisas, ficar aqui com você como seu guardião e mandar o resto das minhas coisas para um depósito até que eu decida o que fazer a seguir... — Um silêncio constrangedor pairou entre nós, então ele soltou meus ombros e saiu da cozinha e entrou no vestíbulo. Pegando as chaves da mesa perto da porta, voltou-se para mim e acrescentou: — Os trabalhadores vão chegar no meu apartamento em alguns minutos.

— Posso ficar aqui enquanto você estiver fora? Prefiro não ir a lugar nenhum.

Ele abriu a boca, fez uma pausa e aparentemente decidiu manter para si qualquer objeção. Vi nele uma necessidade de agradar, de ser aceito por qualquer meio necessário. O Sr. McClellan apenas assentiu e abriu a porta. — Não vou demorar muito. Mantenha a porta trancada. — Acho que ele tentou ser firme, mas ele só me lembrou um coelho gentil. — Eu tenho meu telefone comigo. Se precisar de mim, por favor, ligue. — Então ele saiu e me deixou em paz.

Eu quase me arrependi de ficar para trás quando tirei um tempo para olhar em volta da casa velha e vazia do meu avô. Naquele momento, parecia muito grande. Então eu subi correndo as escadas e entrei no meu quarto, caindo na cama mais uma vez. Eu só queria que isso terminasse. Eu queria pensar em outra coisa, mas a dor dentro de mim não permitiria. A culpa, se nada mais, estava me comendo viva.

A culpa vinha de eu saber que deveria tê-lo ouvido da primeira vez. Ela surgia de não ter tido tempo o suficiente com ele e ter passado a maior parte dessas semanas de mau humor sozinha no meu quarto. Agora a única pessoa que me entendia se fora para sempre.

Eu estava exausta, mas quando fechei os olhos e tentei pensar em outra coisa, as lágrimas ainda assim não pararam. E mesmo quando finalmente adormeci, sonhei com meu avô.

Ele estava lá em seu escritório, sorrindo em um momento, depois caindo no chão, agarrando seu coração. Enquanto seu corpo jazia no chão, um cristal rolou de dentro de seus dedos frouxos e caiu no chão. Apenas ficou lá até que uma mão pálida e ossuda apareceu e pegou o cristal do chão. O homem de terno preto e gravata vermelha se endireitou sobre meu avô e agarrou seu prêmio.

— Vovô! — A palavra deslizou pelos meus lábios, e o homem de terno preto virou-se para me encarar.

Ele apontou um dedo fino para mim, exatamente como fizera na primeira vez em que havíamos nos encontrado. — Você. Eu estive procurando por você — ele disse. — Você é a resposta. *Venha até mim.*

Ele se lançou sobre mim e eu gritei.

Então eu me levantei de um salto da cama e percebi que tudo tinha sido apenas um pesadelo. Eu não conseguia entender o que ele significava, e não queria entender, de qualquer maneira. Vozes abafadas vinham do lado de fora e eu fui até a janela para olhar o jardim da frente. Homens de macacão tiravam caixas de um caminhão grande e as carregavam em direção à casa, desaparecendo embaixo de mim quando entravam pela porta da frente.

O Sr. McClellan estava parado ao lado do caminhão, dizendo aos homens onde colocar suas coisas. Claro, ele não olhou para a minha janela e me viu olhando para eles. Ainda cansada, subi de volta na minha cama e rolei para o lado para olhar a foto de meus pais e eu.

As coisas iam mudar - de novo. Nada havia sido normal para mim, mesmo quando meus pais ainda estavam vivos. Mas pelo menos eu tinha algo em comum com meu pai e ainda me sentia segura. Agora, eu não tinha ideia de como seria o meu futuro, apesar de realmente confiar no Sr. McClellan. Meu avô confiara nele o suficiente para me deixar sob seus cuidados, e eu não duvidava de que o Sr. McClellan fosse um homem de bom coração.

Devemos ter trocado apenas duas palavras nos primeiros dois dias em que ele esteve lá. Passei a maior parte do tempo no meu quarto. Eu sabia que ele não queria me incomodar, e às vezes ele deixava meu jantar na mesa do corredor do lado de fora da minha porta. Somente depois do quarto dia eu decidi descer e me juntar a ele. Ele estava enchendo a máquina de lavar louça quando se virou para me ver em pé junto à mesa da cozinha.

— Claudia. — Ele ofereceu um sorriso nervoso. — Está com fome? Posso... Posso fazer algo por você? — Os pratos em suas mãos se bateram antes que ele se lembrasse do que estava fazendo.

— Não, eu estou bem —eu murmurei.

Ele colocou os pratos na máquina de lavar louça e a fechou, deixando alguns pratos intocados na pia. Então ele se aproximou da mesa quando me sentei. — Eu posso pegar algo para você comer. Eu sinto muito. Esqueci que horas eram. — Ele coçou a cabeça por um minuto, depois olhou de volta para mim. — Espero que esteja tudo bem. — Eu apenas olhei para ele e seus olhos tristes. — Quero dizer, eu estar aqui. É o que seu avô queria. Não sei o que ele estava pensando quando me escolheu. — Um sorriso se espalhou por seus lábios, então ele olhou para mim e o sorriso desapareceu. — Não que eu não queira estar aqui, você entende — acrescentou. — Mas eu? Bem, eu não sei o que estou fazendo. — Ele agarrou as costas da cadeira na frente dele. — E eu não quero que você sinta que eu estou te forçando a isso. Se não é o que você quer, tenho certeza de que outra coisa pode ser arranjada. — Ele respirou fundo, com os olhos baixando e olhou para a mesa. — Se não é isso o que você quer. — Lentamente, ele afundou na cadeira.

— Se meu avô quis que você fosse meu guardião, Sr. McClellan — eu disse gentilmente —, então eu também quero.

Ele assentiu com um sorriso fraco e disse: — Ok, ok. — Depois de alguns segundos, ele empurrou a cadeira para trás da mesa e se levantou. — Fiz enchiladas — ele acrescentou, parecendo bastante orgulhoso.

Isso me fez sorrir. — Você cozinha?

— Sim. — Ele sorriu, mas desviou o olhar envergonhado. — Seu avô nunca reclamou. Ele era um dos meus maiores fãs. — Ele riu, e eu percebi naquele momento o quanto ele devia sentir falta do meu avô também. Então ele piscou, pareceu lembrar com quem estava falando e voltou para a pia. — Gostaria de um pouco? — Ele perguntou sem se virar.

— Claro.

Ele se moveu rapidamente, parecendo realmente conhecer a cozinha do meu avô. Quando ele colocou o prato na minha frente, havia lágrimas nos seus olhos, e ele não encontrou meu olhar. — Elas são realmente boas. Mas não estou dizendo isso apenas porque... — Ele se afastou, deu um pequeno sorriso e foi limpar o fogão.

Ele tropeçou um pouco quando esbarrou nos cantos da bancada, batendo a cabeça no topo do armário quando procurou por apoio na pia. Observando-o, percebi que realmente não o conhecia. Eu não conhecia nenhuma das pessoas na minha nova vida, mas agora descobri que era algo que eu queria fazer. Eu estivera muito absorta em minha própria tragédia, não havia dado a ninguém uma chance.

— Vocês eram bons amigos? — Nós dois estávamos cientes de que eu já sabia que eles eram íntimos, mas eu estava apenas começando uma conversa.

— Sim — disse ele, virando-se para mim do fogão. — Éramos muito bons amigos — disse ele, finalmente olhando para mim. Então ele franziu o cenho.

— Desculpe — eu disse. — Eu não quis tornar isso doloroso.

Seus olhos lacrimejantes se arregalaram de culpa. — Ah, não — ele disse —, não se sinta culpada. — Então ele voltou para a mesa e sentou-se novamente.

Larguei o garfo, meus lábios tremendo. — Ele queria falar comigo — falei —, e eu deveria ter ouvido na primeira vez. Eu o tratei tão mal quando nos conhecemos. Sinto muito — sussurrei, tentando engolir minha dor. Mas as lágrimas vieram de qualquer maneira.

— Você não poderia saber — disse o Sr. McClellan.

— Eu gostaria que tivéssemos tido mais tempo. Ele queria me dizer uma coisa, e ele estava tão animado com isso. Eu deveria ter ouvido. Eu deveria ter... — Eu não consegui segurar as lágrimas por mais tempo.

O Sr. McClellan puxou sua cadeira para mais perto da minha e se inclinou para mim. — Como você poderia saber? Você não pode se culpar.

— Não posso deixar de sentir que era algo realmente importante. Agora é tarde demais.

— Claudia, você não pode se sentir assim. Ele não gostaria que você se sentisse assim. — O Sr. McClellan moveu a cadeira até que quase tocasse a minha, depois afastou os cabelos do meu rosto.

Eu encostei minha testa contra seu peito e soltei um longo suspiro. Mas não foi suficiente; as lágrimas vieram novamente e eu chorei, segurando o Sr. McClellan com força. Quando finalmente me acalmei, sussurrei: — Ele era tudo que eu tinha e agora ele se foi.

O Sr. McClellan me puxou completamente para um abraço curto e apertado, depois me puxou para longe dele e colocou meu cabelo atrás da orelha. — Você tem a mim — disse ele. — Fiz uma promessa ao seu avô de que iria protegê-la, não importa o que acontecesse, e pretendo mantê-la. — Eu balancei a cabeça, funguei e enxuguei os olhos. — Agora — ele disse, pigarreando —, chega dessa coisa de senhor, ok? — Ele engoliu audivelmente, me soltou e sorriu enquanto piscava furiosamente as próprias lágrimas dos olhos. — Não precisamos mais falar sobre isso. Não se você não quiser.

— Michael — eu sussurrei, sem saber o que sua promessa ao meu avô realmente implicava. Suas palavras soaram incertas. — Me proteger do quê?

Ele piscou para mim, como se a pergunta o assustasse, e recostou-se na cadeira. Levou um momento para reunir seus pensamentos, e tive a sensação de que ele nunca havia contado a ninguém o que estava prestes a compartilhar comigo.

— Seu avô tentou enfrentar certos medos dele, mas ele simplesmente não podia combatê-los. Você sabe, ele perdeu a mãe quando era muito jovem. — Neguei com a cabeça. Meu avô havia escondido muito bem esse tipo de tristeza.

— Depois, Neil se viu vagando pelas ruas sozinho, sem saber quem ele era ou o que havia acontecido. Pouco a pouco — ele disse, levantando um cristal do bolso —, ele acabou se lembrando de tudo. Esse cristal era a única coisa que ele possuía e o ajudou a se lembrar o que havia acontecido.

— O quê?

Ele segurou a palma da mão aberta em minha direção, e eu cuidadosamente peguei o cristal. Parecia um pedaço de vidro normal, mas quando o toquei, a sensação foi eletrizante. Parecia que a coisa estava se alimentando de mim, se conectando e se ligando a mim de uma maneira estranha. Deixei o cristal cair na palma da sua mão novamente e puxei minha mão para trás.

Michael não respondeu à minha surpresa. — Uma criatura sequestrou havia sequestrado a mãe dele — ele respondeu com uma careta. Parecia que ele não sabia exatamente o que, apenas que ele estava repetindo para mim agora as coisas que meu avô havia lhe dito. — Quando todas as suas memórias retornaram, ele tentou voltar para buscá-la.

— Onde ela estava?

— O que levou a mãe dele pode viajar através de certas portas para o nosso mundo e voltar. — Ele olhou para o cristal. — Essa pedra também serve como porta de entrada para outro mundo. — Depois de virar o cristal na mão, ele o devolveu ao bolso.

A história toda parecia uma ficção científica, mas eu queria acreditar. Senti que Michael confiava no meu avô o suficiente para acreditar também.

— Desnecessário dizer que — ele continuou —, seu avô nunca perdeu a esperança de que um dia encontraria a chave certa para abrir a porta novamente. Mas isso não o impediu de ter uma vida. Casar. Ter filhos. — Ele tentou sorrir, mas só parecia doloroso agora. — Ele queria lhe contar tudo isso... antes. Mas é claro...

Eu tinha que ouvir mais agora. Essa história me fez sentir mais conectada ao meu avô do que nos poucos dias que passamos juntos - a solidão que ele devia ter sentido, isolado neste mundo sem a mãe.

— Seu avô sempre pensou que não poderia ter filhos. Isso o deixava aliviado, porque ele tinha medo de trazer alguém com o mesmo dom que ele para este mundo. — Inclinei-me para ele, de olhos arregalados. — Quando sua avó ficou inesperadamente grávida de seu pai, o antigo medo de Neil voltou. Mas antes de seu pai nascer, observei aquele medo ceder à aceitação de que ele seria pai. Foi realmente o mais feliz que eu já o vi. Isso lhe trouxe uma nova esperança de que talvez as coisas pudessem ser diferentes. — Ele fez uma pausa para soltar um suspiro pesado.

— O que aconteceu? — Eu perguntei. Talvez eu fosse descobrir por que meu avô e meu pai não haviam se falado por anos - descobrir o que os separou.

— Martha, sua avó, morreu ao dar à luz. Seu avô nunca mais foi o mesmo depois disso. — Olhei para a mesa, onde Michael colocara as duas mãos, e peguei sua mão para um aperto rápido e suave. Ele olhou para mim e sorriu. — Depois disso, seu avô ficou muito mais medroso e distante. Uma forte paranóia tomou conta dele de uma maneira que eu nunca tinha visto. Ele pensou que estava sendo vigiado, seguido. Que algo de mal o perseguia.

Eu pisquei. Eu queria dizer: *Ele não era paranoico*, mas fiquei quieta.

— Ele sentiu que tinha apenas uma opção quando se tratava de seu filho. Ele realmente achou que era a coisa certa a fazer quando deu seu pai para adoção. Neil disse que era para proteger seu pai do mal que ele temia que estivesse vindo pegá-lo.

— O quê? — Eu disse um pouco mais severamente do que pretendia. — Isso não faz sentido. Esse não pode ser o motivo.

— Sinto muito, minha querida. Foi tudo o que seu avô me disse. Ele amava aquele garoto de todo o coração, e eu também nunca entendi como ele pôde tomar uma decisão tão drástica. Tentei convencê-lo a não fazê-lo, mas ele estava convencido de que era a única maneira de proteger seu filho.

Algo devia ter realmente assustado meu avô. Ele e eu éramos iguais; poderia ele ter visto algo como eu vira no dia em que ele morreu? Embora definitivamente não fosse o que eu esperava, a distância entre ele e meu pai também fazia um pouco mais de sentido agora. Mas meu avô devia ter sabido mais que não contara a Michael.

— Sinto muito se eu te assustei — acrescentou Michael. — Eu apenas senti... bem, que isso é algo que seu avô teria te contado ele mesmo. Agora que ele se foi... senti que você merecia saber a verdade sobre o homem.

— Obrigada. — Eu balancei a cabeça. — Obrigada por me contar. — Isso não poderia ter sido uma história fácil para ele contar.

— Gostaria que houvesse mais coisas para contar sobre ele, mas foi tudo o que ele me contou sobre seu passado. Ele era uma pessoa muito solitária. Ele sentia falta da família. Quando você entrou na vida dele, você trouxe aquela mesma magia de volta com você. Ele era seu antigo eu de novo, mesmo que por pouco tempo. Você lhe deu esperança...

14

ESCOLA MILTON DE LUTO

Cedo em uma manhã de segunda-feira ensolarada, o Honda SUV preto de Michael parou no espaço vazio no estacionamento dos professores. Ele desligou o motor e eu apenas fiquei lá, olhando para a frente. Nenhum de nós dois falou por um tempo, mas então ele se virou para mim só um pouco.

Eu tinha perdido uma semana de aula depois do funeral do meu avô, e agora me perguntava se estava pronta para enfrentar os incontáveis sussurros e olhares de simpatia de tantos estranhos.

— Você não precisa fazer isso agora — Michael disse baixinho. Eu olhei para ele; ele estava genuinamente preocupado comigo. E agora, eu sabia que ele faria e diria qualquer coisa, se isso me ajudasse.

— Eu sei, mas as coisas não vão mudar. — Eu sorri de volta.
— Eu tenho que começar a aceitar isso.

— Claudia...

— Eu estou bem, ok? — Eu olhei de volta para ele, forçando aquele sorriso a ficar nos meus lábios.

Ele assentiu com uma careta e depois disse: — Mas se por algum motivo você se sentir...

— Michael. — Coloquei a mão em seu ombro para fazê-lo parar.

Ele olhou para a minha mão e sorriu. — Muito bem — ele sussurrou e respirou fundo. — Eu ainda estou ajudando nas tarefas do diretor, então, se você precisar de mim, é provável que eu esteja no escritório do diretor. A Sra. Witherson é nossa nova professora de inglês. Mudei você para a aula dela. Espero que esteja tudo bem. Os outros professores de inglês têm muitos alunos...

— Está tudo bem — eu disse novamente. — Eu posso cuidar das minhas aulas. Por favor, pare de se preocupar.

— Desculpe. Tudo isso é tão novo para mim, também. — Ele olhou pelo para-brisa para a entrada da Milton naquele prédio de pedra. Os ônibus escolares estavam manobrando pelo estacionamento, saindo um de cada vez em uma longa linha amarela para começar a pegar os alunos. — Eu não quero falhar com você — disse ele, virando-se para mim novamente.

— Você não está. — Eu era grata por toda a atenção que ele me dava - toda a preocupação em grande abundância -, mas também era um pouco demais. Eu não podia culpar esse homem de bom coração que tinha apenas as melhores intenções, então apenas tentava tranquilizá-lo.

— Vou ficar com um rádio comigo, só por precaução — disse ele, parecendo cansado e sobrecarregado. Ele se mexeu inquieto, segurando as mãos trêmulas, a certa altura esquecendo de desligar o carro e pegar as chaves. Ele estava muito nervoso, mas eu não sabia se era por assumir o cargo de diretor ou por cuidar de mim - ou por ambos. Michael ganhara o direito de agir como substituto até que o novo diretor chegasse nos próximos dias. Ele tinha feito um ótimo trabalho até agora, mas eu ainda estava um pouco sensível a qualquer coisa relacionada ao meu avô; Eu não sabia se poderia entrar no escritório dele sem desmoronar. Eu não queria descobrir.

Saímos do carro e atravessamos o estacionamento de cascalho e entramos no prédio. Michael segurou a porta aberta para mim e, quando entramos no corredor, o lugar parecia um prédio totalmente diferente - mais escuro e mais frio, como se a vida tivesse sido sugada dele. Eu gostava de pensar que a ausência do meu avô tinha um pouco a ver com isso.

No final do corredor, ficava o escritório do diretor à esquerda e a biblioteca à direita. Pelas janelas das portas da biblioteca, senti a abundância de literatura me chamando, apesar da escuridão e das portas trancadas.

Michael destrancou o escritório, depois se virou para mim antes de abrir a porta. — Eu sei que chegamos aqui muito cedo. Só tenho muito trabalho a fazer. — Ele franziu a testa e tentou sorrir, mas isso só o fez parecer um pouco enjoado.

— Eu sei — eu disse. — Não se preocupe comigo.

— E meio que o meu trabalho agora — disse ele. — Me preocupar. Eu sei que você não quer esperar aqui — ele disse, apontando para o escritório do diretor onde meu avô costumava passar seus dias. Então ele enfiou a mão no bolso e pegou um par de chaves. — A senhora Witherson ainda vai demorar mais alguns minutos para chegar — disse ele, entregando-me o chaveiro —, mas tenho certeza de que ela não se importará se você sentar na sala de aula e esperar por ela lá. É uma chave mestra. — Peguei a chave e assenti. — Sala 205. Você precisa de ajuda para encontrá-la?

— Não — eu disse. Aparentemente, eu não escondi minha irritação tão bem quanto esperava.

Michael esfregou a parte de trás do pescoço e disse: — Desculpe. Eu sei. Você vai ficar bem. Eu vou estar por aqui.

Eu balancei a cabeça e me afastei antes que ele abrisse a porta e eu acidentalmente olhasse para dentro do escritório principal. Do outro lado da biblioteca havia a escada escura no canto que levava ao segundo andar. Enquanto eu subia, o sol estava começando a aparecer, enchendo os corredores vazios de vida nova. Andei pelo corredor assustadoramente vazio em direção à sala 205, então vi a porta escancarada e a luz acesa lá dentro.

Aparentemente, ela já estava aqui.

Por um minuto, pensei em voltar para o andar de baixo e dizer a Michael que ela havia chegado à escola antes de nós, mas não queria incomodá-lo tão rápido; ele precisava de um tempo sozinho. Se a Sra. Witherson me deixasse ficar, eu também poderia usar o tempo extra aqui esta manhã para compensar todo o trabalho que eu havia perdido antes e depois do funeral do meu avô.

Quando parei em frente à porta aberta, encontrei-a escrevendo uma tarefa no quadro-negro. Ela parou, olhou para mim, e uma explosão instantânea de aversão disparou de sua mente diretamente na minha.

Ela erra uma mulher esbelta, de cabelos castanhos, provavelmente na casa dos trinta, vestida com uma blusa brega em tons de rosa pastel e calça preta. Ela nunca tinha se casado e ainda estava um pouco amarga por causa disso, tendo assistido todos os outros amigos se casarem enquanto ela era dama de honra.

Deus, eu odiava ser capaz de ver tudo isso dentro de sua cabeça apenas de relance, mas ela era aparentemente uma daquelas pessoas que *eram* super fáceis de ler. Era mais desafiador *não* olhar para o que estava lá.

Ela parou de escrever e dirigiu sua atenção para mim, sua mente quase gritando que queria causar a melhor primeira impressão em mim pelo único motivo de conseguir vantagem entre o corpo docente

— Senhora Witherson? — Eu chamei de qualquer maneira, entrando na sala.

— Sim. — Ela forçou um sorriso, jogou a cabeça para trás e falou com uma voz musicalmente animada. — Você deve ser Claudia Belle. Michael me falou muito sobre você.

Eu soube instantaneamente que ela estava mentindo. As vibrações da voz de uma pessoa e o quanto seu tom variava sempre me revelavam muito sobre o que elas realmente queriam dizer. Mais ainda do que isso, seus pensamentos mais íntimos eram tão claros quanto o dia.

— *Uma menina mimada e rica.*

Por que ela me odiava? Realmente era simples assim para ela; Eu era uma criança privilegiada e tinha herdado tudo de meus pais quando eles morreram. E depois do meu avô. O fato de eu ter ganho tanta fortuna perdendo as únicas pessoas que amava nunca havia nem passado pela cabeça dela.

— Michael disse que estaria tudo bem se eu esperasse aqui até o início das aulas — eu disse. — Eu realmente não achei que já tivesse alguém aqui. Eu acho que ele também pensava que não.

Seus olhos se arregalaram e incrivelmente arredondaram, então ela riu baixinho - uma risada muito falsa, falsa como o sorriso que ela me mostrava. — Claro que haveria alguém aqui. Levo meu trabalho muito a sério. Você precisa dizer isso a ele.

— Claro. Já que você está aqui, não quero incomodá-la. — Na verdade, não queria ter que ficar ouvindo ela pensar em todas as razões pelas quais ela me odiava. — Tudo bem se eu ficar algum tempo fazendo minhas lições? — perguntei.

— Claro! — Ela respondeu imediatamente com um sorriso ofuscante.

— Na biblioteca?

Seus pensamentos me bombardearam como se ela os tivesse disparado com uma arma. *O que há de errado com a minha sala de aula? Não está de acordo com seus padrões, garotinha rica? Por que todo mundo está tão preocupado com você? Pelo menos não vou precisar ficar olhando para esse rostinho perfeito.*

— Ah — ela disse docemente, mas suas narinas dilataram. — É claro.

Eu assenti e me virei para sair, sentindo os pelos em meus braços arrepiarem sob seu ataque mental.

— Senhorita Belle — ela chamou. Parei no meio da porta e me virei lentamente. Ela deu a volta na mesa para se aproximar de mim. — Lamento ouvir sobre seus pais e seu avô. O Dr. Edwards era o homem mais gentil e generoso que eu já conheci. Não consigo imaginar o que você está passando. Se você precisar de um amigo ou alguém com quem conversar, gostaria que você considerasse me procurar. Lembre-se disso, ok?

Por um momento, pensei que poderia estar errada sobre ela. Mas então qualquer parede que ela havia colocado em torno de seus pensamentos para fazer uma oferta tão convincentemente genuína explodiu como uma barragem. *Seu avô não passava de um velho louco. Eu digo que já foi tarde.*

Com raiva, corri pela porta e entrei no corredor, onde as luzes piscaram em resposta. Furiosa, imaginei sua grande estante de metal e passei a mão pelo ar na minha frente. Do interior da sala de aula da Sra. Witherson, veio um estrondo, um grito e depois um palavrão. Eu sorri. Talvez ela precisasse de uma prateleira melhor; então ela não teria tantos livros para pegar quando ela caísse.

Meu divertimento não durou muito, no entanto, quando percebi que nunca havia destruído as coisas de alguém de propósito assim antes. Por que agora? Quando desci as escadas e cheguei à entrada da biblioteca, a culpa ficou ainda mais forte. Claro, era apenas uma estante estúpida, mas eu a mandara ao chão por raiva. Caramba, eu nem conseguia me controlar a maior parte do tempo, mas havia executado minha intenção com a estante de livros perfeitamente. Eu não pude deixar de pensar que tinha mais a ver com o quão brava eu estava com ela do que com qualquer outra coisa.

Papai ficaria tão satisfeito.

Não, ele não ficaria; ele estaria me repreendendo agora, assim como nas inúmeras outras vezes que ele me repreendeu por perder o controle.

— *Claudia, você sabe que não pode fazer isso* — ele teria me dito. — *O que você estava pensando?*

Ótimo. Eu estava passando tanto tempo sozinha que agora estava alucinando com meu pai me dando bronca no meio do corredor da escola.

Ele apontou um dedo para mim. — *Claudia, você sabe que não pode fazer isso.*

Depois de usar a chave mestra de Michael para destravar a biblioteca, acendi as luzes, peguei uma cadeira e me enterrei em um livro.

Eu quase cochilei algumas vezes, entediada com os trabalhos escolares até não conseguir manter meus olhos abertos. Minha mente vagava para outro reino apenas para me impedir de pensar no que eu havia feito. Mas quem eu estava tentando enganar? Isso nunca seria algo que eu poderia esconder e esquecer.

Estar de volta à escola foi mais difícil do que eu esperava, e me vi pensando na primeira vez que vira o homem de terno preto no banheiro. Eu nunca saberia se havia sido real, mas fora real o suficiente naquele dia para me assustar seriamente. E se ele fosse a mesma criatura que havia levado meu avô?

Como se para me impedir de reviver os horrores daquele dia e a piscina escura e abandonada que na verdade não existia, o rosto forte e confiante do meu belo salvador surgiu na minha mente. Eu tentei ignorar isso; ele provavelmente também não existia. Mas a lembrança dele me olhando com tanto alívio e a sensação de seus braços em volta de mim continuavam aparecendo na minha cabeça como se alguém estivesse tentando me enviar uma mensagem. Mas quão ridículo isso era? Eu realmente queria acreditar nele tanto assim?

Ainda assim, eu não conseguia esquecer o que sentira quando ele apareceu ao meu lado - algo tão profundo e intrigante que me fez sentir mais conectada a ele do que a qualquer outra pessoa. Talvez eu estivesse ficando louca, mas a sensação de conhecê-lo de algum lugar era tão real quanto o livro em minhas mãos.

Fechei o livro e desisti do relatório que tinha que enviar em dois dias. Apenas uma das vantagens de ter um assistente de diretor como guardião - nunca poder deixar de fazer as tarefas de casa.

Quando olhei pelas janelas da biblioteca, a porta do escritório principal estava escancarada. Homens que eu nunca havia visto antes carregavam caixas e móveis. Um deles colocou uma caixa no corredor, com o conteúdo quase transbordando do topo aberto, e virou-se para ajudar outro trabalhador com uma mesa de aparência pesada. Seu pé bateu contra a caixa quando eles passaram, e uma foto caiu do topo da pilha e para o chão. A moldura de vidro quebrou, mas os trabalhadores não pararam com a pesada mesa entre eles.

Eu não pude evitar; Levantei-me e saí da biblioteca, observando a caixa como se algo pudesse pular dela. Quando cheguei perto o suficiente, me inclinei e peguei a moldura quebrada, dominada pela raiva e tristeza.

Então minha mente se encheu de imagens de uma só vez, cada uma lutando para ser vista; Eu não tinha controle. Vi meu avô largar seu cristal - o mesmo cristal que Michael me mostrara. O homem de terno preto se abaixando para pegar o cristal do chão. Então ele sorriu, seus olhos faiscando em ouro brilhante antes de se encherem de escuridão.

Eu vim de tão longe... e agora eu te encontrei. Minha Fonte.

A luz em seus olhos cresceu, depois se esvaiu para revelar um mundo desmoronando, os céus pegando fogo e, ao redor, a terra desabando sob o seu povo que tentava fugir. O homem de terno preto também estava lá, mas ele parecia diferente - normal.

O mundo destruído sumiu, substituído por um tanque de vidro. O homem de terno preto estava preso dentro dele, lutando para escapar. Um grupo de homens de jaleco o examinava de todos os ângulos, estudando suas lutas enquanto ele era mergulhado em um líquido espesso. Outra mistura preta de alcatrão se derramou no tanque, entrando em seus pulmões enquanto ele lutava por um último suspiro, e então o homem de terno preto parou de se mover.

Então seus olhos se abriram, e *aquilo* sorriu de volta para mim - não ele, mas uma escuridão que se acumulara em seus olhos e o consumira.

Eu pisquei e oferguei, meu coração batendo forte. Então deixei a moldura cair de volta na pilha da caixa e fui para o escritório principal.

Essas imagens não tinham vindo do homem de terno preto; Eu sabia disso com certeza. Este havia sido um aviso do meu avô, que deveria ser mostrado a mim quando eu tocasse na moldura da foto - sobre o homem e a escuridão.

O Sr. Claypool e o Sr. Vasquez desapareceram no escritório do meu avô na parte de trás do escritório principal. Eu fiquei lá e olhei para a porta aberta, me perguntando o que meu avô realmente havia tentado me dizer. Ou seria isso outra premonição - algo como a terrível figura sombria que eu havia visto ao lado dele em sua cozinha? Meu pai me dissera uma vez que o dom de ver eventos futuros também era meu, assim como eu via coisas que já haviam acontecido - se eu escolhesse usá-lo. A dificuldade agora estava em diferenciá-las.

Quando a Sra. Wallace me viu, ela franziu a testa e se inclinou para frente em sua cadeira. — Claudia. Está tudo bem?

— Ele estava tentando me avisar — murmurei.

— Me desculpe?

Eu pisquei, percebendo que estava olhando diretamente para ela e realmente havia dito isso em voz alta. — Eu estou bem — eu sussurrei. Ela sorriu educadamente, mas deve ter pensado que eu estava louca.

Outro trabalhador saiu do escritório do meu avô, empurrando um carrinho com várias caixas. Meus olhos voltaram para a porta aberta, e a Sra. Wallace perguntou: — Posso te ajudar com alguma coisa?

— O que está acontecendo? — Eu dei um passo à frente, e quando ela se moveu como se estivesse prestes a ficar de pé, eu parei.

— Eles estão limpando algumas coisas do escritório para o novo diretor — disse ela, sua voz apenas acima de um sussurro.

Quando me virei lentamente para olhá-la, seus olhos continham nada além de angústia e preocupação genuínas. — Novo diretor? — Eu sabia que isso estava chegando, que alguém tinha que tomar o lugar do meu avô na escola, mas eu ainda me sentia tonta - como se eu nem estivesse aqui. As imagens continuavam piscando na minha cabeça. Eu tinha que ver mais, para encontrar as respostas que meu avô havia tentado me dar antes que ele... fosse tirado de mim.

Pude ver o Sr. Claypool e o Sr. Vasquez de onde eu estava, de costas para mim.

— Sim — respondeu a Sra. Wallace e assentiu devagar e gentilmente.

Os administradores engravatados esvaziaram as estantes de livros e guardaram os livros do meu avô em uma caixa, depois juntaram as últimas fotos da mesa e as colocaram em outra caixa ao lado da porta.

Uma imagem de um grande espaço cheio de tanques de vidro invadiu meus pensamentos - iguais ao recipiente de vidro que continha o homem de preto naquela primeira imagem indesejada. De onde estavam vindo essas visões? Senti outra presença se fortalecer - uma força me invadiu, e me conectei a ela, querendo ou não. Mas eu não tinha ideia do que era ou de onde ela havia vindo.

— Para onde eles estão levando as coisas do meu avô?

Ocorreu-me que eu encontraria uma resposta lá, entre os itens que o haviam cercado por tantos anos.

Meu rosto queimou quando uma raiva e urgência inexplicáveis tomaram conta de mim, como se eu tivesse sido incendiada. Eu queria descobrir mais antes de perder a conexão. Meu avô queria isso de mim, pelo menos. Se essas mensagens vinham dele, tinha que haver uma resposta em suas coisas.

As canetas e lápis na mesa da Sra. Wallace sacudiram onde estavam, então a mesa tremeu. Algumas canetas rolaram sozinhas e caíram no chão antes que eu pudesse parar.

A Sra. Wallace agarrou a mesa, incapaz de impedi-la de tremer. — Não estamos nos livrando de nada. Tudo vai para a casa do seu avô — ela disse.

Sua mesa se acomodou quando me afastei em direção ao escritório do meu avô, e respirei fundo. O que ele queria me mostrar?

Assim que entrei, o Sr. Claypool e o Sr. Vasquez se viraram e sorriram em cumprimento até perceberem que algo estava me incomodando. Fui direto para as caixas e peguei outra fotografia emoldurada - de mim. Meu avô havia emoldurado uma foto minha de uma semana antes do acidente.

Eu reconheci a foto, mas não fazia ideia de como ele a havia conseguido. Ainda assim, o fato de ele ter tirado tempo para enquadrá-la e colocá-la em seu escritório fez meu coração doer.

Acima de nós, as luzes piscaram repetidamente, e ouvi a mesa da Sra. Wallace chacoalhando novamente. A pobre mulher estava aparentemente fazendo um bom trabalho de mantê-la estável; ninguém mais no escritório pareceu notar.

— Claudia? — o Sr. Claypool chamou, olhando lentamente para as luzes.

— Algo está vindo... — eu sussurrei. As palavras soaram muito longe, e levei um segundo para perceber que eu não tinha ideia de porque dissera isso.

— Algo? — o Sr. Claypool perguntou. Eu me virei para olhá-los, sentindo meus olhos se arregalarem. — Claudia, minha querida, você está bem?

Então eu o senti, como uma faca incandescente sendo enfiada na minha cabeça, e as palavras saíram de mim novamente. — Algo está aqui.

Algumas das luzes se apagaram; outras piscaram. O Sr. Vasquez apontou, mas o Sr. Claypool não pareceu notar. A velha mesa do meu avô quase pulou, ecoada pela pancada da mesa da Sra. Wallace do lado de fora; agora ela estava sentada em cima dela, parecendo um pouco ridícula.

— Senhor Claypool! — Ela chiou.

Mas o Sr. Claypool apenas olhou para mim, e eu me vi me abrindo para a coisa que tentava me alcançar.

Olá?

— *É você de novo* — veio a voz de um garoto. — *Onde você está?*

— *Como posso te ouvir?*

— *Eu não sei. Isso não deveria ser...* A voz ficou distorcida, depois desapareceu completamente. Quem era ele?

— Claudia? — o Sr. Claypool agarrou meu ombro. — Claudia, acorde! — Ele olhou para as luzes acima de nós, depois para as mesas tremendo. Ele sabia? Ele sempre soubera que essas coisas aconteciam por minha causa e que eu não podia controlá-las?

Ele me sacudiu um pouco e eu pisquei ao vê-lo olhando diretamente nos meus olhos. Sua boca se abriu, mas nada saiu, e eu senti rolando dele em ondas que ele não sabia o que fazer. — O que você viu? — Ele finalmente perguntou. — O que está aqui?

Eu fiz uma careta para ele, confusa demais para responder. Então ele me soltou, e quando eu respirei fundo outra vez, as luzes se acenderam e as mesas ficaram paradas. Recuei, levantando distraidamente uma foto emoldurada do meu avô da caixa mais próxima. — Sinto falta dele — eu disse, embora soubesse que não era realmente uma resposta.

O Sr. Claypool assentiu, parecendo abalado e confuso. Então ele abaixou a voz. — O que aconteceu, Claudia?

— Eu... não sei. — Olhei para a foto do meu avô e então a voz me atingiu novamente com força total.

— *Olá?* — Ela veio com um eco, e então um par de olhos brilhou para mim do rosto de um jovem alto e musculoso com mechas loiras douradas. Ele estava a uma boa distância, vestido com jeans desbotados, uma camisa estampada de seda azul pastel com as mangas arregaçadas e um colete cinza. Ele inclinou a cabeça, me examinando com aqueles olhos, e ele pareceu estar tão... perto.

— Olá? — Eu não pude deixar de perguntar; agora éramos os únicos em um corredor vazio. Ele franziu a testa em confusão, e quando se aproximou de mim, uma poderosa onda de energia vibrou entre nossos corpos. Eu senti ela passando através dele também, a corrente eletrizante que corria através de mim. Então eu percebi que ela estava vindo dele, e ele ofegou. A energia nos envolveu, atraindo-nos um para o outro como ímãs; quanto mais perto ele chegava, mais poderosa ela ficava e seus olhos se acenderam como ouro brilhante.

— Quem é você? — ele perguntou, então mordeu o lábio inferior quando a força que nos unia zumbiu através dele e ao redor dele. Seus olhos se encheram de agonia, e ele lutou contra o poder que nos aproximava. Mas a próxima onda entre nós o enfraqueceu ainda mais, e seus ombros caíram em derrota; parecia que quanto mais ele tentava lutar, mais ele não podia deixar de ceder.

Então ele parou de lutar, e a energia o empurrou para frente até que ele ficou bem na minha frente. Eu dei um passo para trás e me vi presa contra os armários, olhando para ele. Sua colônia - cítrica, de menta e hortelã - me envolveu.

Isso era real. A energia de nós juntos tão perto era esmagadora, pulsando através de nossas formas, meu coração batendo forte nos meus ouvidos. Seus olhos se iluminaram, flashes de ouro dançando no centro de suas pupilas.

— Você é real? — ele ofegou de prazer. — Eu sinto como se te conhecesse a vida toda. — Ele se aproximou, agora a poucos centímetros dos meus lábios. O calor de sua respiração contra minha bochecha enviou arrepios pela minha espinha.

Eu pisquei e estendi a mão para tocar sua bochecha. Ele arfou com minha carícia, quase como se estivesse com dor. Eu sentia a mesma coisa com ele que havia sentido na noite em que meu avô fora levado; esse homem me protegeria, independentemente do custo, mesmo que eu não entendesse o perigo.

— Quem é *você*? — ele perguntou, mas eu não pude responder. Eu nem mesmo sabia.

Sem aviso, senti um puxão no meu coração, contra ele - algo nos empurrando e tentando nos separar. Eu não consegui evitar. A parede atrás de mim desabou e eu tropecei para trás, quase como se tivesse sido sugada para o outro lado. Ele estendeu as mãos para mim e conseguiu agarrar meu braço, mas a força era muito grande. Meu braço foi puxado do seu alcance, e ele correu atrás de mim através da parede quebrada. Qualquer que fosse a força que me segurava, me afastou ainda mais dele e não me soltou, levando-me cada vez mais para um nada que eu não entendia.

— Eu vou buscá-la — ouvi-o gritando. — Vou te encontrar. Eu prometo!

— Claudia? — O som da voz de Michael me fez piscar. Então percebi que outro homem estava atrás dele, também me encarando com mais do que um pouco de preocupação.

Eu não pude acreditar. O garoto da minha visão estava aqui, agora, no antigo escritório do meu avô, me encarando com aqueles olhos verdes sob o cabelo castanho dourado. Os pontos de ouro explodiam em torno de suas pupilas até mesmo aqui. Engoli; enquanto a corrente eletrizante entre nós não era tão forte quanto na minha visão, eu definitivamente ainda a sentia agora. Ele era real. Eu me senti corar quando sua boca se curvou em um pequeno sorriso confuso.

— *Olá?* Imaginei que poderia tentar falar com ele dessa maneira; nós tínhamos feito isso antes.

— *Eu não achei que você fosse real* — respondeu ele, e meu coração acelerou ao perceber que poderíamos realmente nos comunicar dessa maneira, estando bem na frente um do outro. — *Por que continuo sonhando com você?*

— *Eu não sei.* — Essa era a única coisa que eu podia responder. — *Eu pensei que era a única.* Um rubor quente subiu pelas minhas bochechas, e eu o observei me observando.

Então ele olhou para o relógio de pulso, que não era realmente um relógio, percebi, quando vislumbrei sua frustração pelo fato de não parecer estar funcionando do jeito que ele queria.

— *Você está... feliz* — ele pensou. — *Eu posso sentir isso.'*

Eu sorri. — *Você é como eu?*

— *Não.* — Ele olhou para cima para fixar seu olhar no meu novamente, seus olhos revelando o que o resto dele tentava esconder. Vi flashes de dor ali e imagens de pessoas - outras como eu - sendo capturadas, torturadas, experimentadas, entregues às pessoas em jalecos brancos. Instantaneamente, lembrei-me do que meu avô havia dito sobre os cientistas que nos vendiam aos maiores compradores.

— *Você não é como os outros...* — acrescentou. — *Eu não entendo por que me sinto tão...*

Reagi à sua intensidade repentina e mentalmente o afastei, precisando de um pouco mais de espaço. Aparentemente, isso não fez nada para desencorajá-lo, apenas alimentou sua curiosidade e seu desejo por mais.

— Claudia — Michael perguntou novamente, interrompendo o momento. — Está tudo bem? Você precisa de alguma coisa, querida?

Eu olhei para ele, e então outro homem entrou no escritório para se juntar a Michael, o jovem loiro de olhos verdes e a mim.

— E quem é essa jovem adorável? — perguntou o estranho. Ele usava um terno azul escuro com listras e uma gravata cinza listrada. Ele parecia hispânico, sua pele um tom mais escuro e mechas loiras em seus cabelos castanhos escuros. Seus pensamentos e emoções eram uma tela em branco, nada além de algumas rugas na testa para mostrar que ele estava curioso sobre mim.

— Dr. Müller — disse Michael —, esta é a neta do falecido Dr. Edwards. Claudia Belle. — Eu me remexi, tentando dar ao recém-chegado o suficiente de minha atenção para não ser rude, enquanto ainda estava consumida pela atração faiscante entre o garoto de olhos verdes e eu. As luzes piscaram novamente acima de nós.

— Como você está, senhorita Belle?

Uma distorção de som veio dele, ecoando, zumbindo e tornando difícil ouvir qualquer outra coisa. Ficou mais alto, como se alguém continuasse trocando de estação em um pequeno rádio. Eu o peguei olhando para seu relógio e balançando-o no pulso quando Michael não estava olhando.

— *Sua tarefa é se envolver com o Sr. Michael McClellan e a equipe. Como novo diretor da Milton, você ajudará John nesse aspecto do trabalho. Descubra se eles sabem de alguma coisa.*

— *Sim, Dr. Nicholson.*

— *John fará o resto, como ele sempre faz...*

Não vi rostos, apenas ouvi as vozes dessa memória, um pequeno lampejo do perfil do Dr. Müller enquanto ele interagia com alguém que eu não podia ver. E isso foi tudo o que eu consegui tirar dele.

Então olhei para cima novamente e vi o garoto de olhos verdes ainda olhando para mim. Eu fiz uma careta. — *Vá embora.*

— Sinto muito por sua perda — disse o Dr. Müller .

— *Não* — o garoto que aparentemente se chamava John não me deixava afastá-lo. — *Quero falar com você. Você me faz... me sinto muito mais forte.*

Eu pisquei em descrença. Ele deu um passo à frente de qualquer maneira, e me perguntei se ele chegaria tão perto quanto em minha visão. Mas ele parou, o centro dos seus olhos ainda dançando com aquele tom dourado.

— Oi — ele começou. — Quero dizer... olá. Quero dizer... eu sou John. — Ele piscou e franziu a testa, claramente confuso e incapaz de dizer em voz alta o que queria.

— *Eu sei* — pensei. — *John Slater.* — Eu não tinha certeza se ele tinha me ouvido; ele parecia desconectado e envergonhado.

— Ah, desculpe meu sobrinho, senhorita Belle. Ele não está se sentindo muito bem. Eu acho que ele está pegando uma gripe...

John olhou para o Dr. Müller e franziu o cenho. — Eu estou bem. — Ele disse apenas um pouco mais alto do que o necessário. Então ele olhou para mim, sua intensidade inabalável me deixando desconfortável.

— *Eu quero falar com você* — ele me disse. — *Eu não vou te machucar. Eu só quero... explicar.*

Empurrei-o novamente, não tão forte quanto antes, mas o suficiente para fazê-lo se mover - pelo menos, teria feito qualquer outra pessoa se afastar. John não. Os adultos continuaram a conversa à nossa volta, e ninguém pareceu notar nossa própria conversa secreta.

A única coisa em que eu conseguia pensar era que meu pai e meu avô haviam me avisado sobre pessoas que tentariam me usar - pessoas como esse Dr. Müller, talvez.

— *Não* — repetiu John, quase como se ele soubesse que eu só queria sair do escritório o mais rápido possível. Ele não ia sair do meu caminho.

Uma fileira de luzes piscou novamente no teto, depois estalou e quebrou. Choveu vidro sobre todas as nossas cabeças, e eu me movi, passando por John e saindo do escritório. Eu pensei ter ouvido ele vindo atrás de mim, então eu corri para a escada mais próxima e corri para o segundo andar. No meio do corredor vazio, parei e me virei, apenas para descobrir que estava sozinha.

15

A CONVERSA

Alguns minutos depois, Michael, o Sr. Vasquez, o Sr. Claypool e eu nos sentamos no escritório de Michael, no segundo andar, nos fundos da escola. Era quase um recanto, embora muito maior do que os escritórios dados ao Sr. Claypool e ao Sr. Vasquez. De onde eu estava sentada em uma borda embaixo da pequena janela de vidro, eu podia ver a biblioteca inteira abaixo de nós.

Michael estava sentado atrás da mesa, com o paletó pendurado nas costas da cadeira. Dessa vez, eu sabia sem dúvida que os três sabiam a verdade sobre meu avô - sobre mim. Eles haviam passado anos juntos antes de eu vir para o Texas e para a Escola Milton. Como eles poderiam não saber?

— O que aconteceu? — Michael perguntou. Eu queria fingir que não tinha ideia do que ele estava falando, mas não podia mais. — Milton tem suas falhas e precisa de muitas atualizações — continuou ele —, mas sabemos que essas luzes não se quebraram por conta própria.

— Sinto muito — eu sussurrei, incapaz de olhar para ele.

— O que aconteceu? Algo a aborreceu? Sei que você ainda está de luto, Claudia, e isso é perfeitamente normal. Quero ajudar da maneira que puder.

— Eu não sei. — Eu não tinha certeza do que dizer a eles, ou mesmo se eu deveria dizer alguma coisa. Mais do que tudo, as últimas semanas haviam sido suficientes para me assustar a ficar em silêncio, especialmente agora com nosso novo diretor e seu estranho sobrinho, se era isso o que eles realmente eram.

— Você disse que viu alguma coisa — o Sr. Claypool começou. Michael olhou para ele e ergueu as sobrancelhas. — Que algo estava vindo.

— Você teve uma visão? — Michael perguntou, o que me surpreendeu, mesmo que eu esperasse algo assim. — Seu avô tinha visões, mas na maioria das vezes eram coisas aleatórias. Desconectadas. Não era fácil para ele. Um sentimento ou uma imagem única, difíceis de interpretar. Foi isso o que você viu?

Eu balancei a cabeça, pensando que era a melhor opção. Eu não queria revelar a verdade sobre John, ou a coisa que sentira nos conectando e nos atraindo um para o outro. Não queria assustar Michael ou os outros administradores, principalmente porque não fazia ideia do que estava acontecendo.

— *Sinto* muito pelas luzes. Vou ajudar a pagar por elas.

— Não há necessidade disso, Claudia. Eu só quero que você exerça um pouco mais de controle sobre suas... habilidades.

Estamos ficando sem lâmpadas. — Michael mal conseguiu conter seu sorriso.

— Sem mencionar desculpas — acrescentou o Sr. Vasquez, o que foi mais do que eu o ouvira dizer em semanas.

— Você acha que a visão provocou seu poder? — Michael perguntou.

Dei de ombros, embora, claro, eu soubesse exatamente o que havia feito as luzes se quebrarem. — Eu não tenho certeza — eu murmurei.

Michael respirou fundo e recostou-se na cadeira, franzindo a testa para sua mesa bem organizada. — Bem, assim como seu avô, você tem que ter cuidado. Aprender a controlá-lo. — Ele finalmente olhou para mim.

— Eles falaram alguma coisa sobre isso? — perguntei, referindo-me a John e Dr. Müller.

— Até onde eles sabem — respondeu o Sr. Claypool, sem perder o ritmo —, foram apenas as lâmpadas ruins pelas quais Milton é tão conhecida.

— Sinto muito por ter causado tantos problemas... — eu disse.

— Não sinta. Sobre as visões, no entanto... — disse Michael. — Eu deveria me preocupar com você, Claudia? Talvez você deva ir para casa. Aproveitar o dia para descansar. — O Sr. Claypool e o Sr. Vasquez concordaram com a cabeça.

— Estou bem. Eu só... fiquei um pouco sobrecarregada. Por favor, não me mande para casa. Eu ficarei bem.

— Você tem certeza? — Ele se inclinou sobre a mesa, tentando sorrir sob a preocupação genuína em seus olhos. O Sr. Claypool e o Sr. Vasquez o copiaram quase exatamente, e de repente senti como se tivesse três novas figuras paternas, todas prontas para fazer o que fosse necessário para garantir que eu tivesse o que precisava. — Eu posso te levar para casa — Michael ofereceu.

— Estou bem. — De alguma forma, eu consegui sorrir de volta para todos eles.

— Tudo bem, então — disse ele. Levantei-me para sair e, quando abri a porta, Michael acrescentou: — Tente não destruir mais lâmpadas, por favor.

Ele sorriu, e eu não pude esconder meu próprio sorriso um pouco envergonhado.

16

A TURMA DO ALMOÇO

E u queria desaparecer, ser deixada sozinha. Alunos e até alguns professores haviam enchido meu armário quase completamente com cartas de condolências que haviam enfiado pela pequena abertura. Eu tentei não deixar isso me irritar; as pessoas estavam apenas tentando ser legais. Mas era apenas um lembrete constante do que eu havia perdido.

Minhas aulas matinais foram incrivelmente lentas, e eu me vi completamente incapaz de me concentrar em qualquer coisa que meus professores dissessem. Em vez disso, eu continuava vendo os olhos verdes de John, ouvia-o me dizendo que queria falar comigo, que eu o deixava mais forte. Não podia negar o que sentia ao seu redor, mas não fazia ideia de quem ele era, e a verdade obviamente não era o que o Dr. Müller havia dito.

Durante o almoço, entrei na cantina e olhei para os rostos sem nome de outros estudantes que me olhavam com preo-

cupação. Alguns deles tentaram esconder seu aborreci-
mento, mas ouvi seus pensamentos; eles assumiam que eu
estava apenas tentando ganhar pena por tudo que havia
acontecido.

Não vi ninguém que reconheci e considerei fugir para a
biblioteca. Mas eu estava morrendo de fome, então, relutantemente, entrei na fila do almoço e esperei. Então vi Tina no
outro extremo do refeitório, sentada com os outros em seus
lugares habituais. Depois que almocei, fui até a mesa deles
com minha bandeja e me sentei sem dizer uma palavra. Eles
nem tentaram mencionar meu avô, apesar de terem deixado
notas no meu armário também. Honestamente, porém,
fiquei feliz por não terem trazido isso à tona; Eu só queria
que as coisas voltassem ao normal, ou o mais normal que
fosse possível agora.

— Ouvi dizer que o tapete no escritório do novo diretor foi
rasgado quase pela metade e eles precisam comprar um
novo para ele — disse Alex. — É o que ele merece por
aparecer assim depois do seu avô.

Eu olhei para ela inexpressivamente por um minuto, depois
sorri. Pelo menos ela estava tentando. Então uma risada me
escapou, e o resto do grupo pareceu perceber que era seguro
relaxar ao meu redor.

— É péssimo o que aconteceu — Alex murmurou, estou-
rando o chiclete em sua boca. — Desculpe.

— Obrigada — eu sussurrei. Ela sorriu.

Mas o que poderia ser dito? Eu não tinha certeza do que as
pessoas achavam melhor dizer aos que haviam perdido
entes queridos. Ainda assim, fiquei grata por suas tentativas

de se conectar comigo, especialmente depois que não termos tido a melhor primeira impressão.

— Você está bem? — Tina perguntou. Ruben e Sean também me encararam.

Eu assenti. — Foi mais difícil no começo. Obrigada, pessoal, pelos cartões, notas e outras coisas... eu sou realmente grata por tudo. — Eu tentei o máximo que pude não ficar com os olhos lacrimejantes na frente deles.

— Bem, estamos aqui para você. Se você quiser falar sobre isso — Ruben ofereceu.

— Obrigada. — Eu peguei Sean me encarando. Ele sorriu e eu baixei o olhar, certa de que estava corando agora também.

Eles me atualizaram sobre as fofocas da escola e conversamos sobre o desentendimento de Alex com Thomas, o segurança, e sobre a festa no fim de semana seguinte. Por alguma razão, falar de uma festa me fez pensar no meu belo salvador da piscina e no rosto lindo que ainda me mantinha acordada à noite. O que acontecera com ele?

Alex se levantou e saiu para o corredor em direção às máquinas de Coca-Cola. Quando ela desapareceu, minha mente mergulhou naquele buraco novamente, e eu não consegui parar de pensar na estranheza da minha vida hoje em dia - mais estranha do que o normal. Nada fazia sentido - aquele dia na piscina; o homem de terno preto e gravata vermelha; e agora John e seu tio, o novo diretor.

Eu queria contar a Michael o que havia visto. John devia ter sentido que eu gostaria de fazer isso, e me perguntei se era por isso que ele tentara me impedir de sair. Se tudo o que eu vira em sua mente fosse verdade, ele realmente havia sido enviado aqui para *me* observar? Mas então por que eu sentia que ele me protegeria com sua vida?

Pensei novamente em meu salvador e no mal à espreita na piscina que, é claro, não existia. Meu salvador me assustava e me intrigava ao mesmo tempo, e eu não tinha explicação para isso. E não pude deixar de imaginar que conexão existia entre ele e a sombra escura na piscina que tentara assustá-lo para manter distância. A pior parte disso tudo era que eu tinha a sensação de conhecer os dois de alguma forma e simplesmente não conseguir me lembrar.

— Você está tão quieta. Tem certeza de que está bem? — A voz de Tina me tirou dos meus pensamentos mais profundos. Eu olhei para ela. Sempre havia sido difícil para mim fingir que era normal, e ter perdido meus pais e avô no mesmo mês tornava tudo ainda pior.

— Eu estou bem — eu disse. — Eu só tenho muitas coisas na cabeça, eu acho.

Ela sorriu e colocou a mão no meu ombro. — Não se preocupe. Vai dar tudo certo. — Eu desejava poder acreditar nela.

Ruben e Sean olharam para mim exatamente ao mesmo tempo e sorriram juntos. Foi mais do que um pouco assustador.

— Sim, vai ficar tudo bem — disse Ruben. Sean assentiu.

— Ele esteve procurando — disse Tina.

Talvez eu tivesse perdido parte da conversa deles quando entrei no meu próprio mundo. — Ele quem? — Eles sorriram, mas não responderam. — O que ele esteve procurando?

— Ele esteve procurando por você, bobinha. E ele a encontrou. Ainda bem. Ele a encontrou.

— Sim, ainda bem — Ruben e Sean repetiram.

— O *quê*? — eu sussurrei.

Tina estendeu a mão e tocou minha bochecha. — Quando chegar a hora, ele se revelará a você. Essa hora se aproxima rapidamente.

Eu pisquei, franzindo a testa, e tive a sensação mais estranha de que todos os meus três amigos na mesa sabiam algo sobre o que eu havia passado. Se eles não estivessem agindo de forma tão estranha, eu provavelmente não teria dito nada. Mas eu aproveitei a chance. — Me diz — eu sussurrei —, por favor. Quem é ele?

Tina simplesmente sorriu. — Ele se alegra com o seu desejo por ele. — Ela se inclinou para mais perto e sussurrou: — Mas ele pede que seja paciente. Seja paciente, *minha Pet.*

Minha cabeça começou a girar, junto com toda a cantina. Fechei os olhos, minha cabeça latejando, e então tudo parou. As vozes e as conversas barulhentas pela cantina voltaram com tudo antes de eu abrir os olhos e piscar. Tina e os outros estavam conversando sobre a festa no fim de semana seguinte.

— O que você disse? — perguntei a Tina.

— Quando? — ela perguntou, dando uma mordida no almoço.

Agarrei seus ombros e a virei para me encarar. — Conte-me! Eu tenho que saber quem ele é!

Seja paciente, minha Pet...

Era a voz *dele*, passando pela minha cabeça.

Sean e Ruben me encararam, como duas bonecas sem vida, e eu soltei Tina. Os três pareceram voltar à conversa como se nada tivesse acontecido.

Alex voltou e sentou-se ao meu lado. — Ei, quer uma? — ela perguntou e colocou o refrigerante na mesa. Olhei para a lata de Coca-Cola e fechei a boca quando percebi que estava boquiaberta. — Desculpe por ter sido uma babaca na primeira vez que nos conhecemos — ela acrescentou. — Chamando você de Pocahontas e tudo o mais. Mas é o cabelo, você sabe. E, bem, me desculpe. Eu tenho problemas, mas todo o mundo tem, certo? — Ela riu, abrindo sua própria Coca-Cola para tomar um longo gole. — Você está bem?

Eu olhei para ela, como se tivesse acabado de notar que ela voltara. — Sim.

— Então, está tudo bem entre nós?

Eu assenti. — Sim, está tudo bem. Mas a coisa da Pocahontas... foi inteligente.

Ela riu. — Bem, isso meio que combina com você. Agora, se pudermos encontrar um cara bonitinho o suficiente para se encaixar na imagem de John Smith...

— Ótimo — eu disse.

Ela sorriu. — Você vai à festa neste fim de semana?

Eu olhei para ela, sentindo que minha resposta tinha que ser sim. Eu ainda não conseguia pensar direito. Por baixo dos olhos azul-escuros cobertos com sombra e rímel escuros, Alex sorriu para mim. Ela torceu o colar de pentagrama ao redor de seu longo dedo pálido, puxando-o. Um pequeno cristal brilhou por baixo da renda enrolada em seu pulso fino. Ela o puxou nervosamente de volta, colocando a mão debaixo da mesa antes que eu pudesse perguntar sobre isso. Parecia quase igual ao que Michael havia me mostrado.

— Eu gostei da sua pulseira — eu consegui dizer, mas ela não me ouviu ou decidiu me ignorar.

— Então, você vai?

— Sim — eu disse com um aceno de cabeça. — Eu acho que vou.

— Demais. Você tem que me deixar fazer sua maquiagem. Batom vermelho com sombra roxa escura combinariam bem com seus olhos e a cor da sua pele.

Amarrei a cara para ela.

— Relaxa. Eu prometo que vou deixar você bem natural. É um trabalho árduo ter a minha aparência, mas é minha, e você não pode ficar com ela. — Ela riu de novo.

Eu não pude deixar de sorrir um pouco, e Alex entrou na conversa em grupo com os outros sobre a festa. Eu os ouvi fazer planos para a noite e, aparentemente, eu estava indo com eles agora, querendo ou não. Surpreendentemente, Alex se ofereceu para me levar. Ela era a única outra veterana com um carro em nosso grupo.

Ela não tinha muitos amigos; seus pais eram divorciados. Ela morava com uma mãe alcoólatra. O pai dela ligava a cada duas semanas e raramente a visitava. Alex era mais fácil de ler do que os outros, porque ela não se importava e carregava seus sentimentos do lado de fora junto com seu estilo pessoal.

Eu me senti como um idiota examinando e olhando os outros, tentando ver o que eu havia visto em Alex - tentando lê-los também. Mas, por alguma razão, não pude. Quando todos olharam para mim de uma vez e me encararam, desviei os olhos e tentei parecer focada em outra coisa. A única coisa que pude captar deles foi apenas um monte de barulho inútil.

Então uma sensação estranha me atingiu como uma onda de energia desequilibrada tentando conectar-se a um receptor. Tina, Ruben e Sean me encararam novamente, quase como se tivessem sentido a mesma coisa. Mas isso era um absurdo, não era? Então todos eles olharam sobre mim em direção a algo no outro extremo da cantina.

Olhei para Alex, mas ela estava ocupada assistindo algo em seu celular. Ela parecia completamente alheia, pelo menos quanto à estranha explosão de energia que eu sentia e o quão estranho os outros estavam agindo à mesa. Então me virei para ver o que havia atraído a atenção de todos os outros.

John Müller havia entrado pelo outro extremo da cantina. Imediatamente, abaixei minha cabeça para me esconder atrás dos meus amigos. Ninguém pareceu notar minha reação, por mais ridícula que eu me sentisse.

— Ei, olha só, quem acabou de entrar — disse Alex. Ótimo. Agora ela havia notado também. — Quem é o cara novo? —

Ela olhou para mim e me viu abaixada sobre a mesa. — Você conhece ele?

Eu pisquei para ela, me sentindo super culpada. — Não.

— Você o conhece, *sim*. Ai, me conta, Pocahontas. Por favor.

— Ele é sobrinho do novo diretor — eu disse rapidamente.

Um grande sorriso se espalhou sobre seus lábios carnudos e vermelhos. — Ah, sério? Uau, ele é gostoso. Como um deus grego. — Ela mordeu o lábio e o encarou com os olhos arregalados.

Deus grego? Apenas Alex usaria um termo tão ridículo.

— Claudia, sua sacana. Por que você não o mencionou antes?

— Eu não achei que era importante... — murmurei, olhando para ela da minha posição ridícula, onde tentava enterrar o rosto nos braços sobre a mesa.

— Você está falando sério? — Ela torceu o nariz. — Então, por que você está se escondendo?

— Escondendo? — Eu brinquei, levantando-me um pouco. — Eu não estou me escondendo.

Ela inclinou a cabeça. — Você gosta dele? — Seu sorriso aumentou.

— Não.... O quê? Não. — Eu me sentia uma idiota. Claro que não gostava *dele*. John significava muita, muita encrenca para alguém como eu. Era justamente o contrário. Era *ele* que não me deixaria em paz.

— Você gosta, *sim*. — Alex jogou a cabeça para trás e riu.

— Ele não é nada demais — disse Tina. — Parece problemático, se você quer saber.

— Eu acho que você precisa de óculos — Alex disse a ela. — Ele é maravilhoso.

Eu me remexi nervosamente e revirei os olhos, e Alex riu novamente. Os outros não disseram mais nada, mas olharam para Alex, como se o comportamento dela os estivesse incomodando.

Desviei o olhar, esperando que John não me encontrasse. Eu me sentia tão estúpida por evitá-lo, mas o que eu havia visto em sua mente era um pouco assustador. Eu não achava que deveria ter visto nenhuma das imagens em sua cabeça - ou, falando nisso, ter visto quem ele era e que seu estranho relógio de alguma forma estava com defeito. E ele parecia tão confuso em relação a mim quanto eu estava em relação a ele. Eu não havia captado nada dele de que ele estava aqui para me machucar, só que ele queria conversar, como ele havia dito. De qualquer maneira, eu não tinha intenção de dar a ele essa oportunidade, apesar de nenhum de nós poder negar que *algo* nos atraía um para o outro. Até eu descobrir o porquê - se eu pudesse - eu queria ficar longe dele. Mas quando olhei pela cantina novamente e o vi, minhas bochechas queimaram.

— Você está corando — Alex disse, cantarolando para me provocar.

— Não, não estou.

Eu realmente queria acreditar que ele não havia entrado na cantina para me procurar? Claro que ele tinha; meu nome continuava aparecendo em sua mente enquanto ele examinava as mesas lotadas de outros estudantes. Então ele se virou para mim e seus olhos brilharam sobre a nossa mesa. Merda. Recuei de novo para me esconder atrás dos meus amigos, pressionando minha testa nos braços e esperando que ele não tivesse me visto. Ele havia me sentido. Claro que ele havia; ele era um caçador. Era isso o que eu havia visto em sua mente, mas eu não tinha ideia do que isso significava. Se eu pudesse controlar meu poder, teria sido capaz de evitá-lo. Em vez disso, eu estava aparentemente convocando-o. Agora esse era um pensamento estranho.

— Parece que ele está procurando alguém — Alex brincou e olhou para mim. O calor correu para o meu rosto novamente.

— Você fica muito bonita nesse tom de vermelho, Claudia.

— Ha, ha, muito engraçado — eu disse.

John caminhou até a frente da cantina e ficou onde os diretores assistentes normalmente ficavam. Ele definitivamente parecia estar em uma missão, ainda examinando a sala lotada e barulhenta. Eu senti sua frustração; ele me sentia claramente, mas não conseguia entender por que não podia me ver. Ele obviamente não tinha pensado que eu tentaria me esconder dele.

O pânico de emoções que eu sabia que ele tinha captado o deixava ansioso. Qualquer emoção parecia fazer isso com ele, como se estivessem quentes e frias em sua pele. Não ousei me sentar para olhá-lo novamente, mas ainda podia imaginá-lo perfeitamente. Aqueles olhos nunca saíam da minha mente - a maneira como brilhavam e se iluminavam com aquele ouro mágico no centro. O que os levava a fazer isso? Ele tinha que saber como eram os seus próprios olhos.

— Ele pode ser o seu John Smith — disse Alex.

— O quê? — Eu ofeguei, e ela riu.

— Você é Pocahontas, e ele é John Smith.

Ok, agora eu estava começando a me arrepender de tê-la elogiado pela astúcia desse apelido.

— Bem, você é hispânica, e ele é um americano pálido. John Smith e Pocahontas. — Ela simplesmente não ia largar o assunto.

— Ela era nativa americana — corrigi.

— Qual é a diferença? — Eu olhei para ela dos meus braços sobre a mesa e arregalei os olhos em descrença. — Ele é branco, e você é uma gata mexicana bem bronzeada. — Ok, ela estava começando a soar um pouco racista naquele momento, mas Alex estava realmente se divertindo com a coisa toda.

— Ele não combina com ela — disse Tina. — Ele é muito arrogante. Além disso, Claudia está desconfortável.

É, eu tinha que concordar com Tina na parte do arrogante.

— Desconfortável? — Alex perguntou. — Ela não está *desconfortável*. Você não consegue perceber que ela está apaixonada?

Eu estava *o que?* Eu torci o nariz para ela. *Jura?*

— Ela ainda não sabe. — Alex sorriu e me cutucou com o cotovelo. — Vocês dariam um ótimo par... Então, qual é o nome dele?

Eu pisquei para ela, frustrada por seu sorriso contínuo, como se estivéssemos em uma piada que ninguém mais estava entendendo. — Caramba... John Müller.

— Ah! John! — ela disse com um suspiro. — Johnny gatão. Eu não me importaria de ficar alguns minutos a sós com ele... — Os outros viraram a cabeça em sua direção em desaprovação.

— Você é nojenta — Tina proferiu.

— Desculpe-me por ser sexualmente ativa. Acho que sabemos quem é a virgem aqui — disse Alex, erguendo as sobrancelhas com uma sacudida sarcástica de cabeça. Ela pegou o pó e reaplicou o batom vermelho, passou mais maquiagem branca no rosto e guardou novamente o pó na bolsa preta. — Estou apenas afirmando o óbvio, certo, Claudia?

Eu não disse nada, observando os outros olhando feio para ela.

— Ah, qual é. Eu estou só brincando — ela me disse. — Vocês precisam relaxar. Você são tão chatos.

A Sra. Whitman deu um passo na direção de John, de onde os professores vigiavam a cantina, talvez se perguntando se ele estava perdido. Ele parecia ser muito popular; quase todas as outras garotas aqui também estavam de olho nele. Parecia que ele pertencia a uma escola de Beverly Hills, em vez da nossa.

— O que ela está fazendo? — Alex repreendeu, olhando a Sra. Whitman. A professora estava realmente flertando com John agora, e eu tive que desviar o olhar. Senti a impaciência de John irradiando dele, cheia de irritação. Ele queria se afastar dela e me encontrar, mas a mulher não parava de falar.

— Ele é jovem demais para ela... — Alex disse. Eu cutuquei seu braço. — O que? Ele é... nossa, ela é muito sem-vergonha. Essa mulher vai se meter em muitos problemas legais se continuar com isso na escola.

Toda essa história era agora mais humilhante do que eu poderia lidar, mas ainda não queria me levantar e deixar John me ver.

Finalmente, ele se desvencilhou da Sra. Whitman e caminhou pela cantina novamente - direto em direção à nossa mesa.

— Eu te desafio a falar com ele, Pocahontas — provocou Alex. Eu sabia que se não o fizesse, ela faria isso por mim.

— Por que ela iria querer falar com ele? — Sean perguntou, olhando para mim.

— Ah, você está com ciúmes? — Alex respondeu com um sorriso.

— Do que você está falando? — Ele pareceu instantaneamente desconfortável.

— Como se não pudéssemos ver como você olha para a Claudia. Você tem medo que um homem de verdade a pegue primeiro?

Eu corei. Sean abaixou os óculos, seus olhos encontraram os meus, e ele abriu a boca para falar. Mas ele não teve chance.

— Dá pra você calar a boca? — Tina rugiu, levantando-se da cadeira.

— Ah, ele precisa que você o defenda também? — Alex riu.

Finalmente, eu me levantei da mesa. — Eu tenho que ir. — Eu tinha que sair dessa conversa ridícula antes que as coisas ficassem realmente desagradáveis, e eu não queria ser o centro das atenções assim. Ao atravessar a cantina percebi que não via John em lugar nenhum.

— Ei! Pocahontas, me desculpe — Alex chamou atrás de mim. — Por favor, não vai embora. Eu estou apenas brincando.

A única coisa que eu conseguia pensar era que John parecia ter desaparecido. Quando cheguei às portas da cantina e passei para o corredor, me virei para encontrar Alex agora sentada sozinha na mesa. Seus olhos se arregalaram e passaram por mim, então eu soube que *ele* estava parado atrás de mim.

— Claudia Belle... — A voz de John enviou calafrios pela minha espinha.

Em vez de me virar para olhá-lo, eu apenas corri para o corredor.

— Claudia, pare. Eu realmente tenho que falar com você. — Parecia um comando: poderoso, assustador.

O que ele ia fazer, correr atrás de mim?

Corri pelo corredor e para a escada. Quando olhei para trás, não consegui acreditar que ele estava bem atrás de mim. Pulei pelos degraus e, no minuto em que cheguei ao segundo andar, uma mão agarrou o meu braço, me puxou para trás e fez eu me virar. Minhas costas atingiram os armários e John se inclinou para perto. Eu desafiei seu olhar, sua respiração quente roçando meu rosto enquanto ele me absorvia com aqueles olhos. Então ele se inclinou para mais perto, sua respiração pesada, ignorando todo o resto, menos eu.

Eu tremi e respirei lentamente, a energia curiosa entre nós explodindo com uma força que eu não entendia. Isso fez com que aqueles tons dourados no centro de seus olhos se expandissem tanto que seus olhos quase brilharam.

Ele parecia completamente incapaz de se afastar. Eu podia sentir sua impotência, possuído pela minha presença, e nada que eu pudesse fazer ou dizer o impediria. Nem mesmo o medo que eu sabia que ele sentia subir em mim com essa proximidade. Seus lábios ficaram a apenas um centímetro dos meus, e ele repetiu lentamente: — Eu preciso falar com você... Com a próxima respiração, seus olhos haviam perdido completamente a cor verde, consumidos pelo ouro que brilhava neles.

Tive a sensação de que algo irreversível estava prestes a acontecer. — Pare — eu implorei, tentando arrancar meu braço de seu aperto esmagador. — Me deixe ir.

De alguma forma, ele saiu do transe e olhou para cima para me ver olhando para ele com os olhos arregalados. O ouro encolheu novamente nos olhos dele, devolvendo suas íris àquele verde sobrenatural. Então a força que o atraía para mim surgiu entre nós, como se não fosse o deixar se afastar. Ele franziu a testa um pouco, e eu sabia que ele havia percebido seu erro. O arrependimento de John tomou conta de mim; ele não queria me assustar.

— Sinto muito... — ele murmurou, depois pressionou seus lábios contra os meus.

Ele arfou, seus lábios quentes e convidativos. Pisquei, completamente pega de surpresa, então reagi. Em um segundo, reuni cada centímetro de força da minha mente para empurrar ele com força. John voou para trás, bateu contra a fileira de armários do outro lado do corredor, depois caiu no chão.

Eu engasguei, não tendo esperado que nada disso acontecesse. Esperando não tê-lo machucado, dei alguns passos à frente para ver se ele estava bem, apesar do fato de que meu instinto me dizia para fugir. Ajoelhei-me ao lado dele e lentamente estendi a mão para tocar seu ombro. John se moveu um pouco com um gemido, me assustando tanto que eu caí sentada e me afastei dele pelo chão. Os gemidos de John pararam e ele se virou para olhar para mim.

— Isso foi apenas legítima defesa — eu disse, não exatamente um pedido de desculpas, mas não sentia que lhe devia um. Ele levantou a cabeça e o ouro dançante brilhou em seus olhos novamente. A corrente elétrica entre nós pulsou e aumentou, aproximando-nos. John estendeu a mão na minha direção e eu não pude evitar agora - fiz o mesmo.

Quando nossos dedos se tocaram, o corredor desapareceu ao nosso redor, substituído por imagens que eu nunca havia visto antes. John estava me protegendo enquanto uma sombra enorme e iminente pairava sobre nós dois. Seus olhos brilhavam dourados novamente, e eu estava atrás dele, meus braços em volta de sua cintura, dando-lhe forças. Da sombra que estava à nossa frente, enormes tentáculos de escuridão se esticaram para nos atacar. John agarrou os dois com uma velocidade e força que eu não podia ver, mas definitivamente sentia através de seu corpo. Ele partiu aqueles tentáculos violentos ao meio, mas eles só cresceram novamente para nos atacar...

Afastei minha mão da dele, cortando a conexão com aquela visão estranha, e John piscou para mim. — Me desculpe... — eu disse, então me levantei e tropecei no corredor enquanto o sinal da aula tocava sobre minha cabeça.

17

ENTRE AMIGOS

F ui em direção ao meu armário nos corredores lotados, meu coração ainda batendo com emoção e um pouco de medo depois do que havia acabado de acontecer.

Eu não notei Alex até que ela me alcançou e surgiu ao meu lado. — Ei — ela sussurrou.

— Oi. — Houve um breve silêncio entre nós, enquanto passávamos pelos estudantes que se aglomeravam entre as aulas. Eu havia deixado as coisas meio tensas na mesa do almoço antes de tentar fugir de John: Tina havia ficado chateada com Alex, o resto do nosso grupo havia deixado Alex sozinha lá na lanchonete. — Você falou com a Tina de novo depois do almoço?

— Não. — Alex apenas puxou a alça da mochila. — E você?

— Ainda não. — Eu não tinha certeza se queria, mas senti que era algo que eu deveria fazer. — Então, o que você vai fazer?

— Sobre o quê? — Ela riu. — Você acha que isso importa? Eu realmente não poderia me importar menos com o que eles dizem ou se não estão falando comigo. Fodam-se eles!

— Então, você não vai à festa?

Ela olhou para mim e sorriu. — Você está brincando comigo? Claro que vou. Quem mais ia te dar uma carona?

Eu sorri de volta. — Eu já posso ver o olhar no rosto da Tina.

— Eu também.

Saí do trânsito de estudantes e parei no meu armário para pegar o livro da minha próxima aula. Um garoto se aproximou para abrir o armário ao lado do meu, e eu apenas olhei para ele. Era a primeira vez que eu via o garoto de cabelos loiros na Milton, e agora que eu o vira, não conseguia parar de encarar seus lindos olhos azuis.

Ele pareceu notar que eu estava olhando para ele e sorriu para mim. Uma câmera pendia de uma alça por cima do seu ombro e ele rapidamente a pegou. — Fotografia — ele disse, olhando para a câmera antes de pegar uma pequena bolsa preta do armário e enfiar uma lente da câmera nela. — Estou fazendo aula de fotografia. — Ele piscou, lançou um olhar ao redor, depois olhou timidamente para mim novamente com um sorriso envergonhado.

Tentei sorrir de volta, mas senti-me corar novamente e me escondi atrás da porta aberta do meu armário. Seus pensamentos giravam em torno de mim; ele era incrivelmente tímido, mas realmente queria falar comigo.

Nossa, como ele era fofo. Mordi o lábio quando ele sorriu novamente. — Eu sou o Jimmy — ele disse.

Minhas bochechas estavam queimando. — Ah. Eu sou...

— Claudia — ele respondeu por mim. Eu olhei para ele e tive que olhar para baixo novamente, envergonhada por ter sido pega de surpresa. Claro que ele sabia quem eu era. Eu era a neta do diretor. Quem não me conhecia?

— Oi, Jimmy — disse Alex, se colocando entre nós. — Você pode nos dar licença? Obrigada... — Jimmy e eu tentamos encontrar nossos olhares novamente por cima do ombro de Alex. Ela fechou meu armário com força e agarrou meu braço, me levando para longe do cara mais fofo que eu já havia visto.

— Até mais — Jimmy disse lentamente, quando o deixamos para trás.

— Então você vai me contar o que aconteceu entre você e o John, ou o quê? — Alex perguntou. Ela estava ansiosa por detalhes - eu senti - e ao mesmo tempo ignorando o fato de que ela provavelmente acabara de arruinar minhas chances de conhecer um cara muito interessante.

Eu não sabia o que dizer a ela - ou mesmo se deveria dizer alguma coisa.

— Eu o vi correr atrás de você — acrescentou. — Com certeza parecia que vocês já se conheciam.

— Você viu aquilo? — perguntei. Borboletas irromperam no meu estômago.

— Sim, assim como metade da cantina. A maioria das meninas não conseguia tirar os olhos dele. — Revirei os olhos e suspirei. — Então? — Alex sorriu e se aproximou. — Ele te beijou?

Corei quase imediatamente. Ela deu um tapa na lateral do meu braço e eu me encolhi.

— Mentira! Claudia, o que eu te disse? Ele está totalmente gamado em você!

Ela não tinha ideia do que realmente acontecera, mas eu não estava prestes a corrigi-la. O que eu não conseguia parar de pensar era na visão assustadora que eu havia visto quando John e eu nos tocamos - ele lutando nas sombras e aparentemente me protegendo. Isso apenas tornara tudo mais confuso.

— Vai, me conta — suplicou Alex. — O que ele disse? Ele pediu para você ir ao baile com ele? Eu nunca tive uma amiga que pudesse nomear para rainha do baile, então... Foi isso?

— O quê? — eu disse, estupidamente, andando pelo corredor em direção à sala de aula da Sra. Witherson. Então eu vi Tina, Sean e Ruben do outro lado do corredor.

Tina acenou para mim, e os caras se juntaram a ela. Eu balancei a cabeça e apontei para a próxima aula, e eles passaram por nós sem parar. Seus sorrisos convidativos se torceram em desaprovação quando me viram andando com Alex.

— Você poderia ter ido — Alex disse, ainda correndo para ficar ao meu lado.

— Sério? — perguntei. — Eu não queria. Eles são realmente... estranhos.

Alex riu. — Sim. Especialmente a Tina. Eles nunca mais vão falar comigo e eu não me importo. Entendo se você também não quiser andar comigo, já que eles ainda são seus amigos.

— Você também é minha amiga — eu disse quando chegamos à escada do segundo andar e paramos perto da janela com vista para a biblioteca.

— Ok, então você ainda não me disse o que Johnny gostoso disse para você — Alex me lembrou. Continuei andando pelo corredor para a próxima aula e paramos do lado de fora da porta. — E então? — Ela me cutucou forte com o cotovelo.

Eu não queria lhe contar a verdade. O que eu poderia dizer que não faria disso exatamente uma mentira? — Eu não sei o que ele quer — eu disse. — É estranho...

— Ele te beijou, certo? — Aparentemente, essa era a única coisa que lhe interessava. Eu assenti. Alex sorriu e dançou no lugar como se o beijo tivesse acontecido com ela. — Ele vai te chamar para sair. Espera, ele já chamou? — Eu pisquei para ela e balancei a cabeça. — Primeiro beijo? — Dei de ombros - sim era - e Alex me lançou uma piscadela. — Você vai sair com ele quando ele te chamar, certo?

— Chamar para o que?

Ela revirou os olhos. — Você está brincando? Quando ele te chamar para sair. Você vai dizer sim, certo?

— Eu realmente não pensei sobre isso — eu disse. Alex apenas inclinou a cabeça como se quisesse dizer que sabia que eu estava mentindo. — Eu sei o que você vai dizer — acrescentei —, mas eu estou falando sério. Não estou esperando que ele faça nada e não vou ficar pensando sobre isso...

— Foi um pouco *demais*? Ele perseguiu você para te beijar. Aquele garoto está apaixonado.

Dei de ombros. — Talvez. Eu não sei.

Alex apenas levantou as sobrancelhas e riu, e eu me senti ridícula por não ter inventado uma desculpa melhor para ele literalmente ter me perseguido pelos corredores.

Acima de nós, o sinal tocou novamente e vi a Sra. Witherson olhando para mim.

— Ei, eu posso começar a te buscar para a escola, se você quiser — Alex ofereceu. — Fazer disso um hábito.

Eu sorri. Isso não era realmente a coisa mais importante em minha mente, mas eu não queria dizer não. — Claro, por que não? Você deveria ir. Você vai se atrasar para a aula.

— Aula? — Alex zombou. — Eu tenho coisas mais importantes a fazer. Até mais. — Ela acenou, disparando na outra direção antes de eu entrar na minha próxima aula.

18

A GAROTA GÓTICA

O último sinal tocou antes que ela chegasse ao fim do corredor, que agora estava deserto, exceto por Alex. Ela ouviu passos se aproximando e adivinhou que eram as patrulhas; eles sempre faziam as rondas a essa hora do dia. Thomas tinha um novo recruta chamado Sam, que parecia não saber o que estava fazendo.

Mas, por outro lado, ela pensava o mesmo de Thomas. Quantas vezes ela já tinha sido pega? Na última vez, Thomas a enviara ao escritório do Sr. Claypool, que havia escrito um bilhete para seus pais sobre seu hábito de matar aula. Ela tinha que ter cuidado agora; dois ou mais bilhetes levariam eles a chamar seus pais para uma reunião com o diretor, e ela não podia permitir que isso acontecesse. A velha com quem ela morava havia sido mais do que generosa em ajudá-la nas últimas duas vezes que o Sr. Claypool ameaçara ligar para seus pais.

Alex lembrava-se de estar sentada em frente à sua mesa, o rosto dele uma massa de linhas, rugas e decepção. Ele usava camisa branca e gravata preta. Havia algo em um homem de gravata que a fazia se contorcer, especialmente um homem bonito como o Sr. Claypool, que pegava leve com seus alunos. Ele sempre queria dar uma chance a ela, não importava quantas vezes já a tivesse visto em seu escritório. Naquele dia, porém, parecia que ele estava se arrependendo lentamente disso.

Seus olhos azuis haviam encontrado os dela. Ela sorrira de volta para ele; ela costumava se safar de quase tudo usando aquele sorriso. O Ed Harris, como ela havia passado a chamar o Sr. Claypool, era muito bonzinho.

— Por mais que eu goste dessas pequenas reuniões, devo dizer, isso realmente está se tornando um mau hábito. Isso é o que, a terceira vez nesta semana? — perguntara o Sr. Claypool, recostando-se na cadeira com uma nova pilha de bilhetes de detenção. Alex se encolhera, mordendo o lábio.

— Não, você não pode contar a última vez — ela disse —, porque eu não estava matando aula. Eu estava atrasada, e o Sr. Thomas sempre implica comigo. Tentei explicar a ele que eu estava indo ao banheiro porque... — Ela se inclinara um pouco mais para perto. — Bem... estou com problemas de garota. Você sabe...

O Sr. Claypool tentou pigarrear e piscou para os bilhetes. — Sim, eu sei. Você mencionou isso. Mas isso não é desculpa para todas as outras ausências.

Alex abaixou a cabeça. — Eu acho que não. Mas, Sr. Claypool, eu estou realmente tentando. É difícil se concentrar com tudo o que aconteceu. — Ela ergueu os olhos e deu a ele seu melhor olhar de desculpas. Ela era boa nisso. Ou será que esse homem era apenas um otário?

— Ah, você gostaria que eu falasse com sua mãe? Todos nós podemos nos sentar e discutir isso. — Ele se moveu para pegar o telefone.

— Eu posso apenas falar com você? Tudo o que eu realmente preciso é de alguém para conversar. E você é um bom ouvinte, Sr. Claypool. — Ela sorrira quando ele afastara a mão do telefone. Ele caía facinho no velho truque da donzela em perigo.

— Bem, acho que isso não faria mal. Mas você deve prometer que não vai matar aula novamente. Sei que é difícil lidar com o divórcio de seus pais, mas você é forte, Alex, e com o tempo poderá superar isso. Eu sei que você vai. E quero ver você se formar e ter sucesso.

Ela já havia usado o divórcio de seus pais como desculpa algumas vezes; e imaginara que a essa altura a história já estaria velha, mas ainda estava funcionando. Os homens eram tão fáceis de manipular, especialmente esses diretores assistentes. A parte mais fácil era mentir sobre o divórcio e parecer uma garota que não conhecia seu lugar no mundo. Mas Alex nunca havia sido *esse* tipo de garota.

Agora, ela virou no outro corredor e, quando a barra ficou limpa, correu para os armários perto da escada. Por um momento, ela não conseguiu lembrar a combinação; essas coisas eram tão irritantes. Mas ela finalmente conseguiu abrir o cadeado e o armário, depois enfiou a mão na parte de trás. A única coisa de que precisava era a pequena bolsa preta que ela retirou antes de fechar o armário e trancá-lo novamente.

No final do corredor, ela ouviu passos novamente.

Malditos Thomas e Sam.

Eles estavam voltando; ela tinha certeza disso. Se ela fosse pega dessa vez, voltaria ao escritório do Sr. Claypool. Ou pior - o do Dr. Müller.

Alex se apressou, correndo para a escada escura. Ela pensou que estava segura até ouvir passos correndo atrás dela, subindo as escadas.

— Merda. — Subindo os degraus, ela quase perdeu o equilíbrio, mas conseguiu chegar ao segundo andar antes que seus perseguidores a alcançassem. Ela correu pelo corredor, apenas para perceber seu erro tarde demais - o banheiro ficava na outra direção.

Mas agora Thomas estava no topo da escada. Alex continuou indo em direção à área da varanda que dava para as aulas de treinamento e quadras de tênis. Ninguém estava do lado de fora - pelo menos não perto da varanda. Ela olhou para a hora em seu telefone.

Os alunos em treinamento também estavam de volta às aulas e as quadras de tênis estavam vazias. Alex definitivamente podia escapar pelo outro lado do prédio. Pouco antes de ela chegar à entrada lateral da escola, Thomas virou a no corredor, então ela se afastou e virou no corredor mais próximo bem a tempo.

Exceto que, agora, o estagiário do Sr. Thomas estava indo na direção dela. Se a encontrassem, criariam a ela mais problemas do que ela precisava. Então eles tentariam ligar para os pais dela, e isso não daria certo com a velha senhora que estava deixando Alex morar com ela.

A pulseira em seu pulso brilhava em azul claro.

— Eu sei. Eu sei — ela murmurou.

Os passos de Sam se aproximavam, e ela tinha certeza de que o Sr. Thomas apareceria na outra entrada e a localizaria a qualquer momento.

Então o sinal final do dia escolar tocou. Os alunos saíram das aulas para o corredor. Se o Sr. Thomas quisesse alcançá-la, ele teria que abrir caminho através das hordas. Alex se juntou à onda de estudantes, andando atrás de um atleta enorme e de seus amigos; o cara devia ter mais de um metro e oitenta. Surpreendeu-a que ele ainda não tivesse pêlos faciais.

O Sr. Thomas finalmente chegou correndo pelo outro lado. A multidão engoliu Alex e a afastou de seus perseguidores. O novo estagiário examinou as cabeças que se aglomeravam, mas, pelo que Alex sabia, nem ele nem o Sr. Thomas sabiam exatamente quem eles haviam estado perseguindo todo esse tempo.

Alex desceu as escadas perto da cantina; dali, passou direto pela fila de ônibus amarelos estacionados no estacionamento, até onde seu mustang surrado aguardava. Ela respirou fundo e sussurrou: — Nunca mais vamos fazer isso de novo.

Antes de ir para casa, ela parou no supermercado para pegar pão, leite, peru e queijo. Claro, ela não tinha nenhuma intenção de pagar por nada disso, e apenas enfiou os itens na mochila. Esta pequena loja em particular não tinha câmeras e ninguém nunca prestava atenção nela. Mas ela sempre comprava algo pequeno - mesmo que fosse um chiclete - para que não ficassem desconfiados.

Alex não podia pagar por suas compras, mesmo que quisesse; ela precisava dos últimos trinta dólares que tinha para abastecer. Ela saiu pela porta da frente novamente sem que ninguém a parasse, mas o dono da loja estava de olho nela. Com um aceno, ela correu de volta para o carro.

A casa dela ficava no fim de uma rua sem saída; era uma casa modesta, mais velha, mas em condições decentes. Quando ela viera morar aqui pela primeira vez, o quintal era quase uma pilha de lixo, cheio de décadas de coisas que a velha havia acumulado. Alex havia feito tudo o que podia para tornar o lugar mais acolhedor. Além disso, ela tinha que ganhar seu sustento.

Quando Alex abriu a porta, ela encontrou June plantada no sofá com uma xícara de chá inglês. A velha estava quase sempre lá, assistindo suas novelas e programas de entrevista.

— Oh, céus. Quando você entrou? — June perguntou quando Alex parou do lado de fora da sala de estar.

Alex sentou-se ao lado dela e colocou a mão sobre a dela. — Você está com fome? — Ela perguntou. — Trouxe alguns sanduíches para nós. — A velha sorriu com olhos tristes, parecendo completamente perdida. Ela parecia esquecer quem era Alex com mais frequência agora. E, às vezes, Alex a encontrava olhando as coisas, tentando se lembrar de como usá-las ou de quem eram as pessoas nas fotos que se acumulavam em suas mesas e paredes.

— É por isso que eu te amo tanto, Jesse. — June colocou uma mão fria e enrugada na bochecha de Alex. — Você sempre foi tão atenciosa.

Jesse havia morrido há muito tempo; uma única foto de uma mulher estava na prateleira desordenada não muito longe delas. A velha não parava de se referir a Alex como Jesse. A foto era tão antiga quanto o resto da casa, e Jesse provavelmente havia sido a filha de June. Ela não tinha outra família e mais ninguém que se importasse - nenhum amigo para visitar e nenhum parente para cuidar dela.

Um único velho amigo havia morrido um ano antes e, se não fosse por Alex, June teria acabado em um asilo, onde os velhos sempre eram abandonados por conta própria. Com a pouca aposentadoria que recebia, a mulher mal conseguia sobreviver. Alex fazia o possível para que os cheques dessem para as duas, roubando quando podia e matando aula para vir checar June tanto quanto conseguia. Elas cuidavam uma da outra. Na maioria das vezes, ela matava as aulas para conseguir chegar a tempo no seu emprego de meio período na Hot Topic, que tinha pelo dinheiro extra, que também era onde ela conseguia a maior parte da sua maquiagem.

— Eu vou fazer algo para você comer. Você gostaria de mais chá?

A velha sorriu calorosamente, mas não disse nada. Alex entrou na cozinha, pegou um prato e uma faca e esvaziou a mochila no balcão.

— Um jovem passou em casa hoje — disse June por cima do barulho da TV na sala de estar.

— Ah é? — Alex respondeu, ocupando-se com os sanduíches. A velha mulher havia tido um de seus sonhos novamente? Às vezes, ela ficava confusa com o que via na TV. Ou talvez um vendedor tivesse passado por lá. As pessoas ainda andavam de porta em porta nos dias de hoje?

— Ele estava procurando uma tal de Maya, mas eu disse que ele estava na casa errada. Apenas minha Jesse mora aqui comigo.

Alex congelou, deixando cair a faca no balcão. Ela enfiou a cabeça pela porta da sala de estar.

— Então ele me fez um chá. Conversamos um pouco sobre a história romana, e ele apenas seguiu seu caminho. Ele foi tão educado, Jesse. Um homem tão estranho, no entanto. Aqueles olhos...

Lentamente, Alex saiu da cozinha, incapaz de controlar suas mãos trêmulas. A velha não olhou para ela, os olhos presos na TV, como se nunca tivesse dito uma palavra.

— O que ele queria? — Alex perguntou. Os lábios dela também tremiam agora.

— Ele apenas falou muito sobre o passado. Coisas... muito estranhas. Não me lembro. — A mulher parecia estar falando enquanto dormia.

— Como ele era? — No minuto em que ela perguntou, Alex se arrependeu da pergunta. Mas ela tinha que saber.

— Ah. — June deu de ombros e seus olhos vagaram.

Alex se ajoelhou na frente da mulher e colocou as duas mãos nos joelhos de June, bloqueando a TV. — Isso é importante — disse ela. — Como ele era?

Finalmente, os olhos azuis vítreos de June se fixaram nela. — O que foi, querida? De quem está falando?

Alex se levantou; ela sabia que não adiantava. A mente de June não era mais como costumava ser quando haviam se conhecido. Ela voltou para a cozinha, mordendo o lábio. Ela não sabia o que fazer. O mais inteligente seria ir embora agora, mas ela não conseguia deixar a velha sozinha. Quem cuidaria dela?

— Ninguém — ela sussurrou; suas mãos ainda tremiam quando ela pegou a faca novamente, e ela teve que largá-la por um momento. Ela queria chorar, mas não se permitia fazer isso há muito tempo. Alex havia aprendido a ser forte.

Ele realmente poderia tê-la encontrado? Tudo apontava para o fato de que sim, ele tinha. Ela derramou água em uma xícara e adicionou um saquinho de chá.

— Homem muito estranho — June repetiu da sala de estar. — Muito jovem. Boa aparência. Você teria gostado dele, Jesse. — Era assim que a mulher funcionava, era como ligar um interruptor de luz - em um momento lembrando o que ela havia feito vinte anos atrás, no minuto seguinte esquecendo seu próprio nome.

Alex virou-se com a xícara na mão.

— Ele tinha os olhos mais estranhos. Uma cor incomum, sabe? Quase... *roxos*. — June riu. — Ai, isso não pode estar certo, querida. Olhos roxos? Eu devo ter imaginado isso. Mas ele estava vestido como você, todo de preto. Um... pano vermelho em seu ombro. Você teria gostado dele, Jesse, querida.

Alex não tinha percebido que ela deixara cair a xícara de chá até que ela se quebrou aos seus pés. June não reagiu, aparentemente de volta ao seu próprio mundo novamente, onde quase nada podia alcançá-la. Quando Alex olhou para a sala novamente, June estava mais uma vez paralisada pelas imagens na TV, como se fossem pessoas reais.

Apressando-se para a despensa, Alex pegou a vassoura e a pá de lixo e rapidamente limpou a bagunça. Então ela pegou outra xícara do armário e outro saquinho de chá com água quente. Ela quase derramou tudo sobre si mesma, voltando para a sala, e June murmurou outra coisa que ela não conseguiu entender. Isso acontecia o tempo todo também, a velha frequentemente conversava com alguém que não estava lá.

Alex colocou a xícara na mesa ao lado do sofá e June olhou para a xícara de chá. Então ela sorriu, pegou a xícara e soprou antes de prová-la com alguns pequenos goles.

Ele a encontrara - Alex tinha certeza disso - e ela não sabia como. Mas ele tinha, e agora provavelmente estava à espreita, esperando sua chance de agarrá-la. E suas memórias voltaram com força total.

— Você sabia que Romulus fundou Roma? — ele havia perguntado a ela. — Dizem que ele e seu irmão gêmeo foram criados por lobos. Em sua reivindicação de poder, ele invadiu, sequestrou e estuprou as mulheres da aldeia.

— Assim como você me sequestrou — Alex havia murmurado.

Ele agarrara o queixo dela; suas próximas palavras congelaram em seus lábios, então ele a soltara e acariciara sua bochecha. — Como posso ter sequestrado minha própria esposa? Eu te amo. — Ele zombara dela e Alex se odiara por ter pensado que aqueles lábios pareciam tão convidativos.

— Esposa? — Ela havia rido na cara dele. — Eu nunca tive escolha. E seu *fazer amor* nada mais é do que foder. Não há amor nenhum envolvido.

Ele a puxara para mais perto, seus lábios a poucos centímetros de distância e seus corpos pressionados firmemente. — Maya, vamos ter que fazer algo sobre essa sua boca suja. E ainda assim, é a sujeira que sai dessa boca que sempre me faz querer tanto você. — Sua expressão a fizera tremer. — Admita. Você gosta quando eu te *fodo*.

Seu corpo sempre a traia com ele, e ela derretera em seus braços, beijando-o primeiro. Sua auto-aversão crescera ainda mais por ter caído tão facilmente na armadilha dele.

Mesmo agora, na casa de June, ela o sentia - sentia sua presença, seu cheiro em sua própria pele e cabelo. Era difícil até continuar respirando.

— *Maya* — sua voz chamou em sua mente —, *eu preciso de você...*

— Diga-me que você me quer! — Ele havia ordenado enquanto a forçava para a cama dele. Ela havia caído sob o feitiço dele fácil assim. Agora, ela o queria novamente.

Não. Alex balançou a cabeça. Ela não iria. Não dessa vez. Mas ela o sentia tão perto agora na casa de June.

Ela segurou o pulso, segurando a pulseira; ela agora brilhava vermelha e a voz voltou. June não olhou para ela nem uma vez, perdida no seu chá e no episódio de *The Bachelor* na TV. Ela não entendia que, logo, Alex poderia não estar mais por perto. Não se o homem voltasse. Ela não queria, mas Alex seria forçada a partir.

Quando ela voltou para a cozinha, pegou sua bolsa e se preparou para sair sozinha. Ela parou na sala mais uma vez e olhou para June lá, inalterada, completamente inconsciente dela. A velha ficaria bem, Alex pensou. Agora, ela tinha que fazer algo que vinha adiando por muito tempo. Antes que ela perdesse essa chance novamente, era hora de ir ver seu filho.

19

O SOM SINISTRO

Poucas horas depois da saída da escola, o Sr. Randal Peterson estava sentado em sua mesa, verificando os itens restantes em seu plano de aula. Quando terminou, ele limpou a mesa e juntou os lápis e canetas soltas em uma xícara. Só então ele notou as marcas irregulares atravessando a ponta da mesa. Por um momento, ele não teve certeza do que poderia tê-las colocado lá. Então ele se lembrou das unhas de Tina agarrando a madeira. Ele não havia percebido que as unhas dela eram afiadas o suficiente para deixar um arranhão assim, mas aparentemente elas eram.

Aquela garota era o diabo, ele pensou. Havia algo de antinatural nela. Mas toda essa escola parecia antinatural. Quantas vezes ele havia dito isso ao longo dos anos? O Dr. Edwards nunca acreditara nele, mas ele também nunca havia sido alguém em quem pudesse confiar. O falecido diretor também havia tido um toque de algo não natural. E agora, essa neta dele... Ela parecia uma garota comum para os olhos destreinados, mas Randal sabia mais. Ele quase podia sentir os problemas antes que eles chegassem - aquele mal peculiar. E desde que o Dr. Edwards o fizera remover a cruz da parede da sala de aula, Randal passara a não se sentir mais seguro nem lá.

Ele acariciou as bordas de metal ásperas da cruz pendurada em seu pescoço - seu único conforto. A oração era necessária; essas crianças não tinham mais respeito pelos adultos. Oração e punição. Era disso o que esta escola precisava. Nos dias de hoje, ninguém podia bater em uma criança sem que as autoridades viessem bater à sua porta e o mandassem para a prisão. Eles não conseguiam perceber que a disciplina era a única chance de salvar essas crianças e mantê-las longe de problemas? Se Randal estivesse no comando, as coisas certamente mudariam na escola.

Dando uma pausa em sua rotina de fim de dia, ele olhou para a porta da sala de aula. O último aluno havia ido embora da escola há muito tempo. Ele deveria ir também, mas ele sempre queria ter certeza de que tudo estava pronto para o dia seguinte. Para Randal, ele era o único professor dedicado que restava. O novo diretor veria isso nele. Embora Randal ainda não tivesse conseguido entender o homem, ele veria como o Dr. Müller se encaixaria nisso tudo em breve. Talvez o Dr. Müller fosse a mudança que essa escola precisava. O sobrinho do homem parecia um pouco estranho, porém, sempre à espreita nos corredores.

Um som estranho flutuou em sua direção do corredor. Isso era... algo arranhando? Randal levantou-se, deixando seu plano de aula na mesa, e tentou distinguir os sons. Ele pensou ter ouvido os sapatos estridentes de alguém, ou talvez fosse o carrinho barulhento do zelador fazendo suas rondas.

Ele deu um passo em direção à porta da sala de aula e enfiou a cabeça no corredor. Lá estava o som novamente. Randal olhou para cima e para baixo nos dois sentidos, mas não viu absolutamente nada. Então o barulho parou completamente, seguido por um silêncio sinistro no ar.

Definitivamente era hora de ir para casa. Ele pegou seu plano de aula da mesa e enfiou a mão na gaveta para pegar as chaves do meio da bagunça. Mas quando ele se virou novamente, suas mãos tremiam tanto que ele deixou cair as chaves. Rapidamente, Randal se ajoelhou para recuperá-las, e os papéis soltos de seu plano de aulas caíram da pasta em suas mãos e se espalharam pelo chão.

Murmurando em frustração, ele os reuniu. Então ele ouviu o barulho novamente, mas agora estava muito mais perto. Quando Randal ergueu os olhos lentamente, ele a viu tão claramente quanto via o último papel dobrado sob o seu tênis.

Tina? Suas unhas estavam fazendo um som de arranhar. Ela sorriu para ele, mas não era uma saudação.

20

OS CONVIDADOS

C hegamos em casa um pouco mais tarde do que o normal; Michael quisera parar para fazer compras. Mesmo enquanto ele esvaziava lentamente as sacolas na cozinha, eu podia sentir que havia algo em sua mente, mas não queria me intrometer em seus pensamentos. Claramente distraído, ele dobrou as sacolas e as colocou na despensa, movendo-se quase como um zumbi.

— Então, Michael — comecei, esvaziando a última sacola plástica —, você comprou muitas coisas. Você vai, por acaso, fazer sua famosa caçarola de frango? Talvez enchiladas? — Coloquei as últimas coisas na geladeira e Michael se virou lentamente para me encarar.

— Convidei umas pessoas para jantar — Michael anunciou sem encontrar meu olhar.

— Quem? — perguntei.

Fiquei surpresa por não ter notado isso antes, mas agora ele não precisava dizer nada; Assim que perguntei, li em sua mente. — O Dr. Müller?

— Sim, convidei o Dr. Müller e seu sobrinho John para jantar. — Ele disse com um sorriso, mas quando eu olhei para ele, incrédula, ele se encolheu. Também podia ter sido um pouco cedo para eu tirar as palavras de seus pensamentos antes que ele tivesse a chance de pronunciá-las.

Essas eram as últimas pessoas que eu esperava que ele convidasse para jantar. — Você convidou? — perguntei.

Michael tentou sorrir e falhou miseravelmente. — Eu pensei que você ficaria feliz com isso.

Feliz? Ele estava falando sério? Mas ele não sabia mais nada sobre o Dr. Müller ou John; Disso eu sabia. Ele não tinha ideia do que havia acontecido naquele escritório quando eu os conheci, ou de qualquer outra coisa depois daquilo. John agarrando meu braço no corredor, o beijo - eu duvidava que Michael fosse gostar disso, e eu não ia contar a ele sobre isso agora. — Por que você achou que eu ficaria feliz com isso? — Em vez de esperar por uma resposta, saí da cozinha.

Michael me seguiu, ainda não tendo certeza do que estava me incomodando. Essa parte irradiava dele. Eu não queria falar sobre isso. Eu não queria que ele perguntasse. O que eu poderia dizer a ele?

— Pensei que o jantar nos familiarizaria um pouco melhor — disse ele. — Pode ser legal. Para que possamos conhecer nosso novo diretor. Isso ajuda a quebrar o gelo, Claudia. E o Dr. Müller pode ser capaz de oferecer alguma assistência para finalmente conseguirmos todos os reparos que precisamos muito fazer na escola. — Fiquei ali no corredor, incapaz de dizer qualquer coisa. — Eu estava errado? — Ele finalmente perguntou.

— Não — respondi. — Claro que não. É só que... — O que eu poderia dizer a ele? Nada agora fazia sentido, nem mesmo para mim.

Michael me estudou, depois respirou fundo. — Acho que sei o que é.

Eu olhei para ele. — Você sabe?

— Sim. O Dr. Müller está ocupando o lugar de seu avô naquela escola e... bem, a posição de seu avô lá representava muitas coisas. Você ainda está de luto por ele. E aqui está um novo diretor entrando logo em seguida. Imagino que isso dificulte mais aceitar que ele se foi.

Eu pisquei. — Sim. Você está certo. Eu acho.

— Querida, se você não quiser que eu o convide, eu não vou. Eu não quero que você seja infeliz. OK?

— Não, está tudo bem. Eu entendo que isso também é para ajudar a escola.

Ainda assim, ele franziu a testa, parecendo ainda mais incerto. — Você tem certeza?

Eu assenti. — Sim, eu tenho certeza.

— Tudo bem, então. Por que você não sobe e se prepara? Quem sabe? Talvez você possa conhecer John Müller também. Ele parece ser um garoto legal.

Quando ele disse isso, eu já havia chegado ao pé da escada que levava ao meu quarto.

— O baile está chegando — Michael acrescentou. — Eu me pergunto se ele tem um par. — Ele se virou um pouco, sorrindo antes de voltar para a cozinha. Ele havia mesmo acabado de sugerir que eu fosse ao baile com John Müller?

— Tenho certeza que ele já tem. — Eu me certifiquei de parecer tão desinteressada quanto possível. Michael olhou para mim, eu lhe dei um sorriso rápido e subi correndo as escadas.

* * *

O puxão surpreendente que senti em meu quarto me pegou completamente de surpresa. Então ouvi a campainha tocar e sabia que era ele. Ele estava aqui. O Dr. Müller não me incomodava tanto quanto seu sobrinho falso, John. Eu sabia o que os dois eram - bem, pelo menos sabia que John não era quem ele dizia que era. Mas eu ainda não tinha ideia de quem ou o que era o Dr. Müller ou que papel ele desempenhava em tudo isso.

Eu não tinha certeza do que esperar desse jantar, que Michael parecia determinado a ter apenas para quebrar o gelo com o novo diretor. O pobre homem não fazia ideia de que os seus convidados não eram nem de longe quem eles diziam que eram. Eu não queria ter que dizer a ele, mas me perguntei se alguém mais o faria.

Agora, tudo que eu queria era me esconder no meu quarto e nunca sair. A campainha tocou novamente.

— Michael, alguém está na porta — eu gritei. Normalmente, ele teria pelo menos respondido a isso, então foi estranho quando não o fez. Abri a porta do meu quarto para enfiar a cabeça no corredor. Quando olhei para baixo, vi o contorno do Dr. Müller através da janela de vidro na porta da frente.

O quarto de Michael ficava do outro lado do corredor, então fui para lá e bati suavemente. — Michael, alguém está na porta. — Nem pensar que eu iria atender a porta e ser a primeira a cumprimentá-los. — Nossos convidados. — Na verdade, eles eram só de Michael, não meus. Eu não queria nem ver o John.

— Você pode atender, por favor? — Michael respondeu, me impedindo de bater pela segunda vez. Franzindo a testa, eu lentamente recuei e fui em direção ao topo da escada, olhando para baixo da escada. — Só até eu terminar de me arrumar — ele acrescentou.

Eu zombei em irritação. — Você me deve uma, Michael — eu sussurrei e lentamente desci as escadas. Michael saiu do quarto naquele momento, ajeitando a gravata quando me virei para olhar para ele.

— O que você acha? — Michael perguntou, apontando para a gravata.

— Tire a gravata — sugeri com um sorriso. — Você não vai sair com ele.

Ele sorriu, os olhos correndo na direção da porta quando a campainha tocou novamente. Então ele tirou a gravata e voltou para o quarto. Eu bufei e lentamente desci as escadas.

Eu basicamente me arrastei para a porta, onde vi o rosto do Dr. Müller através do painel de vidro. Ele acenou, e eu prometi a mim mesma que iria me esforçar para agir da melhor forma possível. Não vi John imediatamente e, por um momento, pensei que talvez ele não tivesse vindo. Então senti o puxão que sempre vinha com a presença dele e o vi logo à esquerda do Dr. Müller .

Abri a porta e apenas fiquei lá, olhando para os dois.

John não olhou para mim, fazendo o possível para se manter sob controle. Eu podia senti-lo resistir ao que quer que fosse que eu também sentia irradiando dele. O suor se formou em sua testa enquanto ele se concentrava nas pontas dos seus sapatos.

— Olá, Srta. Belle. Como você está? — perguntou o Dr. Müller educadamente. Olhei para a embalagem marrom em sua mão, que parecia uma garrafa de vinho. Mas eu estava mais focada nas distorções estranhas que ouvia em sua mente, que eram realmente difíceis de distinguir de seus pensamentos reais lá. Eu podia entender os pensamentos de John com bastante facilidade, mas não os do Dr. Müller. Então, tentei não ouvir nada que parecesse um rádio.

Ainda assim, eu sabia que algo estava diferente. Eu tinha ouvido algo assim antes vindo dos dois, mas desta vez John parecia diferente e muito mais no controle.

— Desculpe por estarmos um pouco atrasados — acrescentou o Dr. Müller.

Eu forcei um sorriso para ser educada.

— E eu trouxe um pouco de vinho tinto. Espero que seja apropriado para o jantar.

Eu não sabia. Eu não bebia.

— Ela não bebe, Joseph — disse John. — Como ela saberia sobre vinho e comida? — Agora ele finalmente olhava para mim pela porta, e eu nunca o vira parecer tão confiante ou no controle de si mesmo antes. Mais do que isso, ele parecia destemido - arrogante.

— Claro que não. — O Dr. Müller sorriu e riu com um pouco de vergonha. — Eu quis dizer para Michael e eu, John.

— Meu tio e eu realmente apreciamos o seu convite para jantar — John me disse.

Forcei outro sorriso e tive que baixar o meu olhar. Lá estava aquele puxão de novo, mas não podia ter vindo de John. Essa atração sempre o havia afetado antes. Será que dessa vez ela estava vindo de mim? Eu não pude deixar de imaginar de onde sua repentina confiança tinha vindo, e então me vi estudando suas roupas.

Ele usava uma jaqueta esportiva escura, calça preta e sapatos pretos brilhantes. Uma camisa de seda azul aparecia por baixo de sua jaqueta. Honestamente, ele parecia um daqueles modelos de revistas de moda adolescente. Seus penetrantes olhos verdes eram tudo menos normais, mesmo sem o ouro dançando no centro deles. Eles ainda não pareciam pertencer a um rosto humano.

Eu odiava admitir, mas ele parecia muito bonito. E agora sua forte presença era realmente intimidadora. Eu amaldiçoei Alex por ter colocado essas observações loucas na minha cabeça. Agora eu sabia que não seria capaz de olhá-lo sem corar ou ficar nervosa.

— Podemos entrar? — John perguntou.

Afastei-me, meu rosto ficando quente com o fato de que ele tivera que perguntar. — Michael deve descer em breve — eu disse. Meu lábio tremeu quando todos ficamos desajeitadamente parados na entrada.

— Uma casa tão grande apenas para você e Michael — apontou o Dr. Müller , olhando em volta.

— Era a casa do meu avô , Dr. Müller — respondi, evitando os olhos dele.

— Por favor, senhorita Belle. Me chame de Joseph.

— Faz ele se sentir velho... — John me disse com um sorriso.

— Não é só por parecer velho, meu sobrinho. Posso me relacionar melhor com as pessoas usando o primeiro nome. O título me faz sentir restrito. Eu não quero que você pense que eu sou um chato. — Ele riu, mas de jeito nenhum eu ia acreditar nesses joguinhos deles, mesmo se o Joseph - como ele se chamava - não soubesse que eu já sabia o segredo deles.

John podia perceber que eu não estava nem um pouco entretida; Eu ouvi isso em sua mente bastante claro. Ele parecia concordar que nenhuma quantidade de brincadeiras amigáveis de Joseph iria me convencer a gostar deles. Olhei brevemente para John e achei estranho que ele parecesse tão preocupado com isso.

— Então, como você está? — perguntou-me o Dr. Müller. — Levando em conta as circunstâncias, é claro. — Ele mudou a garrafa de vinho tinto de mão, sem saber onde colocá-la, mas ele honestamente parecia mais focado em mim do que em qualquer outra coisa.

— Tudo bem — eu sussurrei, incapaz de oferecer muito. Mordi o lábio a ponto de realmente doer.

— Isso é ótimo. Fico feliz em ouvir isso. — O homem sorriu e tentei retribuir o sorriso, mas falhei miseravelmente. O silêncio se aprofundou e eu rezei para que Michael se apressasse.

— As coisas vão melhorar — acrescentou John. — Eu prometo. Pode não parecer agora, mas irão. — Seus olhos estavam arregalados, brilhando com segurança enquanto tentava oferecer palavras gentis.

— Ouvi dizer que você gosta de pintar — disse o Dr. Müller. — O que mais você gosta de fazer?

Ele *realmente* esperava que eu respondesse isso?

— Joseph... — John lançou ao homem um olhar irritado.

— Desculpe. Acho que falo demais.

Michael finalmente desceu e fiquei incrivelmente grata por vê-lo. Eu esperava não ter que responder mais nenhuma pergunta ou ficar me perguntando por que John estava tão quieto esta noite. Pelo menos, sua mente estava silenciosa. Ainda assim, eu não podia ignorar o puxão ocasional que sentia, a atração, a energia entre nós despertando ainda mais necessidade e conexão.

— Dr. Müller, desculpe por deixá-lo esperando — disse Michael educadamente enquanto descia as escadas em nossa direção. — John. —

— Bobagem, Michael. Tínhamos a melhor companhia — disse Joseph. Eu tentei sorrir.

— Ah bom. Vamos? Michael nos dirigiu para a sala de jantar.

— Eu trouxe uma garrafa de vinho — disse Joseph, tirando-a da embalagem. — Espero que combine com a ocasião. .

— Claro que sim — respondeu Michael. — Obrigado. Isso realmente não era necessário.

— Era o mínimo queeu podia fazer. — Joseph tirou a jaqueta. — Então, ouvi dizer que Claudia é uma grande pintora...

Por que ele continuava perguntando sobre isso?

— Uma das melhores — Michael se gabou. — Fiquei impressionado ao ver seus esboços. Ainda mais quando tive a honra de ver algumas de suas pinturas.

Meu rosto ficou vermelho novamente. — Michael — eu disse, rangendo os dentes. — Tenho certeza que eles não estão interessados.

— Você é muito modesta, minha querida — disse ele.

— Eu quero ver... — A voz de John estava baixa, e quando olhei para trás, encontrei-o olhando para Michael. — Eu gostaria de vê-las. Quero dizer, se estiver tudo bem. — Ele olhou para mim, olhos arregalados de inocência, e quase parecia real.

— Meu sobrinho sempre se interessou em ter aulas de arte — disse o Dr. Müller. — Mas meu irmão prefere que ele se concentre em seus estudos. O homem é cirurgião geral. Ele meio que quer que John siga a mesma carreira.

— Uau, entendo — disse Michael.

— Ah, claro — eu sussurrei. Joseph me lançou um olhar perturbador, forçando-me a desviar o olhar.

— Claudia, por que você não mostra a John seu trabalho? — Michael perguntou.

Eu estreitei meus olhos para ele; não tínhamos nenhum sinal que eu pudesse dar a ele para dizer: *Não, por favor, não me obrigue a fazer isso.* Eu esperava que apenas um olhar hesitante transmitisse a mensagem, mas não tive sorte.

— O jantar está quase pronto — continuou ele. — Vocês, crianças, subam as escadas. Deixe Claudia mostrar sua arte a você, John. Depois você me diz se ela não é a melhor.

— Sim, senhor — disse John, já indo para a escada. Quando me virei para olhá-lo, ele me lançou um sorriso inteligente. Eu bufei e me movi com a rapidez de uma tartaruga quando ele se apressou a subir as escadas à minha frente.

Joseph entregou a Michael a garrafa de vinho. Michael entrou na sala de jantar, admirando a garrafa e seu rótulo.

— Se comportem, crianças — Joseph chamou atrás de nós. Quando olhei para trás, ele sorriu e me lançou uma piscadela, depois se juntou a Michael para corrigi-lo na pronúncia do nome do rótulo.

— Pode deixar, Joseph — John gritou escada abaixo, claramente irritado.

Por que eles estavam aqui hoje à noite?

Michael me pegou olhando para ele e fez um sinal para que eu subisse a escada. Sério, ele não estava preocupado em me deixar sozinha com John - ou com qualquer outro garoto? John estava olhando para mim novamente, agora no segundo andar, passando a mão sobre o corrimão.

— Você vem, senhorita Belle? Temos muito o que discutir... — Ele me chamou para mais perto com um único dedo, depois piscou para mim. No minuto em que pisei no patamar do segundo andar, John desapareceu no meu quarto. Eu o encontrei no fundo do quarto, olhando para o caderno de desenho que eu sempre carregara comigo antes de perder meus pais.

— Feche a porta — disse ele sem se virar para olhar para mim.

Eu torci o nariz pelas costas dele. Como ele se atrevia a me dar ordens assim? Esta era a minha casa. Senti o puxão novamente e procurei por qualquer coisa que pudesse estar causando-a ou bloqueando-a, como um circuito que não estava conectando direito.

— Oi? — Eu respondi com atitude suficiente para nós dois.
— Michael não vai gostar da porta fechada

— Não se preocupe com Michael. Joseph cuidará dele. Ficará tudo bem. Agora faça o que eu digo. Feche a porta e venha aqui.

Eu franzi o cenho. Por que ele estava *aqui*?

Eu queria desafiá-lo, mas tinha medo do que ele e Joseph pudessem fazer com Michael se eu o fizesse. Então eu obedeci.

Quando fechei a porta, me virei lentamente e dei mais alguns passos para dentro do meu quarto. — Ele não vai machucar Michael, não é? — perguntei. — Michael é completamente inocente. Ele não fez nada para vocês.

John continuou folheando meus desenhos. — Eles são muito bons. Você fez tudo isso? — Ele agora também vasculhava os desenhos espalhados na minha mesa.

— Sim — eu disse.

— Michael, seu guardião... Ele sabe o que você pode fazer?

Parecia que estávamos finalmente prestes a ter essa conversa, mas eu hesitei. Colocando de volta o desenho que ele havia tirado da minha mesa, John se virou para me olhar.

— Isso não é da sua conta — eu disse a ele.

Ele estreitou os olhos para mim, um sorriso fino se espalhando por seus belos lábios. — Eu lhe fiz uma pergunta. Michael sabe o que você pode fazer? É muito simples.

— Faz diferença?

Quando ele sorriu, ele parecia à beira de rir. — Bem, acho que não.

— Então, o que você quer? — eu explodi.

— Eu não sei. — John piscou, como se estivesse tão surpreso com essas palavras quanto eu. Agora parecia que nenhum de nós sabia o que estava acontecendo. — Não sei por que estou aqui, ou por que preciso estar aqui com você. Como você me enfeitiçou assim? Não consigo entender essa força, me levando a procurar você. Mas eu precisava vê-la novamente. — Ele olhou em volta do meu quarto novamente, depois virou as páginas dos meus desenhos. Indo até o cavalete, ele passou um dedo pela tinta seca da última coisa que eu criara lá. — Você pinta tão lindamente.

Eu cruzei meus braços, irritada. — Como você sabe?

John me lançou outro sorriso inocente, depois aparentemente teve que voltar a estudar minha arte.

No andar de baixo, Michael e o pretenso tio de John estavam presos em uma conversa de elevador ridícula enquanto Michael terminava de pôr a mesa para o jantar. Parecia que eu podia ouvir tudo, embora ainda tentasse pegar qualquer coisa que desse a entender que Michael estava em apuros.

— Não se preocupe — disse John, voltando-se para mim. — Joseph não vai machucá-lo. Eu prometo isso a você. Não estou planejando machucar nenhum de vocês. Eu só queria ver você de novo.

Que gentil da parte dele. Eu queria dizer isso a ele com todo o sarcasmo que possuía, mas, em vez disso, perguntei: — Por quê?

— Primeiro, porque você é incrivelmente intrigante — John disse quase imediatamente, depois mordeu o lábio. Aparentemente, ele não queria ter dito isso em voz alta. — Como eu disse, eu não sei... Algo além do meu próprio entendimento me trouxe aqui. Talvez por pura sorte ou coincidência, eu pude vê-la através deste jantar arranjado. Talvez fosse para ser.

Eu queria perguntar o que ele queria dizer com isso, mas ele continuou falando.

— Estes são muito, muito bons — disse ele. — Você é muito talentosa. Eu sempre me interessei por arte, mas simplesmente não tenho talento.

Tudo que eu podia fazer era observá-lo, incapaz de *senti-lo* da mesma maneira que eu havia sentido no escritório do diretor ou no corredor da escola. Eu queria saber o porquê.

Houve aquele puxão novamente. John largou o desenho e riu.

— Você fica me puxando... — Ele riu. — Me procurando. Você quer saber por que não pode me ler, não é?

Para ser sincera, isso me surpreendeu.

John virou-se para mim novamente e ergueu o pulso para tocar a unha no mostrador do relógio. — Isso ajuda a manter o que está aqui em particular — disse ele, depois deu um tapinha na própria têmpora. Aparentemente, ele também havia substituído o relógio quebrado.

— Você tem medo de mim? — perguntei. Essa era a única coisa que eu consegui pensar para dizer, porque ele sempre parecera um pouco... estranho.

Ele sorriu e deu um passo em minha direção. — Só tenho medo de machucá-la caso eu perca o controle, senhorita Belle.

Me machucar?

— Você fortalece minhas habilidades de uma maneira que eu não entendo... Talvez 'machucar você' seja a frase errada para o que eu quero dizer. — Seus olhos brilharam naquele verde adorável - um verde não natural - mas sem o ouro neles. Eu havia sido responsável por colocar aquele rede-moinho de ouro lá em primeiro lugar?

John parou para ajustar o mostrador do relógio e, no segundo seguinte, eu o senti. Ele estava nervoso e confiante ao mesmo tempo - isso era possível? Seus pensamentos correram em minha direção; ele não queria me assustar e estava tentando muito se segurar. Aquela conexão entre nós havia reaparecido, tênue e não tão forte quanto antes, mas ainda assim estava lá.

— Eu quero ser honesto com você — disse ele, dando os últimos passos em minha direção para me alcançar e tocar minha bochecha. No minuto em que ele o fez, o ouro se espalhou do centro de suas pupilas novamente, ganhando vida exatamente como eu me lembrava.

Eu me afastei e senti sua dor em resposta. Eu também senti a mesma corrente ainda o puxando em minha direção. Quando recuei até a cama, sentei-me no colchão.

No silêncio, as vozes abafadas de Michael e Joseph subiram pelo corredor. — Então, quem é ele? — perguntei.

John franziu a testa, depois se aproximou da mesa de cabeceira e pegou a foto do meu avô. Ele a examinou brevemente com olhos aguçados, e outro sorriso iluminou seu rosto já lindo. Então seus olhos brilharam, e eu senti a corrente de emoção - alguma sensibilidade fortalecedora - ficando mais forte entre nós. Afastei-o, sentindo claramente a nova ferida que isso deixou no orgulho e esperança de John. Eu podia sentir a reação dele. Eu podia *vê-la*. Era tão estranho saber que ele realmente sentia o mesmo que eu.

Ele se virou. — Você quer dizer o Joseph? Ele é um amigo.

— Um amigo? — Eu olhei para ele. *Mentiroso.* No segundo em que pensei isso, John piscou, aparentemente tendo ouvido meu pensamento tão claramente como se eu o tivesse dito em voz alta. Então me levantei, caminhei em direção a ele e peguei a foto da mão dele. John não pareceu surpreso, e apenas sorriu. — O mínimo que você pode fazer é ser honesto comigo — eu disse. — Eu sei o que você é.

— Justo.

Eu não havia esperado que fosse tão simples.

— Joseph é um guardião — acrescentou John. Não, eu não tinha absolutamente nenhuma ideia do que isso significava. — E você sabe que eu sou um caçador.

Fui em direção ao outro lado da mesa ao lado da minha cama e coloquei a foto no lugar. — Um guardião?

— Ele é como se fosse meu guarda-costas. Não que eu precise de um, é claro.

— Você parece realmente seguro de si — murmurei, e ele continuou sorrindo. Eu estava realmente começando a odiar aquele sorriso, principalmente porque ficava lindo nele. Mordi meu lábio. — Você faz soar como se você fosse o melhor ou algo assim — eu disse, voltando ao meu lugar na cama.

— Eu sou.

Então, ele era bonito *e* arrogante, pensei.

— Joseph está aqui para garantir que eu tenha as ferramentas necessárias para realizar meu trabalho sem interrupções...

— Como uma secretária pessoal — eu ofereci.

John riu. — Ele não diria isso, mas, sim. Algo parecido.

— Por que ele está fingindo ser seu tio? Por que vocês estão aqui em Milton de verdade? — Eu estreitei os olhos para ele, querendo lembrá-lo de que podia ler seus pensamentos. Mas nós dois sabíamos que ele estava oferecendo essas informações livremente agora e, se ele quisesse, poderia facilmente mover o mostrador no relógio novamente e me bloquear. — Você está aqui por minha causa? — eu adicionei.

Os olhos de John se suavizaram. Então ele suspirou, deu um passo à frente e se ajoelhou na minha frente. Eu não sabia se deveria recuar ou ficar lá. Meu primeiro pensamento foi empurrá-lo de volta com minha mente, mas percebi seu desejo de me tranquilizar - de me convencer de que eu não tinha nenhum motivo para ter medo.

— Não, eu não estou aqui por sua causa — disse ele. — Você... bem, você foi apenas... uma descoberta inesperada. — Sua sobrancelha franziu e ele passou a mão na parte de trás do pescoço. Era difícil não sentir tantas emoções confusas correndo através dele. Quando ele olhou para mim novamente, a conexão entre nós se fortaleceu, e eu senti suas emoções mudarem para medo, simpatia, preocupação. — Eu nem deveria estar aqui com você — acrescentou. — Eu deveria contar a Joseph sobre coisas assim. — Parecia realmente doer nele que ele estivesse escondendo algo tão grande de seu amigo, guardião ou o que quer que Joseph fosse para ele. — E não sei ao certo por que não contei. Eu simplesmente não consigo... — Então ele se levantou e se sentou ao meu lado na cama.

Meu coração batia forte no meu peito e eu tinha a sensação de que o de John estava batendo da mesma maneira. — Você não contou a ele sobre mim? — perguntei.

— Não. — Ele se inclinou para mais perto. Havia algo bonito em seus olhos, dançando novamente com aquele dourado adorável. John estendeu a mão para tocar minha bochecha novamente, enviando uma corrente elétrica por nós dois. Ele sorriu, e agora eu também. — Eu nunca conheci alguém como você, Claudia. Fiquei curioso no começo. Agora, não posso nem começar a entender minha necessidade de estar perto de você. Ao seu lado. Esse sentimento... — ele apontou entre nós. — Essa conexão... eu a sinto. Ela não pode ser quebrada. Eu não posso me afastar. E eu não quero, mesmo sabendo que ela está ficando mais forte. Você não sente isso?

Eu balancei a cabeça lentamente, depois olhei para o seu relógio. Pareciam sussurros saindo do mostrador do relógio enquanto os ponteiros giravam para a esquerda e depois para a direita.

— Eu costumava temer isso. Agora eu sei que não tenho nada a temer. — John segurou minha bochecha e se inclinou ainda mais. Eu não me afastei. O que eu estava fazendo? John era o inimigo...

Antes que ele me beijasse, eu me afastei dele para ficar de pé e caminhei até o centro do meu quarto. O que estava acontecendo? Sim, eu sentia tudo o que John acabara de descrever. Eu sabia que algo poderoso existia entre nós, mas me recusava a admitir que fosse algo importante. Eu não queria confiar nele.

— O que você está fazendo? — perguntei. Mas, na verdade, eu estava perguntando a mim mesma.

— Sinto muito — disse ele. — Eu não pude resistir... eu não consigo. Toda vez que estou perto de você, algo me puxa para mais perto. Você não sente isso?

Claro que sentia, mas eu não podia dizer isso a *ele*. John me observava da cama, a necessidade em seus olhos crescendo sob o ouro dançante, embora ela tivesse diminuído um pouco.

— Sinto muito por tê-la assustado no corredor hoje cedo — disse ele.

— Você não me assustou. — Eu me senti uma idiota por pensar que poderia convencê-lo disso. Ele sorriu e eu mordi meu lábio novamente.

— Eu não quis ser tão feroz — ele continuou —, mas você me surpreendeu quando correu. Isso... desencadeou meus instintos de caçador, e a única coisa que eu pude fazer foi correr atrás de você. Sua energia abriu essa outra... força dentro de mim.

Minha energia. Eu não acreditava nele.

— Você me puxou, assim como você me puxa agora. Você puxa... e você puxa com tanta força. Não é fácil resistir ou combater esse desejo de ir até você. O relógio me ajuda a não me perder na sua energia.

Então essa atração *vinha* de mim, até onde John sabia.

— Eu nunca havia perdido o controle assim antes. Você era tudo o que eu queria. Eu tinha que estar perto de você, para protegê-la. Eu sabia tão ferozmente naquele momento como sei agora, que você é muito especial... para mim.

Virei minha cabeça um pouco para longe, e senti aquele puxão novamente.

O riso de John encheu a sala. — Suas ações refletem negação, mas suas emoções revelam a verdade do que você realmente sente. Sua energia me diz exatamente o que você quer.

Virei minha cabeça em direção a ele novamente e olhei feio para ele. — Você não sabe nada sobre mim.

— Você está certa. Eu não sei. — Ele se levantou da cama e deu um passo em minha direção novamente. — Eu quero...

Uma faísca se acendeu dentro de mim, iluminando meu coração e me enchendo de algo que eu não sabia nomear. Eu me senti viva. Mesmo assim, mordi meu lábio e engoli o sentimento, porque ele ainda me aterrorizava. Um flash daquela sombra pairando sobre nós em minha visão entrou em minha mente, aqueles tentáculos se estendendo em nossa direção. Eu olhei para cima e encarei os olhos ardentes de John.

— Se você não está aqui por minha causa — eu disse —, então por que você veio para Milton? — Os pêlos dos meus braços estavam arrepiados, a atração entre nós e a faísca crescente correndo pelas minhas veias. Seus olhos brilharam como ouro novamente, mas ele parecia estar no controle de si mesmo. — Você caça coisas para aquelas pessoas em jalecos — eu disse.

— Eu sinto que você quer me afastar — disse ele, ainda sorrindo. — Mas você não pode. Assim como eu não posso resistir a você me puxando.

Então ele se virou para andar lentamente pelo quarto na minha frente, lutando consigo mesmo para ser honesto, mas ele sabia que não podia guardar segredos de mim. A luta que senti nele foi intrigante e incrivelmente gratificante.

— Eu não posso acreditar que vou revelar isso a você — ele sussurrou, então parou de andar e me encarou. — Eu nunca contei isso a ninguém. — Então John voltou a sentar na beira da minha cama e bateu no colchão ao lado dele.

— Venha se sentar ao meu lado... por favor.

Quando eu me sentei, outra onda de conexão sacudiu nós dois.

— Eu trabalho para uma corporação secreta conhecida apenas como A Companhia — continuou John. — Esta organização está dividida em várias partes, operando diferentes divisões. Militar, espacial, científica e, a mais importante de todas, produtos farmacêuticos. Mas o que eu faço acontece dentro de uma Academia.

— Uma Academia? — eu disse, olhando para ele intrigada. Claramente, era muito difícil para ele revelar algo tão secreto e importante quanto isso para mim.

— É uma escola onde recrutas como eu são treinados.

— Espera. Existem outros como você?

— Não... exatamente como eu. — Ele sorriu. — Eu sou o único... assim. Eles dizem que eu sou uma anomalia.

Eu torci o nariz para ele.

— *Pelo menos, foi assim que o Dr. Nicholson me chamou* — pensou John. Quando ouvi o nome, o reconheci instantane-amente. Eu também o havia ouvido na mente de Joseph.

— Quem é o Dr. Nicholson? — perguntei. John olhou rapi-damente para mim com uma careta de surpresa e curiosi-dade. Então ele pareceu se lembrar de que estava conversando com alguém que podia fazer o tipo de coisa que eu fazia. — Ele é real? — John assentiu. — Então quem é ele?

— Como você o conhece? — ele perguntou.

— Ouvi o nome nos pensamentos do seu tio... quero dizer, do Joseph.

— Você ouviu os pensamentos de Joseph.

— Sim... — Como se em reflexo, John olhou para o próprio relógio, e eu segui seu olhar. — Acho que havia algo de errado com o relógio dele quando eu o ouvi — acrescentei. — Estava fazendo muitos barulhos estranhos naquele dia. Quem é ele?

John hesitou e eu esperei. — Ele é o meu chefe — ele finalmente disse. — Foi ele quem me enviou aqui.

— Devo ter medo dele? — perguntei. Quando ouvi pela
primeira vez o nome na mente de Joseph, o homem que
parecia bastante difícil de se assustar estava preocupado
com o que o Dr. Nicholson diria. Agora, John falava sobre
esse médico misterioso como se o homem fosse alguém a
ser temido.

O silêncio de John quando perguntei me preocupou ainda
mais.

Então ele estendeu a mão para segurar minha mão com
força na dele. Minha ansiedade crescente diminuiu com o
toque dele. — Não. Você não precisa ter medo — ele me
disse. — Você não tem nada com o que se preocupar. Ele
está procurando por alguma criatura... com uma grande
força. Fui enviado para encontrá-la e levá-la ao Dr. Nicholson. E isso será o fim disso.

— Então o que vai acontecer com você e Joseph?

Ele ficou quieto por um momento e desviou o olhar do meu
rosto.

— Você vai embora? — perguntei.

— Depois que tudo estiver terminado? Sim.

Por que isso me incomodou de repente? Se eles encontrassem o que procuravam, ele e Joseph iriam embora, e eu
não precisaria mais lidar com nenhum deles. Eu não tinha
certeza se gostava disso. Não depois de tudo isso. Eu sabia
que havia algo entre John e eu, e não quisera admitir isso até
ter que encarar o fato de que ele iria embora quando
completasse o que havia sido enviado aqui para fazer.

— Eu sei que é muito para absorver — continuou ele. — Eu tenho habilidades que os outros não têm. Eu me movo mais rápido. Eu sou mais forte. Eu nasci com essas habilidades, e foi por isso que ele me enviou. A Academia é tudo o que conheço.

— Você cresceu lá?

— Estive lá a vida toda.

Eu fiz uma careta. — E seus pais? Família?

— Eu não tenho nenhuma. — Ele parecia orgulhoso o suficiente quando disse isso, mas eu o senti captar minha própria tristeza, o que pareceu fazê-lo reconsiderar suas palavras.

— Como é? — perguntei, tentando imaginar um lugar que parecesse tão vazio. Honestamente, não foi tão difícil. Eu também não tinha mais família. — A Academia, quero dizer.

— É uma base militar — disse ele. — Treinamos, nos exercitamos, comemos em grupo, dormimos no quartel, acordamos todos os dias ao amanhecer. E então fazemos tudo de novo.

— Você tem aula?

— Claro. Exceto que meus estudos são um pouco diferentes do que você pode aprender na Milton. Alquimia, química, biologia e treinamento médico, e uma variedade de idiomas. Uma das primeiras coisas que aprendemos é o uso, montagem e desmontagem adequados de armas de fogo. Depois, temos prática de alvo e executamos simulações...

— O quê? — Isso estava começando a parecer mais uma academia do futuro, agora.

— Treinamentos — disse ele. — Simulações tanto de computador quanto reais em que caço meus alvos. Às vezes elas são em equipe, às vezes estou sozinho.

Eu olhei para ele por um minuto. — Você pode sair de lá?

John franziu o cenho para mim. — Sair?

— Você sabe, ir se divertir. Tirar um tempo para você.

Ele piscou. — Sim, claro. Temos horas de lazer. Mas eu sempre acabo na prática de tiro de qualquer forma, ou passo o tempo lendo os livros de medicina que ainda não terminei totalmente. Às vezes, estudo algumas línguas por conta própria.

Eu dei um sorriso de canto. — Isso não é divertido.

Ele riu e depois me estudou com um olhar suave, como se estivesse apenas me absorvendo. Aquele calor irradiando dele me fez corar. Por que eu tinha que ser tão sensível? — É para mim — disse ele.

Sua explicação não tornou mais fácil imaginar como deveria ter sido sua vida - sem família, crescendo em uma academia militar e treinado por oficiais militares de uniforme, sem saber muito sobre o mundo exterior. Aquela luz dourada dançou em seus olhos novamente. — E você caça outros como eu? — eu perguntei, minha voz pouco mais do que um sussurro.

— Eu caço extraterrestres. O que a Companhia chama de Produtos ET. Nunca havia me deparado com alguém... como você antes.

— Eu tive uma visão da garota que você levou em cativeiro. Ela sabia ler mentes como eu.

As sobrancelhas de John ergueram-se acima dos olhos arregalados. — Você viu tudo aquilo? — Eu balancei a cabeça lentamente. Ele abaixou a cabeça e cruzou as mãos no colo. — Eles são chamados de Inquisidores de Mentes. Ou Dobradores de Mentes — ele admitiu. — E ela foi uma dentre poucas que escaparam da Companhia trinta anos atrás.

— Escaparam? — perguntei. Agora o lugar estava começando a parecer uma prisão.

Ele assentiu. — Eles eram produtos criados pela Companhia. Houve um incêndio, e muitos equipamentos e pesquisas foram perdidos. Além de alguns Produtos da Companhia. — Aparentemente, eu ainda parecia completamente perdida, porque ele acrescentou:— A Companhia também se interessa em criar novas formas de vida para ajudar a raça humana a desenvolver possíveis curas para doenças como câncer e HIV. Eles já criaram com sucesso soluções adequadas para membros perdidos, substituições corporais e transplantes de órgãos. O Dr. Nicholson é um dos principais cientistas desse departamento.

— Então ele é definitivamente importante — eu disse.

— Sim, ele é. A Companhia alcançou muitas conquistas de sucesso por causa dele. E eles continuam a progredir... — Seu olhar percorreu meu quarto por um minuto antes de ele olhar para mim novamente. — A garota que você viu. Ela era a única que restava de sua espécie. E agora tem você. Mas *você* não é nada que eu já tenha visto antes. Você é... diferente. Extraordinária... — Ele se inclinou para mim novamente. — Não acredito que estou lhe dizendo tudo isso. Mas você não é nada como ela.

— Parece que eu sou muito com ela — respondi. — Ela pode ler mentes. Eu também.

— Não, ela foi criada em um laboratório, assim como o resto de sua espécie. Fui treinado para trazê-los de volta para os homens de jaleco, como você os chamou. Isto é o que eu faço. Agora você sabe.

Ele olhou profundamente nos meus olhos, a dança de pontos dourados se expandindo através do verde dos seus olhos. Gostaria de saber se ele realmente sentia a diferença quando esse ouro brilhava. John se inclinou para mim ainda mais e tocou minha bochecha.

— Não posso negar o que sinto quando olho nos seus olhos ou quando estou perto de você — ele me disse. — Você me dá forças e me deixa fraco ao mesmo tempo, e ainda assim, eu só quero estar perto de você. — Ele riu. — Eu sei como isso deve soar. Mas é o que eu sinto. Não entendo o que é isso ou o que está acontecendo comigo, mas sei que não quero que isso pare...

Ele respirou fundo, então seus olhos brilharam novamente quando ele soltou o ar. — Você está com medo? — ele me perguntou, como se tivesse acabado de encontrar essa sensação crescente dentro de mim e isso o machucasse. — Se eu estou te assustando, não direi mais nada. Por mais difícil que seja ficar longe de você, eu vou fazer isso, se é isso o que você deseja... — As sobrancelhas dele se juntaram, e eu senti a esperança hesitante dentro dele que eu poderia dizer para ele ficar. — É isso o que você quer? — ele perguntou.

— Não — eu disse rapidamente e sem pensar, o que definiti-vamente me surpreendeu. — Acho que só tenho medo porque me sinto da mesma maneira — admiti. — Eu não entendo o que está acontecendo. Eu também nunca conheci ninguém como você antes. Eu me sinto segura com você. Acabei de conhecê-lo, mas você faz eu me sentir... protegida. É estranho.

— Não, não é — respondeu ele.

— Estou feliz por você ter sido honesto...

Então seus lábios estavam nos meus, e meu coração estava batendo forte no meu peito novamente. Eu tive que dizer a mim mesma para respirar, mesmo quando senti o calor de sua boca macia contra a minha. Então vi uma imagem nossa na mente dele; ele estava me segurando em um abraço aper-tado, prometendo me proteger. Agora, ao que parecia, o caçador havia se tornado o protetor.

— Jantar! — A voz de Joseph fez nós dois pularmos. Eu me afastei dele e me levantei da cama para encarar a porta no momento em que ela se abria. Joseph enfiou a cabeça no meu quarto e John se levantou, esfregando a parte de trás da cabeça. Ele parecia uma pessoa completamente diferente quando corava de vergonha.

— O que vocês dois estavam fazendo? — Joseph perguntou com um sorriso largo.

— Claudia estava me mostrando seu trabalho artístico.

Joseph entrou no quarto e passou por nós em direção à minha mesa de arte para folhear as peças espalhadas - alguns desenhos da escola, tigelas de frutas e os retratos que eu fizera dos assistentes de direção, Sr. Claypool e Sr. Vasquez.

— Uau. Estou impressionado, senhorita Belle. — Joseph agiu como se tudo estivesse bem e normal, mas eu não conseguia parar de pensar que ele já sabia o que John estava tentando esconder dele.

John olhou para mim e tentou sorrir, mas ele estava muito nervoso e envergonhado pela interrupção de Joseph. Eu me perguntava o porquê. — Hã... você disse que o jantar está pronto? — John perguntou.

Joseph se virou e atravessou o quarto novamente para ficar na frente de John. Então ele colocou a mão no ombro do seu falso sobrinho. — Sim.

John afastou sua mão e passou por ele, depois gesticulou para eu entrar no corredor primeiro. Eles ficaram no meu quarto por mais um tempo, e olhei para trás e vi John fazendo sinal para Joseph ficar para trás. Joseph fez uma careta, claramente chateado com alguma coisa. Então John se juntou a mim no corredor.

— Está tudo bem? — perguntei.

— Não é nada — ele respondeu com um sorriso. — Só o Joseph sendo Joseph. — Eu não tinha ideia do que isso significava, mas eu duvidava que John fosse explicar mais do que isso, com Joseph parado do outro lado da minha porta. Então ele agarrou minha mão e teve minha atenção total novamente. — Vou te perguntar uma coisa — disse ele. — Quero que você pense bem primeiro antes de rejeitar ou responder.

Eu tentei ler sua mente, mas ele já tinha girado o botão do relógio novamente para me bloquear. — Me perguntar o quê? — eu disse.

John apenas sorriu e foi até o topo da escada. — Você vai ver.

Eu segui com Joseph, que andava bem na minha frente enquanto caminhávamos. Então ele parou, e eu quase trombei direto nele. — Por favor — disse ele —, depois de você, senhorita Belle.

Fui primeiro para as escadas.

John voltou a franzir o cenho para ele, então agarrou minha mão. Isso me surpreendeu, mas deixei que ele me levasse escada abaixo, e não fazia ideia de por que ou como ainda me sentia tão calma e em paz com isso.

Quando entramos na sala de jantar, John e Joseph pegaram a mesma cadeira. Então Joseph pareceu perceber as intenções de seu falso sobrinho, e quando John puxou a cadeira para trás, ele fez um gesto para eu sentar nela. Eu queria sentar do outro lado da mesa, mas não podia simplesmente dizer a ele: *Não, obrigada.* Então, sentei-me com relutância, sentindo o olhar de Joseph em mim, de onde ele havia escolhido uma cadeira diferente do outro lado da mesa. Eu não conseguia ler sua mente ou sentir qualquer tipo de emoção vinda dele. Isso não fazia o fato de que ele estava me observando atentamente menos perceptível.

Então Michael se juntou a nós na mesa que ele já havia posto. Ele havia preparado caçarola de frango, pão com manteiga, feijão verde, milho, purê de batatas e molho, mas ele havia comprado a torta de maçã para a sobremesa.

Joseph fez sua parte abrindo a garrafa de vinho tinto e servindo um copo para Michael primeiro e depois para si mesmo. John pegou a jarra de limonada e encheu meu copo, depois o dele.

O jantar foi tranquilo - exceto por Joseph e Michael conversando quase sem parar sobre a escola. Não prestei atenção a nada disso, pensando no que John havia revelado para mim e na verdade sobre quem ele era. Se ele confiara em mim o suficiente para me contar tudo isso, talvez eu pudesse confiar nele com meus próprios segredos, embora não achasse que tinha tanto a revelar quanto ele.

Michael e Joseph pareciam ocupados demais na discussão para sequer olhar em nossa direção. Michael mencionou os reparos que Milton precisava, pedindo a opinião de Joseph sobre como abordar o distrito em busca de fundos. Eles conversaram e eu me perdi em pensamentos até sentir a mão de John tocar a minha. Uma onda de energia correu pelo meu braço; meu primeiro pensamento foi que ele mexera os ponteiros do relógio o suficiente para eu sentir um pouco mais dele. Eu o senti se conectando comigo, mas seus pensamentos específicos continuaram um borrão. Como ele fazia isso?

— Eu posso sentir você — eu sussurrei para ele —, mas eu não posso ouvi-lo. Como esse relógio funciona exatamente?

— John deu uma olhada para o outro lado da mesa. Nós ainda estávamos sendo completamente ignorados.

Ele levantou um pouco a manga da jaqueta, expondo o pulso e o relógio embaixo da mesa. Os ponteiros eram móveis e o mostrador parecia solto e o vidro claro revelava todos os mecanismos internos que faziam com que ele parecesse nada além de um relógio normal. Era bonito, com prata na parte externa do mostrador e ouro na interna. Cada pedaço parecia velho, mas agora eu sabia que não era nada parecido com o que fingia ser.

— Os mostradores têm frequências diferentes — John sussurrou. — Cada um deles desempenha uma função diferente. — Estendi a mão para tocá-lo e, quando o fiz, os mostradores se moveram rapidamente. John puxou um pouco o pulso e ajustou um dos mostradores novamente.

— Eu não quero quebrar isso... — eu disse suavemente, olhando de soslaio para ele. Ele sorriu e eu corei.

— Você não vai. Acabei de abaixar a frequência. Tudo deve ficar bem.

Eu estiquei minha mão para ele novamente e os mostradores se moveram muito mais lentamente desta vez. Qualquer que fosse a direção em que eu movia meus dedos sobre o mostrador do relógio, o mostrador me seguia para lá e para cá.

— Você é incrível... — ele disse, observando o efeito que eu tinha no seu relógio de mentirinha.

Eu não pude deixar de sorrir. — Por que isso acontece? —perguntei.

— Sua energia é incrivelmente forte. Ele foi projetado para ler surtos, circuitos e *fontes* de energia. De todos os tipos... — Seu sussurro suavizou ainda mais, e ele piscou para o relógio por alguns estranhos segundos de seriedade.

— O que há de errado? — perguntei.

— Nada — ele sussurrou.

Ele parecia tão perdido quando olhou para mim novamente. Eu levantei minha mão e a passei logo acima do garfo ao lado do meu prato, depois verifiquei se Michael e Joseph ainda estavam ocupados demais para prestar atenção. John me lançou um olhar curioso, e eu levantei o garfo da mesa sem sequer tocá-lo. Era apenas um pequeno truque. Meu pai costumava fazer a mesma coisa para impressionar seus colegas de trabalho; as pessoas pensavam que ele era algum tipo de mágico. A melhor parte foi quando eu fiz o guarda-napo se mover e andar pela mesa como uma pessoa minúscula. Então eu o fiz dançar com meu garfo.

— Meu pai costumava fazer isso para mim quando eu era criança — eu disse. Ainda assim, eu lembrava vividamente dele ter tido vergonha da mesma coisa quando ele fez isso no trabalho. Essa havia sido a única vez que ele me levara ao seu escritório com ele, e eu nunca mais voltei.

John sorriu, depois bufou, e nós dois começamos a rir. É claro, isso trouxe para nós toda a atenção indesejada dos dois homens sentados do outro lado da mesa. Peguei o guarda-napo e John pegou o garfo. Nós dois sorrimos enquanto Michael e Joseph nos estudavam, depois eles voltaram imediatamente à conversa e a beber todo aquele vinho. Não pude deixar de rir de novo e, aparentemente, John também não.

A próxima vez que olhei para Joseph, meu olhar encontrou o dele. Não acho que John tenha notado nada; ele parecia estar se divertindo mais do que há muito tempo, o que provavelmente era verdade depois de tudo o que ele havia me dito no meu quarto. Mas isso não me fez parar de rir.

John pegou minha mão na sua mais uma vez e, por um breve momento, senti todo o seu desejo e anseio. Seus olhos

218

brilharam naquela dança dourada novamente. — Eu não quero que esta noite termine — ele admitiu. Só de ouvi-lo dizer isso me deixou tensa novamente. — Por que você está com medo, Claudia? — ele perguntou. — Você não confia em mim? Eu não tenho sido nada além de honesto com você. Não posso esconder nada de você e não quero. Eu quero que você confie em mim. — Suas sobrancelhas se uniram de dor enquanto ele estudava meu olhar. — Eu não vou te machucar. Deixe-me provar isso para você.

Eu estreitei os olhos, me perguntando como ele provaria algo assim. — Por quê? — perguntei.

Ele segurou minha bochecha. — Eu quero estar perto de você. Estou me apaixonando por você.

Agora eu não tinha ideia do que dizer. Fechei os olhos, sentindo sua energia se conectar à minha, e sabia que ele tinha me dito a verdade. Somente quando sua mão se afastou da minha bochecha e a conexão desapareceu eu abri meus olhos novamente.

— Senhor McClellan — disse John. Michael e Joseph pararam de conversar para nos olhar com curiosidade. — Eu queria perguntar, senhor...

— Por favor, John, me chame de Michael.

Chutei a perna de John, tentando impedi-lo de fazer o que quer que fosse que ele estava prestes a fazer. Ele sorriu para mim e agarrou minha mão novamente, enrolou os dedos em volta da minha palma com um aperto forte. Minhas boche-chas queimaram.

— Michael, com sua permissão, eu queria perguntar se eu poderia levar Claudia para o baile.

Essa era a última coisa que eu esperava. Eu pisquei para John, completamente sem palavras, mas ele não olhou para mim. Ele apenas sustentou o olhar de Michael, e até Joseph parecia totalmente intrigado.

O novo diretor da Milton pigarreou e acabou derramando vinho por todo o colo. — Sinto muito — disse ele. Ele largou o copo e limpou as calças com o guardanapo de mesa. Ele forçou um sorriso, claramente descontente com o pedido de John. Eu ainda não conseguia ouvir nada da mente dele através das distorções gritantes.

— Bem, isso você tem que ver com a Claudia, John. Claro, eu não teria nenhum problema em você perguntar a ela ou, de fato, levá-la. — Michael olhou para mim, e agora eu estava sob o centro das atenções. Todos os três esperavam que eu dissesse alguma coisa, e então uma onda alta de pensamento explodiu do meio da distorção vinda de Joseph.

— *Ele nunca se interessou por nenhuma garota tanto quanto esta. Se ele comprometer essa tarefa, ele vai se ver com o Dr. Nicholson por conta própria. Então vou ser eu quem vai precisar limpar a bagunça.*

Agora que eu aparentemente ouvira os pensamentos de Joseph, não sabia o que fazer. Levantei-me e depois olhei para John. Ele franziu o cenho preocupado, obviamente não querendo que eu fosse embora. Ele queria dizer alguma coisa, mas ficou sentado rigidamente na cadeira e esperou. Com Joseph e Michael assistindo, imaginei que ele não quisesse se conectar a mim enquanto eles pudessem ver que ele o faria.

— Desculpe — eu disse. — Vou para a cama. Estou cansada e... só não estou me sentindo bem hoje. Desculpe. Prazer em conhecê-los. — Não fazia nenhum sentido dizer isso, especialmente quando eu já os conhecera antes, mas deixei a mesa e subi correndo as escadas. Quando cheguei ao meu quarto, fechei e tranquei a porta atrás de mim, esperando o som de passos vindo atrás de mim. Não houve nenhum. Por um segundo, fiquei aliviada. Então não consegui nem imaginar por que eu havia simplesmente fugido.

Eu queria ir ao baile com John? Não. Eu gostava dele? Não. Sim. Um pouco.

— Ai, meu Deus — eu gemi e esfreguei meu rosto. — O que há de errado comigo?

21

O MISTERIOSO QUENTIN

T entei reanalisar o que havia acontecido lá embaixo. Joseph obviamente suspeitava de algo. O interesse de John o deixara desconfiado, e o homem estava pensando em limpar a bagunça. Eu tinha um pressentimento que a bagunça era eu.

O mais estranho era que eu havia captado os pensamentos de Joseph, mesmo que ele estivesse usando sua própria versão do relógio estranho de John. Eu também tinha a capacidade de fazer isso através de seus dispositivos? Se tivesse, não tinha ideia de como controlá-la. Então me perguntei se deveria contar a John sobre ouvir os pensamentos de Joseph. Ele confiava em Joseph. Ele acreditaria no que eu dissesse a ele?

Eu devo ter ficado no meu quarto escuro por uma hora antes de ouvir a porta da frente abrir. E então nada. Finalmente, passos subiram lentamente as escadas. Meu primeiro pensamento foi de que Joseph estava vindo para me pegar, e eu me escondi debaixo das cobertas como uma criança assustada, esperando que o bicho-papão não a encontrasse escondida.

Espiei debaixo dos lençóis e vi claramente uma sombra parar do lado de fora da minha porta fechada. Ficou ali por um momento e depois seguiu em frente. Outra porta no final do corredor se abriu, o corredor ficou escuro e a porta se fechou novamente. Me desvencilhando dos lençóis, percebi infantilmente que era apenas Michael, e enquanto eu ficava deitada lá, vi uma brisa empurrar as cortinas e senti o cheiro de pinho flutuando pelo meu quarto.

Por um longo momento, fiquei deitada de lado, observando a cortina se mover e as poucas estrelas no céu noturno que era visível da minha janela. John havia dito que havia mais pessoas por aí como eu, que podiam ler mentes e mover as coisas com seus pensamentos. A ideia me encantava e me aterrorizava. John também revelara que ele havia sido o responsável por capturar a maioria delas. Então, por que ele não fazia o mesmo comigo? Eu sabia que ele nunca havia sentido qualquer atração como a que havia entre nós, mas ainda não sabia o porquê dela existir - ou por que ele ainda não havia contado a Joseph sobre nada disso. Talvez ele estivesse tentando impedir que o Dr. Nicholson descobrisse sobre mim. Eu ainda não tinha decidido se perguntaria a John sobre esse médico misterioso.

Corei só de pensar em falar com John novamente. Meu Deus, o que ele poderia estar pensando agora depois que eu o largara na mesa de jantar em pânico? Não foi por causa do John. Eu havia ido embora porque sentira a animosidade de Joseph em relação a mim, e isso me deixara mais do que um pouco cautelosa. Eu queria ligar para John e tentar explicar, mas ele podia não ser capaz de falar. Ele podia ter alguém ouvindo todas as suas conversas. Não era como se ele fosse um cara normal do ensino médio, cujos pais respeitavam sua privacidade. Pelo menos eu não me sentia tão sozinha agora. Então lembrei que não havia chegado a pedir o número dele.

E como seria essa conversa, de qualquer forma? Ei, John, eu de alguma forma li os pensamentos de Joseph, e ele não gosta de mim. Ele está pensando em ter que limpar sua bagunça se você não fizer seu trabalho, e tenho certeza de que ele estava se referindo a mim. O que ele faria depois de ouvir algo assim? O que ele *poderia* fazer?

Eu pensei que nunca seria capaz de adormecer, mas depois do que pareceram horas deitada lá, eu finalmente consegui.

Algo estava me perseguindo pelos corredores. Não importa para onde eu fosse, a figura sombria se aproximava cada vez mais, se derramando como tinta preta em minha direção. Ele emergia de cada rachadura no chão e pingava de toda superfície; seus braços oscilantes se esticavam para mim de todas as direções. Eu sabia que não iria parar até que me pegasse, e não havia como escapar. Nenhum lugar para onde correr.

Os corredores se estendiam à minha frente, longos e intermináveis, não oferecendo nada para eu agarrar ou usar para me esconder. Aqueles braços imponentes se esticavam cada vez mais perto, então dedos ossudos envolveram meu braço. Eu gritei, mas quando me virei para encarar a sombra, vi o rosto do meu jovem salvador.

Ele sorriu para mim, e o calor que eu havia sentido naquele dia na piscina que a escola na verdade não tinha me consumiu mais uma vez. Agora eu estava segura - protegida. Ele me pegou em seus braços e me segurou com um suspiro, me puxando para mais perto dele. — *Você está segura agora, minha Pet* — ele sussurrou.

Abri os olhos, piscando para o meu quarto depois de ter despertado do sonho tão repentinamente. Então vi a figura sentada no parapeito da minha janela. Minha primeira reação foi gritar, mas antes que eu pudesse, eu percebi que não havia nada a temer.

Ele estava aqui. Ele finalmente voltara para mim.

— Era você naquele dia, não era? — eu perguntei, esperando nervosamente por sua resposta. As sombras da sala obscureciam seu rosto, mas eu o reconhecia com todas as partes do meu ser. Eu sabia que era ele.

Ele se inclinou para frente devagar, seu rosto entrando na luz da lua que atravessava a janela. Seus cabelos negros como carvão brilhavam contra a pele pálida e fantasmagórica, iluminando a linha do nariz e as maçãs do rosto. Aqueles olhos violeta lindos e estranhos brilharam para mim.

— Sim — ele respondeu, e depois sorriu. — Eu devo pedir desculpas.

Sentei-me na minha cama, incapaz de dizer uma palavra. Vê-lo novamente me fez pensar em meu avô, mas, através daquele luto, percebi como estava feliz por ver meu protetor aqui e agora. Isso significava que ele era real e eu não era louca.

— Por quê? — perguntei com os lábios trêmulos.

— Por não vir mais cedo quando você precisava de mim. — Ele pulou da janela e lentamente entrou no quarto. Seu macacão preto parecia algum tipo de uniforme, as várias peças brilhando como escamas ao luar. Uma mancha roxa cobria seu ombro direito, mas essa era a única cor.

— Eu não entendo — eu disse, então deslizei de debaixo das cobertas e fui em direção ao pé da cama. — O que quer que fosse... o que estava tentando me pegar naquele dia... você o impediu.

Aquele homem de gravata vermelha apareceu novamente em minha memória - a maneira como ele havia se olhado no espelho e *mudado* por trás de seu próprio rosto. Pensar nisso agora ainda me deixava tão nervosa quanto da primeira vez.

Meu salvador inclinou a cabeça e caiu de joelhos ao pé da cama. Então ele lentamente olhou para mim.

Eu podia sentir sua tristeza; seus grandes olhos roxos me dominaram. Eu sabia que ele estava realmente arrependido pelo que havia acontecido, embora eu realmente não tivesse ideia do que havia acontecido. Só que eu havia sido protegida.

Eu o sentia agora tão claramente quanto eu sentira John. Mas era muito diferente com esse meu guardião ajoelhado na minha frente. Ele sabia por que estava aqui e o que ele queria. Corei quando percebi que era eu. Sua conexão era muito mais feroz, e eu não podia nem tentar questionar as coisas que eu sentia irradiando dele. Ele me queria de volta.

— *Eu preciso de você, Pet-tricia* — ele pensou diretamente para mim. Definitivamente esse não era o meu nome, mas ele não me deu tempo para perguntar. — *Você precisa se lembrar* — ele acrescentou. — *Você tem que se lembrar de quem você realmente é...*

Seus olhos me puxavam, assegurando-me que ele não era um estranho e que eu podia confiar nele. Eu queria resistir, mas o puxão dele em minhas memórias me convenceu ainda mais de que eu o havia conhecido, há muito tempo. Eu não tinha ideia de como encontrar essa verdade dentro de mim. Eu balancei minha cabeça, tentando limpar minha mente.

— Não — ele disse em voz alta e abaixou a cabeça novamente entre os ombros curvados. — Eu falhei com você e, por isso, peço desculpas.

Estendi minha mão, esperando sentir seu rosto. Quando ele olhou para mim - quebrado, triste e tão maravilhosamente misterioso - eu parei. Eu queria conhecer o homem por trás daqueles olhos. A memória que ele alegava que eu havia perdido.

— Você me salvou — eu sussurrei, percebendo que estava tremendo agora. Ele se levantou imediatamente, se afastou e foi para a janela novamente. A luz da lua brilhava em seu rosto. — O que era aquela coisa? — perguntei, embora não tivesse dúvida de que eu já sabia a resposta - que eu sabia o verdadeiro nome da sombra de terno preto e gravata vermelha.

Morte... o vento sussurrou. De repente, não parecia que estávamos sozinhos; parecia que a própria morte agora espreitava do lado de fora da minha janela, nos provocando.

Meu protetor olhou em volta quando a voz do vento desapareceu. Então ele se aproximou da cama novamente. Eu tremi. Seus olhos dançaram sobre mim. — Não tenha medo. Ele não pode te machucar enquanto eu estiver aqui. Fiz uma barganha com ele. Infelizmente, como um agente da morte, ele conhece bem o papel. A sua energia... o atrai para você. — Ele fez uma pausa, como se seu próprio pensamento o tivesse distraído.

— Quem é *você*? — Eu sussurrei, intoxicada por sua presença de uma maneira que eu nunca poderia entender. Antes que eu percebesse, levantei-me da cama e dei um passo em sua direção, encarando seus olhos profundos e hipnóticos. Meu rosto ficou quente. Seus lindos olhos roxos brilhavam como focos de luz, todos dançando ao mesmo tempo. Eu não conseguia me aproximar mais, e tudo que eu conseguia pensar era em estar com ele. Então, quase imediatamente, eu soube tudo o que ele sabia.

Ele se afastou de mim mais uma vez antes de pular no parapeito da janela. Qualquer que fosse o feitiço que tivesse nos capturado, ele agora havia sumido. Se eu conseguisse lembrar o que queria dizer, seria capaz de falar livremente agora.

— *Quentin* — repetiu sua voz na minha cabeça.

— O que está acontecendo? — Minha voz tremia agora tanto quanto meu corpo. — Como isso é possível? — Era realmente o que eu queria perguntar, mas lá no fundo, parecia que eu já sabia. Então, por que eu estava resistindo ao óbvio?

— Tudo é possível — respondeu Quentin com um sorriso. — Venha. Quero lhe mostrar uma coisa. — Ele me chamou com uma mão estendida.

Hesitei, olhando para o meu quarto e me perguntando se Michael havia ouvido alguma coisa.

— Não tenha medo — disse ele com as sobrancelhas levantadas.

— Eu não tenho medo de nada — afirmei.

— Então pegue minha mão. — Seus dedos estendidos pareciam exatamente os mesmos do dia em que ele os oferecera a mim ao lado da piscina. Mas desta vez, a escolha era inteiramente minha. — Confie em mim — ele acrescentou com um sorriso terno. — Pegue minha mão. Eu quero lhe mostrar uma coisa maravilhosa.

Ainda hesitando um pouco, tomei a decisão e peguei sua mão.

Ele me puxou em sua direção até que nossos corpos estivessem dolorosamente perto e franziu a testa. — Você não confia em mim, minha *Pet*? — ele sussurrou.

Isso me fez me afastar para olhá-lo. — Sim. — Isso surpreendeu até a mim. Quentin havia me salvado, eu sabia. Então, como eu podia não confiar nele agora? Se ele quisesse me machucar, ele poderia ter deixado a sombra me consumir ao lado da piscina.

Mas antes que a palavra pudesse sair dos meus lábios, suspirei, fechando os olhos. Então meu estômago revirou, e um pequeno grito quase me escapou. Quando abri meus olhos, estávamos no céu. A queda me deixou sem fôlego, e meu coração bateu com uma velocidade alarmante. Eu não conseguia controlar a sensação que dominava todo o meu ser. O vento soprou pelos meus cabelos enquanto Quentin me segurava contra ele; seus olhos brilharam para mim quando ele disse: — Se segure.

Seu aperto aumentou, e nos movemos mais rápido. Agora eu não conseguia ver nada além de uma luz brilhante, nos consumindo inteiramente, e tive que fechar os olhos. Então, tão rapidamente quanto tudo o mais, a corrida de nosso movimento desapareceu, substituída por uma paz incrível.

Estávamos em pé na praia, a areia branca se acumulando aos meus pés. Gaivotas enchiam o céu azul acima. Atrás de nós, um vasto oceano azul se expandia ao longo do horizonte até onde os olhos podiam alcançar. Eu olhei para Quentin, respirando rapidamente. — Onde estamos? Como você *fez isso?* — Eu me afastei dele para caminhar em direção ao oceano, então me peguei correndo para a beira da água e sorrindo para toda a liberdade e beleza à minha frente.

— Este é Demos. Meu mundo. Aqui, eu posso fazer o que eu quiser. — Quentin levantou os braços para o céu.

Corri para a água até ela chegar à minha cintura, olhando para o oceano e desejando ir mais longe, para explorar a beleza diante de mim. Quando me voltei para Quentin, vi todo o resto - uma selva vívida e uma paisagem de montanhas ao longe; plantas verdes altas; pássaros de todas as cores flutuando pelos galhos.

Fosse como fosse que eu tivesse chegado ali, nunca mais queria ir embora.

Algo espirrou água atrás de mim e eu me virei para ver uma barbatana brilhando acima da superfície da água antes que desaparecesse. Então, novamente, o rabo apareceu e, quando me virei para ver o que era, avistei o rosto de uma mulher na água clara do oceano. Eu quase caí para trás, mas a mulher surgiu e pegou meu braço antes que eu perdesse o equilíbrio. Ela era linda, com cabelos ruivos em chamas caindo sobre o torso nu, e agora eu não tinha dúvida de que a cauda lhe pertencia. Eu não conseguia parar de encará-la.

— Você é... você é... — Eu me senti estúpida por minha gagueira e imediatamente coloquei minha mão sobre a boca.

— Eu não quis te assustar, senhorita — ela sussurrou. — Eu tive que ver você de perto. — Então ela sorriu e chamou por cima do ombro: — É *ela!*

Atrás dela à distância, algumas cabeças apareceram acima da água azul para me encarar.

— Para me ver? — eu sussurrei.

Algo deve tê-la assustado; ela mergulhou de volta na água e desapareceu em segundos.

— Espere! — gritei. A mulher reapareceu, mas agora ela olhava para o céu. Fiquei surpresa quando vi Quentin pairando ao meu lado, *ajoelhado* na superfície da água.

Ele gentilmente chamou a mulher de volta em nossa direção com um aceno de mão. — Diga olá, Selena — ele sussurrou para a sereia, e ela abaixou a cabeça. Só então eu percebi que outra havia estado com a mulher ruiva, e esta outra veio para me cumprimentar.

Ela parecia ser ainda mais bonita do que a primeira, saindo das águas com seus longos cabelos loiros caídos sobre os ombros e o peito. Ela sorriu e curvou-se para Quentin. — Saudações, ó Poderoso — disse ela, em seguida, voltou seu olhar intenso para mim.

— Diga olá, Selena — Quentin repetiu firmemente.

— Saudações, senhorita. É uma honra finalmente conhecê-la. — Ela inclinou a cabeça para mim, assim como sua companheira, e muitas outras surgiram para fazer o mesmo. Eu só podia olhar para elas, hipnotizada e incapaz de falar.

A sereia de cabelos loiros sorriu. — Nós ouvimos que...

— Então, o que você acha? — Quentin a interrompeu com um sorriso, embora a pergunta estivesse claramente direcionada a ela e não a mim.

— Ela é linda, ó Poderoso — respondeu Selena. Mas quando ela olhou para mim novamente, não foi difícil ver todo o ódio atrás de seus olhos.

Meu rosto estava quente sob tanta atenção dela e de todas as outras reunidas ao nosso redor.

— Você a encontrou — Selena acrescentou em um sussurro. — Assim como você disse que faria. — Ela ofereceu um sorriso fraco e pareceu um pouco decepcionada.

Quentin apenas riu, aparentemente ignorando o rosnado da sereia em resposta.

— Isso é inacreditável — murmurei, sentindo-me uma criança boquiaberta com os presentes no Natal.

— Não no meu mundo — disse Quentin. Quando olhei para ele, seu olhar era tão intenso que senti o quanto ele estava gostando da minha curiosidade - e da minha inocência.

— Elas são tão lindas — eu sussurrei. A sereia loira chamada Selena franziu a testa e corajosamente se aproximou de mim novamente.

— Você é linda — disse Quentin com um sorriso, estendendo a mão para acariciar minha bochecha molhada. Meus lábios tremeram, e uma brisa correu pelas minhas costas, chicoteando os fios molhados do meu cabelo no meu rosto até que eles grudassem lá. Ele os retirou.

— A Rainha Aranha perguntou sobre seu retorno, ó Poderoso — disse Selena. Ela falava severamente agora, e não era tão difícil imaginar que ela não gostava de mim.

— Não estou interessado na Rainha Aranha — disse Quentin. Ele deixou a palma da mão na minha bochecha quando se virou para lançar um olhar de advertência a Selena.

— Ela preparou um grande banquete em sua homenagem — argumentou Selena.

— Eu disse que não estou interessado! — Quentin retrucou.

A sereia se moveu para trás através da água, os olhos arregalados, e curvou-se até o rosto quase tocar as ondas. — Perdoe-me, ó Poderoso — disse ela novamente. — Eu só pensei...

— Você pensou o quê? Eu tiro um momento do meu precioso tempo para lhe conceder esta honra. De ver *minha linda Pet-tricia*. De ser a primeira a me ver triunfar sobre o meu sofrimento. E você não fala de mais nada além *dela*!

— Perdoe-me — Selena sussurrou. — Eu só pensei que ela pudesse querer ver aquilo que você procurou por tanto tempo. E que você foi vitorioso... onde os outros falharam.

Quentin franziu a testa para ela, mas a expressão rapidamente se transformou em um sorriso. Ele se levantou de onde ele havia se ajoelhado na superfície da água e colocou as mãos nos quadris. — O que ela pensa não faz diferença — disse ele.

— E seu irmão, ó Poderoso? — perguntou Selena, e ela se encolheu quando Quentin olhou para ela novamente com uma carranca afiada.

— Ele sabe. Mas ele não acredita... — Quentin olhou para o outro lado do oceano, depois se virou para olhar para mim. — Mas ele logo o fará.

Eu não tinha ideia de sobre o que eles estavam falando - não sabia quem era a Rainha Aranha ou que Quentin tinha um irmão. Eu ainda não tinha certeza de estar falando com sereias de verdade. Somente quando Quentin ofereceu sua mão para me puxar da água eu percebi que estava tremendo. Agora, eu estava na superfície da água ao lado dele, me perguntando como isso era possível.

— Ele pode ser convencido? — Selena perguntou, aparentemente tendo encontrado sua coragem novamente. As outras criaturas semi-humanas ao seu redor se afastaram, afastando-se de Quentin enquanto ele olhava para ela por cima do ombro. Parecia que ela era a única delas que o questionava.

Seus lábios se abriram em outro sorriso, e ele olhou para mim, segurando minha bochecha novamente antes de acariciar meu cabelo molhado. — Minha *Pet-tricia* deve acordar por dentro. Só então ele perceberá seu erro. — Ele estudou meus olhos, me puxando para mais perto dele enquanto eu tremia. — Mas tudo no seu devido tempo. Primeiro, devo fazer o possível para que você se lembre — ele me disse.

— Quem é Pet-tricia? — Eu sussurrei, olhando para aqueles olhos brilhantes. Ele obviamente pensava que esse era meu nome, mas não era. Eu não conseguia pensar com clareza suficiente neste lugar para imaginar por que ele me confundira com outra pessoa.

— Ninguém — ele respondeu suavemente. Então ele me puxou para mais perto, passou os braços em volta de mim e nós subimos de volta para o céu. Abaixo de nós, algumas das sereias acenaram; outras, especialmente Selena, simplesmente desapareceram sob as ondas.

Voamos sobre uma paisagem muito diferente do oceano e da areia branca da praia. A cordilheira que eu havia visto à distância agora estava logo abaixo de nós, a maioria dela coberta de centímetros de neve espessa e branca.

— É incrível — eu disse, olhando com admiração para a paisagem. Quando olhei para Quentin, ele estava sorrindo novamente. Um grupo de mulheres em vassouras se juntou a nós no ar. — Elas são reais? — perguntei. As mulheres - todas com cabelos escuros compridos e esvoaçantes, vestidas com vestidos brilhantes e deslumbrantes com jóias e pedras preciosas - riram e se afastaram à nossa frente. Algumas delas acenaram e eu acenei de volta.

Quentin nos levou através das nuvens reunidas acima da cordilheira, e as atravessamos por uma vasta floresta. Vi uma grande cidade construída entre as árvores, onde as pessoas nos olhavam surpresas. Olhando fixos, imóveis, eles quase pareciam em pânico enquanto passávamos rapidamente por eles. Pude ver apenas um vislumbre deles antes de partirmos, voando para dentro e através das árvores mais altas da floresta. Animais estranhos que eu nunca havia visto saltavam de galho em galho ao nosso lado. A floresta se abriu para nós novamente antes de subirmos ao céu.

Então vi o que parecia ser uma porta - uma névoa de cores brilhantes se abria no céu pastel. Quentin seguiu em frente e, em segundos, percebi que estávamos de volta ao mundo real - meu mundo.

Quentin cuidadosamente me trouxe pela janela aberta do meu quarto. Na escuridão, ficamos ali, ainda nos abraçando. Meu quarto estava tão quieto, a noite tão pacífica quanto quando havíamos saído. Nada mudara, quase como se não tivéssemos acabado de voar por um mundo completamente diferente.

Quentin quase desabou contra mim, parecendo subitamente exausto. Eu o segurei, incapaz de me afastar. — Isso foi inacreditável — eu sussurrei. — Quero dizer, eu acredito nisso. Eu estava lá. Mas foi simplesmente... incrível. — Então eu percebi que ele ainda não havia se mexido, e quando eu olhei para cima, eu o encontrei olhando para mim novamente. Seu sorriso se alargou, e a maneira como seus olhos se fixaram nos meus me fez corar. E então eu senti - a vontade dele mais uma vez me segurando sem toque e sem força.

Naquele momento, eu sabia que queria estar com ele, não importava o que acontecesse. Tudo o que ele pedisse de mim, eu provavelmente acharia impossível resistir.

— Estou feliz que você tenha gostado — disse ele.

— Por que você me mostrou tudo isso? — perguntei.

— Queria que você visse minha casa. — Quentin ainda sorria, mas seu rosto parecia um pouco mais pálido agora.

— Por que você veio aqui? — eu sussurrei, hipnotizada por seus olhos escuros.

— Para encontrar você. — Ele se inclinou para mais perto, e eu senti sua respiração contra o meu rosto. Eu pensei que ele iria me beijar, mas ao mesmo tempo, ele resistiu.

Eu respirei fundo. — Por que eu?

— Você é incrivelmente especial para mim. E mais importante do que você imagina. — Ele roçou a mão no meu cabelo e se inclinou para mim novamente. Fechei meus olhos, desejando que seus lábios tocassem os meus, mas eles não o fizeram. Quando abri meus olhos para olhá-lo novamente, ele se fora.

Corri para a janela aberta do quarto; a cortina bateu no parapeito da janela e eu inclinei minha cabeça para procurá-lo. Tudo o que vi foi a lua amarela empoleirada no céu noturno sem fim. Meu salvador se fora. Novamente.

Naquela noite, eu mal consegui dormir. Quando o fiz, sonhei com sereias, bruxas correndo pelos céus brilhantes e oceanos azuis cheios de serpentes do mar.

22

A MANHÃ SEGUINTE

A voz de Michael me acordou do outro lado da porta do meu quarto. Então percebi que tinha adormecido no chão do quarto ao lado da janela aberta - ou pelo menos havia voltado para lá em algum momento durante a noite. Fiquei ali sentada por um momento, imaginando se veria Quentin novamente. De alguma forma, eu sabia que sim. E o desejo de vê-lo novamente - sentir seus braços em volta de mim e seus lábios finalmente pressionados nos meus - ainda me deixava louca. Eu não tinha ideia de por que me sentia assim, especialmente porque não era do meu feitio perder o controle de mim mesma assim.

Desapontada, levantei-me para me arrumar para a escola. Eu me vi pensando em Joseph no jantar, depois em John. Eu o largara na mesa sem nenhuma explicação, e eu não tinha ideia de como explicaria por que havia fugido dele. O que eu *poderia* dizer? Eu sabia que gostava dele, mas essa coisa que eu sentia por Quentin estava me puxando em uma direção diferente. Só de pensar em seu nome, me fez sentir como se ele estivesse perto de novo, me observando.

. . .

No café da manhã, Michael me observou enquanto eu me sentava em silêncio na mesa da cozinha. Ele se preocupava demais, como se ele fosse meu pai ou uma babá zelosa.

— Você está bem? — ele perguntou.

Eu sabia que parecia tão cansada quanto me sentia, sentada ali cutucando meus ovos. Ele se serviu de suco de laranja e ficou olhando para mim.

Ele ia me perguntar sobre a noite anterior. Eu podia ouvi-lo lutando para encontrar a melhor maneira de dizer o que ele queria dizer. — O que aconteceu ontem à noite? — ele finalmente perguntou. — John estava muito preocupado com você. Ele pensou que havia te chateado de alguma forma. Foi porque ele pediu para levá-la ao baile?

Eu olhei para ele. Eu já havia esquecido completamente sobre John me convidando para o baile. Mas não fora isso.

— Alguém mais perguntou primeiro? — Michael continuou tentando obter uma resposta.

Eu torci o nariz. — Não. Não é isso. — Suspirei. — Olha, me desculpe pela noite passada. Acho que estava muito mais cansada do que pensei. Eu não quis apenas desaparecer. Ninguém disse nada que me chateou. Eu só... eu não sei.

— Se você não quer ir ao baile com ele...

— Não, não é nada disso. — Eu disse, mas não parecia tão convincente. E eu sabia que Michael queria mais de mim. Eu não podia dizer a ele que Joseph me dava arrepios, podia? Ou nem que ele havia suspeitado de mim, o que tornava o sentimento mútuo.

— Então o que aconteceu? — Michael perguntou com uma careta. Eu olhei para ele, imaginando se eu poderia dizer algo remotamente próximo da verdade - o que eu temia e o que sentia. — Se você quiser — ele acrescentou —, podemos ir comprar um vestido. Eu sei o quão loucas vocês meninas ficam com o vestido. Acredite em mim, eu sei. — Eu supunha que, sendo um professor em uma escola grande, ele já havia visto várias festas de adolescentes. — Joseph pediu minha ajuda — acrescentou Michael. — James e Richard terão que comparecer como assistentes de direção, é claro. Eu pensei que seria bom ser voluntário também.

Eu olhei para ele enquanto ele bebia seu suco de laranja. Ele normalmente estava de bom humor, mas eu não podia culpá-lo por não conseguir continuar assim depois da noite passada.

— Eu realmente não pensei muito sobre isso — murmurei.

Ele piscou para mim com os olhos arregalados. — Querida, é uma das maiores noites do ensino médio. Eu lembro do meu baile.

Eu torci o nariz para ele, realmente não querendo que ele desse nenhum detalhe. — Ah, é? — Eu disse, tentando apenas afastá-lo, embora não estivesse realmente curiosa.

— Você tem certeza de que está bem? Você não tocou no seu café da manhã. Fiz os ovos da maneira errada? — Ele tentou sorrir de novo, mas isso o fez parecer um tanto bobo.

— Ah não. Eles estão bons — eu disse. — Estou apenas cansada. — Desta vez, era a verdade. Minha viagem com Quentin e não ter conseguido dormir depois que ele partira estavam me afetando. Só de pensar nele me fez sorrir.

— Você teve problemas para dormir ontem à noite? — Michael perguntou. — Pesadelos? — Ele veio se sentar à mesa comigo, e eu imediatamente me arrependi de ter aberto a conversa para ele fazer esse tipo de pergunta. Não queria mentir para ele, mas não podia contar sobre Quentin.

— Sim. — Eu olhei para ele com um sorriso tenso. — Eu acho que você poderia dizer isso. — Eu não deveria ter dito nada.

— Bem, não esqueça que eu estou sempre aqui se você precisar falar com alguém. Ok? — Ele pegou o prato limpo e o levou para a pia.

— Tudo bem. — Eu só esperava que ele não continuasse perguntando sobre isso.

— Então, vá com John ao baile. Eu tenho um bom pressentimento sobre ele. Ele parece bem-educado.

Eu olhei para ele e engoli meu próprio suco de laranja.

— Converse mais com ele — Michael acrescentou. — Você pode gostar dele.

— Não acho que o tio dele goste muito de mim. — No minuto em que disse isso, desejei não ter falado nada.

O garfo de Michael bateu na pia e ele se virou para mim. — O que te faz dizer isso?

— Eu não sei. Talvez ele pense que eu não sou boa o suficiente para o sobrinho dele.

— Eu não tive essa impressão dele, mas você é melhor em captar essas coisas do que eu... — Ele franziu a testa. — Talvez você tenha tido a impressão errada. Ele não disse nada além de coisas legais sobre você. E ele só estava perguntando de você por preocupação. Assim como John.

Eu não tinha ideia do que Joseph havia perguntado sobre mim, mas não queria continuar com essa conversa com Michael agora. Então eu apenas dei de ombros.

— Acho que John pode ter uma queda por você, Claudia. Quero dizer, por que ele não teria?

Eu corei. Nós íamos realmente ter essa discussão agora?

— Apenas vá com ele. Ele é um bom garoto. Você vai se divertir muito mais com ele do que passando sua noite de formatura com um monte de diretores.

Eu devo ter parecido enojada neste momento, ou extremamente desconfortável, ou ambos, porque ele finalmente desistiu. Eu rapidamente terminei meu café da manhã, lavei meu prato e o coloquei na máquina de lavar louça. Quando me virei, Michael estava empacotando sua marmita e pegando um saco de papel marrom da geladeira.

— Eu fiz uma coisinha para você — disse ele, parecendo um pouco orgulhoso. Tentei sorrir de volta, percebendo que não aceitar o almoço provavelmente iria ferir seus sentimentos. — A comida da cantina é bem ruim, não é?

Disso ele tinha razão, e eu ri. — Obrigada. — Peguei a embalagem e Michael sorriu, como se eu tivesse dado a ele algum tipo de prêmio.

— Bem, acho que é melhor irmos — disse ele e terminou de limpar a mesa.

. . .

Estávamos quase na porta da frente quando uma buzina de carro soou tão alto que eu pulei. Então vi que Alex havia acabado de encostar seu Mustang conversível vermelho de 1969 na calçada para me pegar. Ela havia insistido em me dar uma carona para a escola, apesar de Michael e eu estarmos literalmente indo para o mesmo lugar.

— Quem é essa? — Michael perguntou enquanto espiava pela janela.

— Ah, ela veio me buscar — eu disse, jogando minha mochila por cima do ombro. — Eu esqueci de te contar. Essa garota da escola se ofereceu para me dar uma carona. Espero que esteja tudo bem.

Michael abriu a cortina um pouco mais e vi Alex terminar de passar o batom e depois se virar para acenar para nós. Ele quase retornou o aceno, depois pareceu perceber quem era a garota de quem eu estava falando. — Alex Burton? Você é amiga da Alex Burton?

— Sim, um pouco — eu disse. Eu podia ouvi-lo tão claramente; em sua mente, Alex não passava de problemas. Seus pensamentos sempre haviam sido fáceis de ler.

— Tudo bem — ele conseguiu dizer. — Vá em frente. — Claramente, ele não queria que eu fosse, mas ele não estava prestes a me impedir.

— Você tem certeza? — perguntei.

— Claro. Você precisa fazer amigos. Vejo você na escola. Apenas tenha cuidado. — Ele abriu a porta e eu sorri para ele antes de correr para o velho mustang de Alex. — Dirijam com segurança — ele gritou atrás de mim, ficando no batente da porta da frente. Quando abri a porta do passageiro, me virei para vê-lo examinando o carro surrado de Alex de cima a baixo. Eu podia ouvir sua mente; ele estava tentando ver se os pneus tinham ar e se ela estava com os documentos em dia. Eu acho que ele teria perguntado sobre isso se tivesse tido a chance.

— Não se preocupe, Sr. McClellan — Alex gritou de volta pela porta aberta. — Ela vai chegar na escola inteira. — Assim que entrei e fechei a porta, ela disparou para a rua. Tentei mandar um sorriso tranquilizador para Michael enquanto nos afastávamos, e o vi dar um passo para fora da varanda da frente como se tivesse mudado de ideia.

— Você realmente tinha que fazer isso? — perguntei a Alex.

— Eu não pude resistir — disse ela, sorrindo. — Desculpe.

— Ele já não estava gostando da ideia de eu ir com você — eu disse a ela.

Alex riu. — Sério?

— Sim. Você quer dar a ele outro motivo? — Eu não havia achado nada engraçado.

— Então, você já perguntou? — Alex disse, passando direto por um farol vermelho.

Eu me apoiei contra a moldura da porta. — O que você está *fazendo*?

— Relaxa — disse ela, revirando os olhos. — Eu cheguei primeiro.

Eu balancei minha cabeça e olhei pela janela, tentando fingir que não iria levar uma bronca de Michael quando chegasse em casa. Talvez ele até falasse na escola. Eu já podia imaginar o sermão e tinha certeza de que ele nunca me deixaria andar de carro com ela novamente.

— E então? — Alex perguntou.

— Então, o que? — Eu me virei para olhá-la enquanto ela acelerava para passar por um sinal amarelo.

— Como assim, o que? Você já perguntou sobre a festa?

Eu havia esquecido completamente da festa neste fim de semana, e eu ainda não tinha mencionado ela a Michael. Tive a sensação de que ele não me deixaria ir, principalmente agora que sabia que eu estava criando amizade com Alex Burton. — Ainda não... — eu disse.

Alex virou a cabeça em minha direção. — O que? Claudia, a festa é daqui a dois dias. Você precisa perguntar. — Ela dirigiu como uma louca pela Broadway até que paramos em um semáforo, a apenas uma esquina da escola.

— Eu sei — eu disse, olhando para ela. Seu jeito de dirigir me deixara fisicamente enjoada, como se ela tivesse acabado de aprender como guiar.

— Com medo que ele não vá deixar você ir? — Ela perguntou, erguendo uma sobrancelha.

— Talvez — eu admiti. Abri o saco de papel marrom que ele me dera para almoçar, depois o enfiei na mochila com vergonha.

— Ele fez um almoço para você? Que fofo.

Amarrei a cara para ela.

— Desculpe. — Ela estourou o chiclete e fez outra bola. Quando essa também estourou, ela acrescentou com uma piscadela: — Olha, apenas saia escondida. Nada demais.

— Eu não posso fazer *isso* — exclamei.

— Por que não? Eu faço isso o tempo todo. É super fácil. E eu vou buscá-la.

— Não sei... — respondi.

— Ok, qual é o problema, então? Está tudo bem entre você e o velho McClellan?

Eu fiz uma careta para o para-brisa. — Não é isso.

— Então o que é? — Alex perguntou, balançando a cabeça.

O sinal finalmente ficou verde e ela acelerou, quase atropelando dois caras na faixa de pedestres enquanto entrava no estacionamento. Ela buzinou para eles e continuou dirigindo, procurando uma vaga. Não parecia haver nenhuma, então ela deu a volta novamente. Eu pensei que ela estava voltando para a rua, mas aparentemente ela havia decidido pegar uma das vagas dos professores.

— Espera, você não pode estacionar aqui — eu disse a ela.

Alex desligou o motor. — Por que não? — Ela deu de ombros e pegou a mochila no banco de trás. Então ela se olhou no espelho retrovisor mais uma vez e limpou um pouco de batom escuro no canto da boca.

— Você acabou de estacionar na vaga de um professor. — Só por precaução, apontei para a placa postada bem na nossa frente.

— É da Sra. Whitney, e ela não vem hoje. Não se preocupe, eu chequei. Eu não sou idiota.

Dessa vez, revirei os olhos para ela e peguei minha mochila no chão do carro. Como ela saberia quais professores vinham hoje ou não?

— Então, qual é o problema? — ela perguntou. Eu olhei para ela, me perguntando se eu poderia começar a explicar alguma coisa para ela sem ela pensar que era uma tudo uma brincadeira. — Heim?

Respirei fundo e disse: — Você já sentiu como se estivesse sonhando, mas estava bem acordada?

Ela franziu o cenho, subitamente parecendo muito séria, e assentiu. Eu quase suspirei de alívio até que ela disse: — O tempo todo. Isso se chama drogas. — Então ela começou a rir. Abri a porta do carro e pretendia sair, mas ela me puxou de volta pelo braço. — Estou apenas brincando. Você pode me dizer o que está acontecendo. — Esperei que ela risse novamente, mas ela não o fez.

— Você acredita que as pessoas podem fazer coisas com suas mentes? — perguntei a ela.

— O que? Você quer dizer tipo mover coisas e tal como um Jedi?

— Sim — eu sussurrei, esperando ela começar a pensar na palavra "aberração".

— Na verdade — admitiu Alex, e eu pude sentir que ela estava sendo honesta. — Gostaria de poder fazer isso. Você pode imaginar? Isso seria tão incrível! — Ela riu. — Não me diga que você pode ler mentes.

Eu olhei para o outro lado, sem saber se poderia contar a ela ou se ela iria acreditar em mim. Mas era tarde demais; nós já estávamos conversando.

— Você pode...?

— Eu posso — admiti, esperando a reação em seus olhos e depois em seus lábios. Tudo sempre acontecia com ela nessa ordem.

— Não, sério. Tipo realmente ler mentes? — Ela girou em minha direção. — Você está falando sério? Você está me zoando, certo? — Por alguns segundos, tudo o que ela fez foi me encarar, como se, só de olhar, ela pudesse ver isso em mim.

Então, eu fiz o que obviamente era o melhor jeito de conseguir com que ela acreditasse. Eu dei a ela uma demonstração. Tranquei as portas, liguei o rádio e passei pelas estações até encontrar um clássico dos anos 80 de Huey Lewis & the News, "The Power of Love".

— Esse rádio nunca funcionou — ela murmurou. — Como você fez isso?

Eu bati na minha têmpora, já convencida de que ela iria rir de mim ou pular do carro e fugir gritando.

Em vez disso, ela sorriu e disse: — Que demais! — Então ela dançou ao som da música, como se nada tivesse acontecido. — Estou pensando em algo muito interessante. — Ela sorriu para mim, e no minuto em que olhei para ela, eu soube.

— Não — eu disse a ela. — Eu não posso.

— Sim. Ah, vamos lá, Claudia. — Ela assentiu e apertou as mãos, implorando para mim. — Isso é incrível! Isso tem que ser explorado de todas as formas possíveis. — Uma risadinha escapou dela, então ela congelou. — Gostosão se aproximando às doze horas...

— Do que você está falando? — Senti aquele puxão familiar e me virei em direção à minha janela para ver John. Ele se virou na direção do carro de Alex e eu me abaixei como uma idiota.

Alex deu um sorrisinho e eu a puxei para baixo no banco da frente do carro. — Oooh, se escondendo do gostosão? — Eu fiz sinal para ela calar a boca. — Pocahontas, o que estamos fazendo? Você já falou com ele? Ahh, você falou? Me conta...

— Ele me chamou para ir ao baile com ele — admiti.

— Então, por que estamos nos escondendo?

Eu fiz sinal para ela falar mais baixo novamente. — Eu fugi no meio do jantar.

— Espera, jantar? Ele estava na sua casa e você não me ligou? Quando?

Eu olhei para ela. — Ontem... eu fugi logo depois que ele perguntou. Não quero que ele pense que não quero ir...

Ela olhou para mim como se estivesse assistindo um filme de romance e me cutucou com o cotovelo. — Uau. Baile, hein? Isso é demais. Mas não entendo por que você está se escondendo.

— Você não ouviu o que eu disse?

— Claudia, se eu ganhasse uma moeda toda vez que eu fugisse de um cara... caramba.

— Tanto faz. Eu ainda preciso falar com ele...

— Ahhh, você gosta dele, Pocahontas. — Quando corei, isso só fez Alex rir. — Eu sabia.

O rádio subitamente desligou.

— Ele tem um bom carro — ela sussurrou, olhando pela janela.

— Ele tem um carro? — Eu queria ver por mim mesma, mas senti o puxão dele procurando por mim novamente e o empurrei de volta para ele. O jeito que Alex olhava para mim me fez pensar se ela também havia sentido esses puxões. Só que ela *não podia* senti-los. Não como eu podia.

Ela voltou a admirar o carro de John. — Sim. E é um dos bons. Parece um Jaguar novo.

— Sim, o pai dele tem dinheiro. Acho que o homem é algum tipo de médico ou cirurgião — falei.

— Caramba. Gostoso *e* podre de rico. Parece que você ganhou na loteria. Ah, merda. Acabei de ver o Dr. Müller. — Ela caiu de volta no assento.

— Dr. Müller?

— Se ele nos vir, ele vai me fazer tirar o carro daqui. — Ela riu.

Essa era realmente a única coisa com que ela estava preocupada? — Eu tenho que ir — eu disse, nervosamente tentando abrir a porta do carro.

Ela agarrou meu braço. — Você não pode sair agora. Apenas relaxe. Acho que ele não nos viu. — Alex espiou por cima do painel e levantou a cabeça, pegando sua mochila. — Ok, vamos lá. Ele já foi.

Senti o puxão novamente e olhei em volta, mas não vi John.

— *Vamos.* — Alex abriu a porta dela, eu abri a minha e quase me arrastei para fora do carro para me esconder atrás de um caminhão no estacionamento. — Ok... vamos! — Nós corremos para dentro do prédio bem a tempo. Olhei para trás e vi o Dr. Müller fazendo suas rondas.

Alex me agarrou e me puxou atrás dela, me puxando através de uma multidão de estudantes e para a escada lateral à nossa esquerda, exatamente quando o Dr. Müller entrou. Eu o perdi de vista quando corremos para o segundo andar. O sinal tocou quando chegamos ao patamar superior.

Eu queria encontrar John, me explicar a ele e dizer por que eu havia fugido para começar. Eu sabia que ele estava preocupado comigo; Eu podia sentir isso. O pensamento de que ele havia diminuído o poder do relógio apenas para me sentir me fez sorrir. *John...* O puxão ficou mais forte, com força o suficiente para me fazer tropeçar. Ele tinha que estar perto, em algum lugar.

Paramos e eu peguei meu celular para ver a hora. — Droga. Eu vou me atrasar.

— Esqueça isso. Vamos matar aula hoje. — Alex balançou as sobrancelhas. — Vamos brincar com seu novo presentinho.

— Eu não posso. — O segundo sinal tocou e agora eu estava realmente atrasada. John continuou puxando e puxando minha mente, como uma corda invisível enrolada em volta da minha cintura. Eu queria dizer a ele que estava indo, mas o sentimento era suficiente para que ele soubesse que eu estava perto. Por que ele não estava vindo me encontrar?

— *O telhado.* — Parecia que seu calor estava roçando minha bochecha, como se ele estivesse parado ao meu lado, sussurrando essas palavras.

John queria que eu o encontrasse no telhado.

Os alunos desapareciam lentamente dos corredores, e eu o vi no fim do corredor. *John,* eu o chamei com a minha mente. Ele se virou, me viu e fez um sinal para eu segui-lo. Então desapareceu por uma porta de metal preto. Eu me apressei, deixando Alex para trás antes que ela percebesse que eu havia sumido. Entrei pela mesma porta de metal que levava a um lance de escadas para o telhado.

Largar Alex lá sem dizer uma palavra me fez sentir um pouco culpada, mas agora, a única coisa em minha mente era John. Quando cheguei ao telhado, vi-o parado perto da beira, olhando para a rua. Ele usava a mesma jaqueta esportiva que usara na noite passada; suas mechas loiras acastanhadas balançavam um pouco com a brisa.

— John? — Ele se virou, e onde eu estivera esperando ver seus olhos verdes brilhando de volta para mim, encontrei olhos roxos no lugar.

Ele sorriu e toda a sua aparência mudou. A jaqueta esportiva derreteu naquele uniforme de couro escamoso, seus cabelos claros escurecendo em mechas pretas emaranhadas acima de uma pele pálida.

— Quentin... — Essa descoberta me fez sentir culpada e traída.

— É ele quem você quer ver? — Quentin sibilou, movendo-se em minha direção. Fiquei paralisada por suas palavras, aterrorizada. Eu queria perguntar onde John estava, sabia o que tinha acontecido. Eu não havia sentido o puxão de John em minha mente, apenas o de Quentin. — Você não pertence a ele. Você pertence a mim...

Eu não pude resistir ao seu puxão, tropeçando na direção dele vinda da escada.

— Por que você foi embora tão rápido ontem à noite? — perguntei.

Ele podia me sentir tentando resistir a ele, eu sabia, e então toda a minha resistência se foi. Eu precisava ficar ao lado dele, embora ainda não entendesse o porquê. Quando o alcancei, seus profundos olhos roxos nadavam com a mesma conexão feroz que eu sentia, e ele deu um passo em minha direção.

— Me perdoe. Eu não queria ir embora... mas seu mundo não possui as necessidades que eu preciso para existir. É por isso que muitas vezes devo partir.

Eu olhei para ele, perplexa, mas nada disso realmente importava. Eu apenas sentia a necessidade de estar perto dele. — Você quer dizer para o lugar que você me mostrou?

— Sim. Aquela é a minha casa. Não posso existir além de suas paredes, a menos que adquira energia de outra *fonte*. — Ele se inclinou para frente, quase tropeçando em minha direção, até que estávamos nos abraçando no telhado. Seus olhos ficaram pesados de desejo ao meu toque, e o mesmo turbilhão de ouro que eu havia visto nos olhos de John agora brilhava nos de Quentin. — Você é meu anjo — ele sussurrou. Toquei sua bochecha e ele soltou um suspiro pesado, fechando os olhos enquanto meus dedos roçavam sua pele fria.

— Você está bem? — perguntei, tremendo.

Ele pegou minha mão, mantendo-a na sua bochecha. — Acredite em mim quando digo que não queria ter ido embora. — Quando ele abriu os olhos novamente, ele parecia completamente sobrecarregado.

— Me diga como eu posso te ajudar — implorei. Seus lábios tremeram quando se separaram, soltando um gemido quase orgástico.

— Você já me ajudou, minha Pet. — Quentin respirou fundo outra vez, então lentamente me soltou e pulou na borda do telhado, estendendo a mão para mim. Ele pareceu subitamente vivo, radiante e cheio de vigor. — Venha comigo.

Olhei de volta para a porta da escada e hesitei. Um sentimento de que alguém estava tentando me alcançar além dela não me deixava em paz.

— *Venha para mim...* — Quentin sussurrou em minha mente.

Senti outro puxão, tentando me segurar.

— *Esqueça-o.* — Quentin pegou minha mão. — *Venha comigo.* — Quando isso ainda não foi suficiente para eu me mexer, ele franziu a testa, estudando minha preocupação. — Você não está feliz em me ver?

— Estou — eu me forcei a dizer.

— Então venha comigo, minha Pet! Deixe-me levá-la ao meu mundo. Eu tenho muito mais para lhe mostrar.

Eu tropecei mais para perto. — Mas... Michael. Ele ficará preocupado comigo.

— Ele não significa nada, significa, minha Pet? — sussurrou Quentin. — Venha. Eu quero você perto de mim! Deixe-me levá-la embora!

As palavras morreram antes que eu pudesse dizer mais alguma coisa. Eu me sentia impotente e ao mesmo tempo mais forte do que jamais me sentira antes, quando ele estava perto.

— Eu não podia suportar ficar longe de você. — Seu aperto ficou mais forte na minha mão. — Nada, ninguém, pode me manter longe de você. Venha comigo.

A sensação de ser procurada me encheu novamente, puxando meu coração.

— *Cadê você, Claudia?* — Finalmente, ouvi a voz dele, me chamando desesperadamente. — *Por favor esteja bem. Onde você está?*

— John? — eu suspirei.

— *Sim! Onde você está? Eu quero te ver. Me desculpe se eu disse algo para assustar você... Claudia?*

Quentin puxou um pouco com força a minha mão, franzindo a testa para mim até a voz de John desaparecer. — Ele não significa nada. — Ele me puxou em direção à borda, depois caiu de lado e quase me levou com ele.

Gritei e fechei os olhos antes que a mão de outra pessoa agarrasse meu outro braço e me puxasse de volta. Quando abri os olhos, vi Alex me encarando, tentando me acordar.

— Claudia! — ela gritava.

Eu pisquei para ela e percebi que Quentin se fora. — O que aconteceu? — perguntei. — Onde...

— O que aconteceu? Você quase morreu, sua idiota! — Alex agarrou minha mão e me levantou. Tropecei, mas consegui recuperar o equilíbrio com a ajuda dela.

Eu cambaleei ao lado dela em direção à entrada da escada, apenas olhando para trás uma vez antes de desaparecermos pela porta.

23

A DESAPARECIDA

O sinal tocou pela última vez enquanto Michael olhava pela sala de aula. A professora que ele estava avaliando e os alunos estavam todos ocupados trabalhando em um projeto que ela lhes dera para durar o período inteiro. O novo diretor, Dr. Müller, havia lhe dado alguns professores para avaliar, já que Michael era bom nesse trabalho. Ele olhou em direção à porta e viu o Sr. Claypool aparecendo na janela da porta e sinalizando para Michael se juntar a ele.

— Sra. Robertson, por favor, continue com sua tarefa enquanto eu saio por um momento — disse Michael.

— Não tem problema, Sr. McClellan. — A mulher de aparência sombria, com cabelos castanhos e um terninho rosa assentiu.

A turma permaneceu quieta, como se ele nunca tivesse dito uma palavra, enquanto a professora continuava escrevendo sua lição no quadro-negro. Alguns estudantes mal olharam para cima, desinteressados. Michael entrou no corredor e encontrou o rosto preocupado do Sr. Claypool olhando para ele.

— Ela apareceu?

O diretor assistente alto e loiro balançou a cabeça.

— Você olhou em todos os lugares? — Michael perguntou.

— Michael, estou começando a pensar que ela não está na escola — disse o Sr. Claypool.

— Isso é impossível. Eu a vi saindo com Alex Burton.

— Alex Burton? — o Sr. Claypool levantou uma sobrancelha.

— Sim, eu sei. É por isso que estou preocupado. — Michael olhou de volta para a sala de aula.

— Sabendo como a Burton se comporta, eu diria que elas estão no shopping — disse o Sr. Claypool.

— Bem, eu preciso terminar todas essas avaliações que o Dr. Müller me deu — disse Michael andando pelo corredor.

— Você quer que eu mande o Vasquez? — o Sr. Claypool pegou o rádio.

— Não. Se o Dr. Müller souber que eu o enviei para procurar a Claudia, não será bom para nenhum deles. Não quero que o Dr. Müller pense que é assim que lidamos com as coisas por aqui. Acabei de jantar com o homem ontem à noite. E agora isso... Ele planeja mexer os pauzinhos com o distrito em relação aos reparos...

O Sr. Claypool desligou o rádio e sorriu. — Isso parece promissor. Então, o que você quer que eu faça, senhor?

Michael franziu o cenho para ele. — Tudo o que podemos fazer é manter os olhos abertos... Se ela estiver com Alex, o shopping é a nossa melhor aposta. Mas aquela garota terá muito o que explicar quando eu a encontrar.

O Sr. Claypool balançou a cabeça. — Vou contar a Vasquez o que está acontecendo. — Ele levantou o rádio novamente, mas Michael o parou antes que ele pudesse usá-lo.

— É melhor mantermos o Dr. Müller fora da conversa. Diga pessoalmente a Vasquez. — O Sr. Claypool assentiu e Michael voltou para a sala de aula.

24

A ENCRENQUEIRA

Consegui andar o resto do caminho com Alex atrás de mim, me dando uma palestra estranha e maternal sobre segurança. Nós tropeçamos pela porta para o corredor.

— O que diabos você estava tentando fazer? — ela explodiu.

— Do que você está falando? — Eu ainda não sabia o que tinha acontecido. Um minuto, eu estava com Quentin, e no outro, Alex estava gritando comigo enquanto eu estava deitada no telhado.

— Claudia, você quase caiu do telhado. Se eu não tivesse chegado quando cheguei... Digamos que não estaríamos aqui conversando. — Ela me olhou por alguns segundos. — Você não se lembra, lembra? Você está bem?

— Eu não tenho certeza — eu disse, tropeçando para longe. — Eu tenho que ir. Eu preciso encontrar o John...

Sua voz estava me chamando. Alex gritou para eu voltar, mas eu não parei. A mente perturbada de Michael me procurava. Ele havia colocado o Sr. Claypool e o Sr. Vasquez para me procurar também. Quando Michael me encontrasse, eu sabia que teria um grande problema.

Corri pelo corredor do segundo andar, virei a esquina e colidi com o Sr. Thomas. Ele simplesmente olhou para mim.

— Todo mundo está procurando por você.

Mordi meu lábio quando ele fez um sinal para eu segui-lo. Alex se esgueirou para a escada antes de o Sr. Thomas me levar na outra direção.

25

NO ESCRITÓRIO DO DIRETOR

Eu esperava ver Michael no escritório do diretor. A Sra.
Wallace não estava em sua mesa. A porta do escritório
do Dr. Müller estava fechada. O Sr. Thomas bateu, depois
estreitou os olhos escuros para mim. Eu sabia muito pouco
sobre o Sr. Thomas, só que ele era bastante rigoroso.

— Entre — Joseph chamou de seu escritório. Quando a
porta se abriu, ele me viu com o Sr. Thomas e imediatamente largou o que estava fazendo. Havia uma distorção no
som ao nosso redor, vinda dele - uma onda no ar como uma
frequência de rádio. O que quer que fosse, estava com
defeito, e eu podia ouvi-la.

Eu suspirei. Eu não queria estar aqui. O Sr. Thomas fez um
gesto para eu entrar primeiro, depois paramos em frente à
mesa de Joseph. Joseph me deu um sorriso ridículo. Não
pude encontrar seu olhar. Eu estava envergonhada e com
medo de que ele soubesse que havia algo diferente em mim.
O homem queria me afastar de John, e então eu tentei não
pensar em John. Em vez disso, respirei fundo e acalmei a
energia nervosa e frenética em mim. Olhando de relance

para o pulso de Joseph, procurei o relógio sob as mangas de sua camisa azul pastel. A pulseira prateada parecia brilhar por debaixo da sua manga. Tentei ver se os ponteiros estavam se movendo, mas era difícil distinguir a essa distância. Então eu tive que desviar o olhar antes que ele me pegasse.

— Desculpe incomodá-lo, Dr. Müller — disse o Sr. Thomas —, mas eu a encontrei no corredor do segundo andar, vindo do telhado. Ela obviamente estava matando aula ...

Joseph olhou para mim, os cantos da boca se curvando levemente. *Senhorita Belle, você é justamente a pessoa que eu queria ver.* Tentei não aparentar que eu havia acabado de ouvir seus pensamentos particulares, e então ele olhou para o pulso. Ah, não. Eu havia feito o relógio se mexer? Ele olhou o relógio desconfiado, depois desviou o olhar tanto do dispositivo quanto de mim.

O que acabou de acontecer? Outra onda? Espero que John esteja mais perto de encontrar a causa. Quer seja um Produto ET ou outra coisa... Pelo menos a garota está aqui, longe dele. Ela o distrai demais, mas talvez ela possa oferecer algo.

Oferecer algo? Eu ainda não conseguia olhar para ele, meu estômago se embrulhando agora. *Controle-se, Claudia.* Isso pareceu funcionar um pouco.

— Entendo — Joseph finalmente respondeu. Então ele se levantou e contornou a mesa para ficar na frente do Sr. Thomas. — Eu vou cuidar disso, Sr. Thomas...

— Devo informar o Sr. McClellan?

Joseph olhou para mim. Michael não gostaria do fato de eu estar no escritório do Dr. Müller agora, ou que eu estivera matando aula.

— Não. Não, eu mesmo faço isso — disse Joseph, ainda me encarando. Eu olhei brevemente para ele, e ele sorriu.

O Sr. Thomas não pareceu satisfeito, principalmente porque ele conhecia Michael há muito mais tempo do que eu e Joseph. — Ela não é uma encrenqueira — disse ele, aparentemente tentando convencer o Dr. Müller do mesmo.

— Eu vou chegar a essa conclusão por mim mesmo, obrigado, Sr. Thomas. Agora, por favor, certifique-se de trancar a porta do telhado.

— Ela não tem tranca, senhor. — o Sr. Thomas olhou para mim, e seu olhar suavizou. *Não se preocupe, garota. Eu vou contar ao Michael. Não confio nesse cara.*

Embora seus pensamentos obviamente não tivessem sido feitos para eu ouvir, eles ainda me fizeram me sentir melhor. Escondi meu sorriso atrás da mão, agradecida por Michael saber onde eu estava. Mas agora eu me perguntava por que o Sr. Thomas também não confiava em Joseph.

— Bem, precisamos cuidar disso — continuou Joseph. — Peça à Sra. Wallace que ligue para um serralheiro. Evite que os alunos subam lá. A última coisa que precisamos é de um processo em nossas mãos. — O homem olhou para mim novamente enquanto falava.

Apenas respire, eu disse a mim mesma. Um formigamento correu pelo meu braço. Meu olhar pousou em uma caneta no copo cheio em sua mesa; ela caiu e rolou pela superfície de madeira em direção ao chão. Joseph e Sr. Thomas olharam para a mesa e eu olhei para os meus sapatos.

Joseph se ajoelhou para pegar o utensílio de escrita rebelde. Ele o examinou brevemente e depois olhou para mim. — Bem, o que você está esperando? — Ele olhou para o Sr. Thomas e acenou em direção à porta. — Cuide disso. Eu não quero mais ninguém vagando lá em cima. — Então ele largou a caneta de volta no copo.

— Sim, senhor. — O Sr. Thomas foi até a porta, mas me lançou um último olhar. Então ele se foi, e ficamos apenas Joseph e eu, sozinhos.

Respire. Levantei minha cabeça levemente quando Joseph voltou para o seu lado da mesa e se sentou. Eu só fiquei lá, incapaz de olhar para ele por um longo tempo, concentrando-me na minha respiração.

— Você está bem, senhorita Belle?

Eu olhei para cima devagar e encontrei seu olhar. — Sim, senhor...

— Estranho. Parece que você está tentando controlar um mau hábito. — Quando eu fiz uma careta de confusão, ele sorriu. — Você não tem um mau hábito, não é? Não direi a Michael se você me disser que fuma. — Então ele me deu uma piscadela. — Estou brincando, é claro. Mas por favor, não fume. Faz muito mal para você. — Ele me deu o mesmo sorriso inteligente que ele usara como convidado para jantar ontem à noite.

Qual a sua história? ele se perguntava, ainda sem saber que eu podia ouvi-lo. *Por que John gosta tanto de você? Por quê? John não gosta de ninguém. Mas você está ocupando a mente dele mais do que qualquer outra coisa hoje em dia...* Era tão estranho ouvi-lo perguntar o que ele não pretendia que eu ouvisse. *Isso pode ser uma coisa boa para ele, no entanto.*

Eu pisquei para ele, esperando por mais, mas o homem parecia ter terminado seu debate interno. Eu não sabia o que dizer para ele - ou o que pensar. Parecia muito mais que ele estava jogando algum jogo estranho comigo, só que eu não conhecia nenhuma das regras.

— Sente-se — disse ele com firmeza. Desabei em uma das cadeiras na frente da mesa dele.

— *Claudia, onde você está?* A voz de John interrompeu meus pensamentos dispersos novamente.

— *John?*

— *Sim. Onde você está? O que está acontecendo? Sinto como você está com medo agora. Você está bem? Diga-me, por favor. Eu quero te ver. Foi algo que eu fiz?*

Eu não sabia como responder a isso.

— *Porque você está assustada? Você está em perigo? Conte-me. Estou chegando.*

Mais uma vez, respirei.

— Senhorita Belle, você não tem asma, não é?

Balancei a cabeça.

— Bem, isso é bom. Não quero ser responsável por provocar seus sintomas.

— Eu estou encrencada? — Eu interrompi. Foi uma jogada ousada, mas eu precisava sair de lá.

Os olhos de Joseph se arregalaram de surpresa, mas seu sorriso se alargou. *Você está bem mais do que encrencada, minha querida.* — Mais ou menos — disse ele. — O que você estava fazendo no telhado?

— Nada.

Eu nunca fora muito boa em mentir. Pelo jeito que Joseph apenas torceu o nariz e continuou sorrindo, imaginei que ele havia sido treinado adequadamente para lidar com esse tipo de coisa.

— Ah? Você prefere que eu pergunte a Michael? O Sr. McClellan é um homem legal, e eu me diverti em sua casa ontem à noite. Eu gosto dele. Então não quero incomodá-lo com esta notícia sobre você, senhorita Belle. — Ele olhou para o pulso novamente, puxando levemente a manga da camisa. — O que me lembra... Por que você fugiu do jantar ontem à noite? Há algo acontecendo que eu deveria saber?

Eu olhei para ele, não muito surpresa que ele estivesse falando disso. Parecia um momento estranho para ter essa conversa. Eu queria dizer a ele a mesma coisa que dissera a John - que não era da conta dele. Mas eu tinha a sensação de que Joseph não deixaria isso para lá tão facilmente quanto John.

— Você estar no telhado teve algo a ver com o que aconteceu ontem à noite?

— Ontem à noite? — Eu o vi tocar no mostrador do relógio, embora isso fosse o máximo que eu pudesse ver de onde eu estava.

— Eu a deixo nervosa?

Balancei a cabeça.

— Meu sobrinho disse algo para incomodá-la ontem à noite?

— Por que ele o faria?

— Eu não sei. Você saiu tão abruptamente, Srta. Belle. Talvez ele tenha lhe dito algo rude.

— Não, ele não foi nada além de gentil comigo. — O que ele queria com isso?

Joseph ficou de pé novamente e sentou-se na beirada da frente de sua mesa, pairando sobre mim com aquele sorriso eterno. — Você estava sozinha no seu quarto com ele, não estava? Talvez ele não tenha sido educado. Você pode me dizer. Se meu... sobrinho disse algo para chateá-la, preciso saber.

Agora isso parecia um interrogatório, e realmente não parecia certo. — Não — eu disse firmemente. — John sempre foi muito educado.

Ele me desafiou com outro sorriso. — Você gosta dele?

As borboletas no meu estômago se debateram e minhas bochechas coraram.

— John pode ser tão romântico — continuou Joseph. — Ele puxou isso do pai.

Pai? Eu sabia que isso era mentira.

O diretor bateu no relógio novamente. — Seja honesta, Claudia.

— Sim — eu disse. — Eu gosto do John.

Depois de me encarar por mais alguns segundos, ele deu de ombros. — Bem, você sabe como ele se sente sobre você? —

Ele perguntou. — Porque quero ser sincero com você, senhorita Belle. Meu sobrinho já teve muitas namoradas. Eu só quero que você saiba disso. Ele as impressionou e as deslumbrou. Você não é a primeira.

Meu coração doía.

— Eu sei o que você está pensando. Que você é diferente. Mas minha querida, eu odiaria que você tivesse seu coração partido. E com a linha de trabalho do pai dele, há sempre o potencial de encontrarmos outra posição em outro estado. Nós nos mudamos muito...

Engoli o nó na garganta. Por que ele não queria que eu chegasse perto de John?

— Pode parecer duro, sim, mas eu prefiro que você saiba a verdade. John pode agir como se estivesse interessado em você, mas meu sobrinho tem jeito com as meninas. E eu me entendi bem com Michael, então não quero ver você se machucar. Espero que entenda. Perdoe-me por ser tão franco.

Assenti.

— *Claudia? Estou aqui...*

— Quero dizer, tenho certeza de que ele te disse que já tem uma namorada, certo?

— Namorada? — Eu fiz uma careta para ele, mesmo sabendo que ele estava mentindo.

— O nome dela é Rachel. Eles se conheceram no primeiro dia de aula. Você a conhece, certo? A líder de torcida. John gosta de líderes de torcida. Isso meio que vem com a coisa de ser um jogador de futebol. Claro, ele decidiu não entrar no time esta temporada, mas isso não impede as meninas de encontrá-lo. — Joseph sorriu, inclinou-se para a frente e colocou a mão no meu ombro. — Sinto muito, minha querida. Você não sabia?

Eu balancei minha cabeça, lágrimas nadando nos meus olhos. Eu sabia que ele estava mentindo, mas isso não tornava as palavras menos dolorosas. Joseph bateu no relógio, eu suspirei e o copo de canetas caiu. Ele olhou ao seu lado na mesa enquanto canetas e lápis rolavam por toda parte.

Levantei-me e corri em direção à porta. — Eu tenho que ir para aula.

— Foi bom conversar com você, senhorita Belle. — Olhei para trás tempo o suficiente para acenar para ele, mas antes que eu pudesse agarrar a maçaneta, a porta se abriu.

— Claudia! — John ofegou. — Eu estava procurando... — As palavras morreram em seus lábios quando viu Joseph se levantando do canto de sua mesa.

— Querido sobrinho! Olha quem veio me visitar. Nós estávamos apenas tendo uma pequena conversa...

— O que ele disse para você? — John sussurrou. Eu olhei para ele, e ele estendeu a mão para limpar as lágrimas da minha bochecha. Eu não pude deixar de desviar o rosto. — Claudia, o que quer que ele tenha dito, não é verdade. Você me conhece. Eu te contei tudo...

Joseph caminhou em nossa direção.

— Quem é Rachel? — perguntei. John apenas piscou, surpreso, e agora eu via nos olhos dele que tudo o que Joseph havia me dito *era* verdade. Por que eu não havia percebido isso antes? Eu era tão cega a ponto de pensar que ele realmente *me* queria? O que mais ele não havia me dito? Talvez ele estivesse realmente planejando me levar para as pessoas que ele dissera que estavam atrás de mim. Talvez fosse muito pior do que eu queria acreditar.

— Eu tive que fazer isso — ele sussurrou. — Fazia parte do trabalho.

— Eu também faço parte do trabalho?

— Não. Nunca. Você é diferente. Você significa algo para mim.

Passei por ele e ele agarrou minha mão. Meu corpo reagiu com um choque elétrico muito real, mas mesmo quando ele cerrou os dentes com a dor, ele não soltou seu aperto em mim. — Me solta — eu sussurrei.

Ele balançou sua cabeça. Somente quando Joseph se aproximou dele, ele me soltou. Eu me virei e atravessei a porta do escritório, mas não fui longe. Michael estava parado na minha frente do lado de fora do escritório de Joseph, bloqueando minha saída.

— Claudia, graças a Deus. Eu estava procurando você. O Sr. Thomas me disse que você estava aqui. — Ele olhou para Joseph. — Espero que ela não tenha criado problemas. — Michael passou os braços em volta de mim, e eu caí em seus braços. Suas mãos se apertaram nas minhas costas, e eu sabia que ele estava subitamente preocupado. — Você me assustou — disse ele, e quando olhei para cima, pensei ter visto lágrimas em seus olhos. — Você está bem?

Eu assenti. — Me desculpa — eu sussurrei, e ele beijou o topo da minha cabeça.

— Ah, de jeito nenhum, Michael — Joseph respondeu.

— *Claudia?* — John ainda estava tentando me alcançar, mesmo agora.

— O Senhor Thomas disse que ela estava no telhado — o diretor ofereceu.

— O que você estava fazendo lá em cima? — Michael perguntou.

Eu queria contar a ele, mas primeiro eu queria sair daqui. — Sinto muito. — Ele segurou minha bochecha.

— Está tudo bem, Michael. Tivemos uma longa conversa, não tivemos, senhorita Belle?

Eu me virei lentamente. John parecia magoado; Eu o senti querendo me confortar, e senti sua raiva em relação a Joseph. A última coisa que eu queria fazer era ficar entre eles. Então, eu apenas assenti em resposta.

— Imagino que algumas horas de detenção na cantina ou trabalhando no escritório principal ajudarão a colocá-la de volta nos trilhos.

Michael pareceu surpreso e senti que ele achava isso um pouco severo, já que eu estava sob tutela do diretor assistente e era a neta do falecido diretor. — Isso é mesmo necessário? É a primeira vez que ela quebra as regras, e ela nunca se meteu em problemas antes...

— Eu concordo — disse John. — Isso não é um pouco demais?

— Ora, ora, meu sobrinho. Não podemos pegar leve com as crianças. Você sabe disso. Michael, nós temos que dar o exemplo, e regras são regras. Se eu deixar uma aluna se safar só porque conheço o tutor dela, alguém poderia considerar isso favoritismo.

Michael olhou para o homem e se forçou a dizer: — Sim, claro. Peço desculpas pela invasão, Dr. Müller. — Ele se moveu para sair.

— Está tudo bem. Por favor, me chame de Joseph. Eu tive a impressão de que estávamos mais próximos agora.

— Sim. Claro, Joseph.

— *Claudia...* — John tentou me alcançar de novo, mas eu me virei para evitá-lo.

Michael assentiu educadamente e me conduziu para fora. Senti John me puxando novamente e o empurrei para trás. — *Me deixe em paz!*

Eu pensei ter ouvido ele tropeçar no escritório de Joseph, mas não me virei para verificar.

No corredor, Michael se aproximou rapidamente de mim. — Talvez eu estivesse errado sobre esse homem. Um pouco. Eu acho que é uma punição muito severa.

— Eu vou sobreviver — eu murmurei.

— Você está bem, querida?

Eu olhei para ele e queria lhe contar tudo. Mas eu não o fiz. Talvez eu quisesse proteger Michael de todas essas informações estranhas e definitivamente não queria piorar as coisas mais ainda.

— Ainda assim — Michael acrescentou —, não posso deixar isso passar em branco completamente, Claudia. Eu tenho que te deixar de castigo.

Definitivamente, foi uma boa decisão não ter lhe contado pelo que eu estava passando. Eu fiz uma careta. — De castigo? Por quê?

— Por quê? Você estava matando aula, Claudia. No *telhado* da escola. — Eu me afastei dele, mas ele me seguiu, irradiando decepção. Essa era a última coisa que eu queria que ele sentisse por mim. — Você *está* de castigo... — ele repetiu. Tudo o que eu pude fazer foi oferecer a ele um olhar assustador. — E eu não quero mais que você saia com Alex Burton.

— O *quê*? — Isso definitivamente estava indo longe demais. — Você não pode me dizer de quem ser amiga.

— Sou seu tutor e sou responsável se algo acontecer com você. Não quero que você fale com ela novamente. — Isso parecia tão falso vindo de Michael, como se ele estivesse se esforçando demais para fazer sua voz parecer forte e firme.

— Mas ela é minha amiga e vamos a uma festa no sábado. Eu já fiz planos com ela. — Isso escapou de mim e eu desejei não ter dito nada.

— Bem, então talvez você devesse ter pensado nisso antes de ir e matar aula. — Ele não disse isso com tanta firmeza como na primeira vez. Eu sabia que ele queria voltar atrás, me tirar do castigo, se desculpar e me abraçar. Mas ele sentia que tinha que dizer algo, ser rigoroso e firme, para que eu não pisasse nele.

— Isso não é justo — eu rebati, me afastando dele. Eu o senti quase ceder quando me virei e me dirigi para a escada.

— Para onde você vai?

— Para a aula! Agora me deixa em paz. — Então eu me afastei.

— Claudia, por favor, entenda — Michael chamou atrás de mim enquanto eu subia as escadas. — Eu só estou tentando mantê-la segura.

Eu o ignorei.

26

NEGAÇÃO

Após minha visita ao escritório de Joseph e a bronca de Michael sobre matar aula, cheguei à minha primeira aula do dia. E depois disso, chegou a hora da educação física.

Eu queria conversar com Alex sobre John, mas me perguntei se deveria revelar o que sabia sobre ele - sobre o que ele era. Ela já sabia o que eu podia fazer, então achei que ela não ficaria tão surpresa em ouvir sobre John como a maioria das pessoas.

No vestiário, me vesti com aqueles shorts horríveis e bregas e a camiseta de ginástica. Então eu vi Rachel e suas amigas olhando na minha direção, sussurrando. E eu podia ouvi-las.

— Ela é tão estranha.

— Assim como o avô dela.

— Por que ela ainda está aqui depois do que aconteceu?

As luzes no alto piscaram, seguidas por um gemido dos velhos canos. Pareceu até para mim que algum monstro estava vivendo na escola. Rachel e suas amigas foram embora.

— Sua esquisita! — uma delas gritou. As meninas riram e foram para o ginásio. Eu enterrei meu rosto em minhas mãos. O que eu realmente queria era me deixar chorar, mas não queria dar a elas a satisfação de me ver ou ouvir. Os canos gemeram novamente.

— *Claudia...*

Eu levantei minha cabeça e olhei para os fundos do vestiário. Uma sombra subiu pela parede, seus braços se estendendo e ficando mais longos enquanto o corpo seguia. Eu me levantei do banco e corri para me juntar à minha aula de educação física.

Todas estavam sentadas no chão frio do ginásio, e a professora de educação física olhou para todas nós antes de começar.

Rachel e suas amigas estavam me encarando novamente. Respirei fundo, desviei o olhar e lentamente soltei o ar. *Controle-se.* Eu tinha que me lembrar de manter tudo sob controle. Eu havia recebido muitas broncas sobre isso do meu pai.

— *Claudia.*

Olhei para a porta do vestiário novamente. Quem - ou o que - quer que fosse que estava me chamando, estava lá, uma parte das sombras, escalando as paredes como uma aranha e saindo de dentro do vestiário. As luzes piscaram no ginásio enquanto esperávamos que a professora nos desse instruções. Ela olhou para cima rapidamente e mandou as meninas para a quadra de basquete, uma fileira de cada vez. Eu só queria que ela se apressasse. Respirei fundo e a coisa sombria desapareceu novamente sob a porta do vestiário.

Minha fileira foi chamada, e eu me levantei com o resto das meninas para seguir a professora para o lado de fora até a pista de atletismo. Nossa rotina de alongamento consistia em esticar e abaixar, nos curvando para tocar os dedos dos pés. Meu cabelo ficava caindo no meu rosto; Eu deveria tê-lo prendido. Os shorts ridículos me fizeram sentir muito exposta, e eu tive que puxá-los para baixo mais de uma vez. Para dizer o mínimo, este não era a minha aula preferida.

Então uma carga eletrizante me consumiu. Eu não tive que olhar por mais de alguns segundos antes de encontrar John parado ao lado do bebedouro, olhando para mim. Três outros caras estavam com ele, mas eu não ligava para eles. Ele sorriu para mim e eu me virei.

Sua voz entrou na minha cabeça novamente. — *Claudia.* — Por que ele não me deixava em paz?

Mordi meu lábio e o empurrei para longe, e sua risada ecoou na minha cabeça, zombando de mim. O que eu tinha que fazer para ele parar?

— *Fale comigo. Por favor.'*

— *Eu não falo com pessoas que mentem para mim.* — Eu o empurrei de novo, mas ele parecia pensar que isso era algum tipo de jogo.

— *Não menti para você. Eu deveria ter mencionado tudo, no entanto. Mas não fazia parte dos meus planos... eu gosto de você, Claudia. Muito. Por favor, fale comigo. Eu não vou embora...*

— *Eu não acredito em* nada *que você diz* — eu disse a ele. Ele estava brincando comigo de propósito ou achava que eu era uma completa idiota. Rachel se aproximou dele e lhe entregou um bilhete. Em seguida, a professora chamou o primeiro grupo de meninas de volta para dentro para pegar e montar a rede de vôlei. O resto de nós tinha que correr. Entrei na pista com outras cinco garotas e comecei a correr.

— *Vamos, Claudia...*

Eu o ignorei e continuei correndo.

— *Claudia!*

O treinador dos garotos pediu que a turma deles voltasse para dentro, e fiquei instantaneamente aliviada. John não tentou falar comigo novamente enquanto eu corria, então eu assumi que ele finalmente tinha entendido que eu não queria nada com ele. Ainda assim, eu não pude deixar de sorrir um pouco ao pensar que um cara tão bonito quanto ele ainda queria estar perto de mim.

Algumas das outras garotas passaram por mim e eu diminuí a velocidade. A próxima coisa eu percebi foi que John estava correndo pela pista ao meu lado. Eu acelerei novamente, e ele continuou ao meu lado.

— Você sabe que não pode fugir de mim, senhorita Belle. — Ele sorriu.

Eu fiz uma careta para ele antes de olhar para a pista novamente. — Como você não percebe que eu não quero falar com você?

— Olha, eu não sei o que meu tio te disse...

Lancei-lhe um olhar ameaçador, esperando que ele realmente não estivesse tentando me vender essa mentira também.

— Joseph — disse ele, se corrigindo. — Mas não é como me sinto, e não é quem eu sou. Eu gosto de você... — Sua onda de emoções me atingiu com força, e eu sabia que ele estava me dizendo a verdade.

Eu parei e me virei para encará-lo. Eu não podia acreditar que depois de tudo, ainda sentia algo por ele - uma conexão, como se John e eu tivéssemos sido feitos da mesma coisa de alguma forma. — Joseph deixou bem claro o que você é.

— Você acredita nisso? Olhe para mim e diga que acredita. Você me conhece, Claudia. Você pode ver isso em mim. Não posso esconder nada de você. — Olhei para o relógio enquanto ele diminuía sua força. Agora ele estava completamente aberto para mim, exatamente como da primeira vez - totalmente exposto sem uma máquina para mantê-lo escondido.

— Agora você pode ver. Tudo o que Joseph lhe disse, você *precisa* saber que nada daquilo é real.

Honestidade total - foi o que senti. Então, por que eu ainda estava com tanto medo?

— Você sabe que há algo entre nós. Algo que não podemos negar... — Uma carga de energia fez meu corpo estremecer, a mesma força irradiando dele em ondas. Eu tinha medo de admitir isso que havia entre nós, porque algo mais estava lá. Algo que não tínhamos visto, e eu ainda não podia ver. Mas eu não tinha ideia do que aconteceria se algo viesse para tirar tudo isso de nós.

— Porque você está com medo?

— Eu não sei se devemos fazer alguma coisa sobre isso, você e eu.

Ele segurou minha bochecha e, no instante em que me tocou, seus olhos pulsaram uma luz fraca com a energia correndo através de nós. Era uma energia abençoada, deixando-nos tontos de felicidade e nos sentindo vivos. A única coisa que eu conseguia pensar era que, quando ela fosse embora, eu acordaria e perceberia que não era real. Ou eu acordaria e descobriria que John era algo que eu realmente precisava temer e manter longe a todo custo.

— Por que você quer a mim quando pode ter alguém como Rachel? — eu murmurei.

Suas pupilas dançavam, aquela cor dourada retornando e se espalhando no verde brilhante de seus olhos não naturais.
— Eu não quero ela.

— E Joseph? Não quero ficar entre vocês dois ou causar problemas. — Seu sorriso me fez corar, meu sangue pulsando ferozmente em minhas veias.

— Joseph faz o que eu digo a ele.

— O quê?

— *Eu* sou o chefe dele.

Definitivamente não era o que eu esperava.

— Ele passou completamente dos limites ao dizer qualquer coisa para você. — John acariciou meu rosto, nós dois perdidos naquela corrente de energia, e ele soltou um longo suspiro. — Claudia, me dê uma chance de provar o quanto eu me importo com você. De provar que você pode confiar em mim. — A professora de educação física tocou o apito e chamou meu grupo para entrar para o jogo de vôlei. John passou a mão pela minha e a segurou. — Pense nisso. Por favor.

— Eu tenho que ir — eu disse. Nossos dedos lentamente se separaram, e eu o deixei para voltar para a minha aula.

Depois da educação física e de ter que lidar com os olhares de Rachel e suas servas, fui almoçar, esperando evitar contato com qualquer outra pessoa o resto do dia. Eu queria ver Alex, no entanto, para explicar o que estava acontecendo. O pedido de John de lhe dar uma chance me deixara me sentindo mais viva do que eu conseguia me lembrar, o que era estranho. Eu não podia continuar negando essa coisa que havia entre nós que não nos deixaria em paz.

Tentei imaginar John - o chefe - dizendo a um grandalhão como Joseph o que fazer. Apenas não parecia certo. Joseph tinha parecido especialmente ameaçador em seu escritório. Eu me perguntava o que ele diria se me visse com John novamente depois daquela pequena reunião. Pelo menos, ele não tinha ideia do que eu podia fazer. Se ele tivesse, o que ele faria a seguir? Ele me levaria para as pessoas de jalecos? Ou ele teria que seguir as ordens de John?

Sem o toque de John me distraindo agora, eu podia repassar todas as coisas que eu havia visto em sua mente quando ele diminuíra o poder do relógio na pista de atletismo. John estava mantendo Joseph longe de mim. Eu havia visto uma parte da conversa deles em sua memória - de John me defendendo contra os insultos de Joseph. Ele até havia dado um tapa na cara do homem. Então, por que eu tinha tanto medo do que aconteceria se John e eu nos deixássemos ficar ainda mais próximos um do outro? Não queria mais ter medo e não queria mais me negar as coisas que eu queria. O único problema era que eu simplesmente não sabia exatamente *o que* eu queria.

Entrei na cantina e olhei em volta. O grupo dos meus supostos amigos estava sentado à mesa de sempre, mas Alex não estava lá. Voltei para o corredor antes que qualquer um dos outros me visse. A biblioteca era um lugar tão bom quanto qualquer outro para almoçar. E eu poderia ficar sozinha.

Quando me virei no corredor, lá estava Joseph, vindo diretamente na minha direção. Merda. Eu entrei na escada do outro lado da cantina e corri para o segundo andar. Estava quieto e vazio lá em cima, e isso me deu uma sensação estranha de que o silêncio escondia outra coisa. Uma luz verde no detector de fumaça acima de mim piscou rapidamente várias vezes. A escola realmente precisava trocar essas baterias.

Quando cheguei ao meio do corredor, fiquei no parapeito com vista para a biblioteca e pensei no que fazer. Eu aceitaria a oferta de John? Eu tinha pensado que não, mas essa escolha não fazia sentido quando eu não conseguia deixar de sorrir sempre que pensava nele.

— *Claudia...*

Eu pulei e congelei no parapeito. Abaixo de mim, a biblioteca estava completamente vazia, mas as luzes que subiam dela tornavam a escuridão no segundo andar menos assustadora.

— *Claudia...*

— Quem é você? — eu sussurrei.

— *Você sabe o que é? Você sabe o que pode fazer? Por que você é tão importante para mim?*

— O que você quer?

Houve uma longa pausa, então eu o vi. Na escuridão do final do corredor, dois olhos brilhantes e cintilantes espreitavam, iluminados como estrelas ou diamantes radiantes perdidos em um oceano de preto sem fim.

Uma parte da escuridão se estendeu em minha direção, correndo pelas paredes em ambas as direções e subindo pelo teto. Quando alcançou o detector de fumaça piscando, percebi que a coisa havia se desprendido da base e balançava ali, piscando alternadamente em vermelho e verde. Isso também não parecia certo.

Os braços escuros se moveram em minha direção pelas paredes, pelo teto, pelo chão. — *Ele não pode te proteger. Ele não pode proteger o que não é dele. Ele não pode proteger o que é meu. Venha comigo. Ajude-me. Junte-se a mim...*

Então eu gritei.

— Claudia, acorde!

Eu ofeguei e me sentei de um pulo. John estava olhando para mim, com as mãos nas minhas bochechas. Lutei para escapar dele e olhei em volta, muito provavelmente parecendo e agindo como se estivesse completamente louca.

— Você está bem? Olhe para mim, Claudia. — Ele agarrou meus ombros, tentando me acordar. — Ei. Olhe para mim.

Finalmente, olhei em seus lindos olhos verde-esmeralda.

— Você está bem? O que aconteceu? — Eu não sabia o que dizer. Ele segurou meu rosto novamente e eu finalmente parei de tremer.

— Eu vi alguma coisa — eu disse. — Algo sombrio e maligno aqui no corredor. Estava vindo para me pegar.

— Você está segura. Está tudo bem. Diga-me o que você viu.
— John acariciou minha bochecha.

— Você já viu isso antes — eu disse. — Lembra daquela visão que compartilhamos no corredor? — Eu passei meus braços em volta dele, desejando que eu pudesse esquecer tudo isso. O sinal para o segundo período do almoço tocou.

John me segurou com força ao lado do parapeito com vista para a biblioteca. Então ele me puxou pela mão pelo corredor para uma sala de aula vazia. Ele chutou a porta, depois me levou para uma mesa e me levantou sobre ela. — Espere aqui. — Ele fechou a porta novamente, puxou a cortina grossa sobre a janela e atravessou a sala.

Algumas salas de aula da Escola Milton estavam vazias por um tempo só porque precisavam de reparos e ainda não os haviam recebido. Nesta sala as luzes não funcionavam. No canto mais distante da sala, John acendeu uma das lâmpadas, iluminando seu rosto. Atrás dele havia uma porta para um escritório anexo, o que me fez pensar que isso costumava ser um laboratório de ciências. Olhei para o outro extremo da sala e encontrei pias nas mesas dos fundos.

— Você está bem? — John perguntou. Eu assenti. Ele atravessou a sala de aula e pegou meu rosto em suas mãos novamente. — Eu não vou deixar nada acontecer com você, Claudia.

— Você acredita em mim? — eu perguntei, surpresa por ele não ter questionado se eu havia apenas tido um pesadelo.

— Claro que acredito em você. — Ele colocou uma mecha de cabelo atrás da minha orelha e pegou minha mão, colocando-a em seu peito. — Estamos conectados, você e eu. Você sabe disso. Não só aqui. — John apontou para a cabeça, depois para o coração. — Mas aqui também.

Eu passei meus braços em volta dele. — Obrigada. Estou tão feliz por ter encontrado você — sussurrei. Ele era o único que podia ver as coisas que eu podia, e ele estava certo. *Estávamos* conectados, muito mais do que em mente e corpo. Caí em seus braços, sentindo-me fraca, meus olhos lutavam para permanecer abertos, mas parecia que toda a energia havia sido drenada instantaneamente de mim. A presença de John não facilitava as coisas. Nossas energias conectadas, a corrente fluindo entre nós, nenhum de nós querendo deixar a conexão escapar. As coisas escureceram rapidamente, e ouvi meu nome uma última vez.

— *Claudia! Eu tenho que falar com você. Onde você está?*

— *Alex?*

Eu estava em um deserto, com ar quente soprando terra por toda parte. Vi formas distintas ao meu redor - cactos, arbustos, dunas ondulantes. Havia uma cidade à frente e, quando me aproximei, o sol se pôs, transformando o dia em noite. Vi uma figura ao longe, cavando no chão, um pano preso ao redor do nariz e da boca sob um chapéu de cowboy. Eu me aproximei dele, me perguntando onde eu estava. Vindo da cidade havia um brilho de dezenas de postes de iluminação, as casas alinhadas em blocos coloridos de tamanhos variados.

— *Olá?* — O vento jogava meu cabelo por todo o meu rosto.

O estranho finalmente encontrou o que procurava e puxou uma grande caixa de metal. Ele a girou, tentando abri-la.

— *Olá? Com licença...*

O vento parou de repente, e o homem parou o que estava fazendo, finalmente percebendo que eu estava lá. Vi seus olhos azuis claros por trás do tecido dobrado e por baixo do chapéu costurado. Eles se arregalaram ao me ver. O pano caiu do seu rosto, e ele levantou uma arma no quadril para apontá-la diretamente para mim.

Aqueles olhos azuis e as mechas escuras de cabelo caindo sob o chapéu, aqueles lábios se abrindo quando seu queixo caiu...

Um turbilhão de luz dourada dançava no centro dos olhos dele. Ele largou a arma, tirou o lenço do pescoço e tirou o chapéu. Ele parecia um pouco mais velho que John, mas talvez isso fosse devido à sujeira e poeira depositadas em camadas em sua pele bronzeada.

— *Como você...* — Ele fez um sinal para eu me aproximar, depois olhou de volta para a cidade atrás dele. A arma voltou para o coldre no quadril. — *Quem é você?*

Quando abri meus olhos, John estava olhando para mim, ainda acariciando minha bochecha. Estávamos no chão, as costas de John contra a parede e minha cabeça em seu colo.

— Jack? — O nome do homem de chapéu de cowboy surgiu na minha mente. O que eu tinha visto durante aquele tempo? O futuro - ou talvez o presente? Eu não sabia. Minhas visões podiam ser qualquer coisa, mas, na maioria das vezes, elas eram um quebra-cabeça que eu tinha que resolver.

— O que você disse? — John perguntou.

— Vi um homem cavando no deserto. Eu estava sonhando, eu acho. Isso... não pode ter sido real. — Ele parecia intrigado, mas eu ainda não entendia direito o porquê. — O que aconteceu?

— Você desmaiou.

Por que isso teria acontecido de novo? Então eu percebi o quão esmagadoramente exausta eu ainda me sentia, embora agora eu pudesse de fato manter meus olhos abertos. O que estava acontecendo comigo? Eu imediatamente me sentei, me inclinei e olhei para ele. — Sinto muito. — Minhas bochechas queimaram.

— Eu não sinto — disse ele. — Quem é Alex?

Eu fiz uma careta. Ele estava falando de Alex Burton?

— Você estava falando enquanto dormia: Alex, onde você está? Eu preciso falar com você. — Ele sorriu. — Então quem é ele? Eu deveria estar preocupado?

— Não — eu sussurrei. — Ela é uma amiga.

— Ah. É *ela*. — Ele sorriu e fez um gesto de limpar a testa, aliviado.

— Acho que estava pensando nela — eu disse. — Eu não tenho falado com ela ultimamente.

— Não precisa se explicar — disse ele.

Eu assenti. — Que horas são?

Ele olhou para o relógio mágico dele. — Tarde.

— Quão tarde?

— O sinal tocou dois minutos atrás.

— Por que você não me acordou? — Eu levantei, e ele seguiu logo atrás de mim.

— Você parecia tão tranquila, apenas deitada nos meus braços. E bonita.

Corei e fui para a porta. Então eu parei, virei e corri de volta para ele para que ele me abraçasse novamente. Ele sorriu quando eu descansei minhas mãos em seu peito. — Me desculpe — eu sussurrei.

Ele sorriu. — Não se preocupe.

— Por favor, não conte a Michael o que aconteceu. Ele vai pirar. E não quero mais assustá-lo com tudo isso. — Soltei John e dei um passo para trás.

— Eu não vou dizer nada a ninguém, senhorita Belle.

— Obrigada. — Quando abri a porta, parei novamente para olhar para ele. — Obrigada. Por me manter a salvo.

— Foi um prazer.

Por um momento, eu senti que realmente não queria deixá-lo. Então, John se juntou a mim, pegou minha mão e me levou para o corredor. Estava lotado de estudantes, todos prontos para escapar dos professores, tarefas e horários.

Ele me acompanhou até o meu armário, onde peguei

algumas coisas, enfiei-as na minha mochila e fechei a porta novamente. — Eu preciso encontrar Michael em seu escritório antes que ele comece a me procurar — eu disse a ele.

— Eu posso levá-la até lá também, se você quiser.

— Sério? — eu sussurrei, segurando a minha mochila.

— É claro.

O escritório de Michael como diretor assistente era mais pessoal e ficava mais recluso aqui no segundo andar, virando o corredor da sala de aula vazia. O Sr. Claypool e o Sr. Vasquez ainda compartilhavam um único escritório como os outros dois assistentes de direção, mas o escritório de Michael agora era bastante grande. Alguns passos nos levaram à porta aberta do escritório.

Olhei para dentro e vi alguns estudantes conversando com ele. Michael olhou para cima e me viu perto da porta, então levantou um dedo para me dizer que demoraria apenas mais alguns minutos. Os alunos também olharam para mim e eu assenti antes de voltar para o corredor.

John ainda esperava muito silenciosamente ao meu lado. — Obrigada por me acompanhar — eu disse, sem saber o que mais dizer. Eu lhe devia muito mais do que um simples obrigado.

O calor de suas emoções disparou, tomando conta de mim, apesar de seus pensamentos estarem um pouco nebulosos. Eu achava que era melhor assim, e eu realmente não queria ficar invadindo sua mente. Era muito rude, não importava de quem fossem os pensamentos que eu estivesse lendo.

— Foi um prazer — disse ele novamente e olhou de volta para o relógio. — Merda.

— Tudo bem?

— Eu odeio fazer isso com você, mas eu tenho que ir.

— Joseph?

— Sim. — Ele se afastou de mim no corredor, parou e virou-se imediatamente de volta. Aquele seu sorriso lindo ressurgiu. — A propósito. — Ele deu um passo em minha direção novamente. — Eu queria perguntar uma coisa. — Engoli meu nervosismo, e ele riu. — Eu prometo que não é nada... ruim. Eu só queria perguntar se você... — Ele hesitou, sorrindo e franzindo a testa para mim ao mesmo tempo. — Desculpe. Isso nunca aconteceu comigo antes.

Eu fiz uma careta, me perguntando por que isso era tão difícil para ele, mas ele havia fechado seus pensamentos para mim novamente. No entanto, eu podia sentir suas emoções irradiando dele, altas e claras.

— Há uma festa neste fim de semana — disse ele rapidamente. — Pensei que você poderia querer vir comigo.

Se era a mesma festa que Alex e eu estávamos planejando ir, ela deveria ir me pegar. Eu nem tinha falado com ela sobre isso desde que Michael tentara me castigar. Eu não tinha conversado com ela sobre nada disso.

— Eu posso ir buscá-la — ele ofereceu.

A cor voltou ao meu rosto. Ótimo. John estava pedindo para me levar para uma festa que eu não podia mais ir, e é claro que eu não queria dizer a ele que não podia ir. Eu não queria que ele pensasse que eu estava dizendo isso como uma desculpa, como se na verdade eu não quisesse com ele. Eu com certeza queria.

— Você está me chamando para sair?

Ele sorriu. — Sim, acho que sim. E então? Eu prometo me comportar... — Eu ri um pouco e ele acrescentou: — Me dê seu telefone. — Quando finalmente o tirei da minha mochila e o entreguei, ele olhou para a foto na minha tela inicial e apenas disse: — Bonita. — Então ele se enviou uma mensagem e devolveu meu telefone. — Agora também estamos conectados digitalmente. — Ele deu uma piscadela para mim.

— Existe um código ou algo que eu precise usar quando ligar para você?

Ele riu. — Nenhum código, senhorita Belle. Apenas me ligue.

— Joseph vai ter um problema com isso?

— Ele é meu guardião, não meu pai. Ele não pode me impedir de ver você, se é isso que eu quiser. — Baixei o olhar, encarando o número dele na tela. Ele olhou para o relógio novamente. — É melhor eu ir antes que ele mande uma equipe de busca... — Quando olhei para ele com os olhos arregalados, ele tocou meu ombro e se inclinou para frente. — Estou brincando. Talvez eu ligue para *você*. — Então ele caminhou pelo corredor, olhando para trás algumas vezes antes de descer a escada correndo.

Depois que Michael terminou com os alunos e trancou o escritório, descemos as escadas juntos. Eu não sabia o que ia dizer a John, e realmente não queria deixar de ir com ele para a festa. Alex, do jeito que ela era, provavelmente ainda tentaria ir me buscar, mesmo se eu dissesse a ela que não poderia ir. Ela provavelmente estava matando aula de novo.

Viramos para o piso principal e vi John no corredor. Ele sorriu e, ao lado dele, Joseph me deu aquele sorriso misterioso. Eu fiz uma careta e desviei o olhar. Ele esperava seriamente que eu o cumprimentasse com um sorriso agradável depois da pequena bronca que ele me dera em seu escritório?

A voz de John deslizou na minha cabeça. — *O que quer que você esteja fazendo, pare. Controle seus sentimentos.*

Eu voltei para a minha prática de respiração, tentando recuperar o controle. Joseph estava olhando para mim, piorando tudo enquanto eu pensava na possibilidade de ele saber alguma coisa.

Lá vai ela de novo com aquela respiração pesada. Os pensamentos do homem eram tão fáceis de entender. *Eu provavelmente a assusto.*

— Olá, Michael — Joseph disse quando nos aproximamos. Então ele se voltou para mim.

Se controle, eu disse a mim mesma, sentindo John me emprestando sua energia para me ajudar. Isso me fez lembrar do que o meu avô havia me dito sobre nós nos ajudarmos. Será que o John podia fazer o mesmo por mim? Me ajudar a controlar o meu dom de alguma forma?

— Senhorita Belle...

Eu não disse nada. O Michael não pareceu feliz com o meu silêncio, mas eu não liguei.

— Como estão indo as suas avaliações?

— Bem, eu acabei de terminá-las — Michael respondeu.

— É isso o que eu gosto de ouvir.

— Oi, Claudia,— John disse, tentando me distrair da minha raiva de Joseph. Era perigoso provocar a minha raiva - eu já sabia disso - e ele estava determinado a impedir que eu fizesse qualquer coisa quanto a isso.

— Oi, John — eu sussurrei.

Uma onda de desaprovação se irradiou de Joseph quando ele viu John me dando tanta atenção. Por que isso o incomodava tanto?

— Já estão indo? — Michael perguntou.

John virou o rosto.

— Estamos quase — Joseph respondeu, ainda sorrindo para mim.

Ao invés de retribuir, eu olhei de volta para John. Uma pequena corrente de energia saiu de mim e se reconectou a ele. Ele sorriu para mim, o dourado em seus olhos ainda dançando, mas nem de longe tão brilhante quanto antes.

Eu me lembrei de manter o controle, Jopseph também tinha um daqueles relógios.

— Algum plano para essa tarde? — Michael perguntou.

Tive uma visão na mente de Joseph do rosto de uma mulher, mas mais distorções do relógio me deixaram de fora.

— Na verdade, eu tenho. — O homem parecia muito orgulhoso disso.

Afastei-me, olhando para John enquanto ele se afastava deles também. Ele estava ocupado me observando enquanto eu me movia para a janela da biblioteca, apenas para me afastar de Joseph e acalmar meus nervos. Na verdade, eu também queria estar o mais longe possível de John naquele momento, para não me perder nele na frente de nossos dois guardiões. Ele sorriu para mim, tornando-se uma parte maior de mim, a atração ficando mais forte. A ternura, aquela atração dedicada, ainda crescia rapidamente entre nós.

Michael e Joseph terminaram sua conversa superficial, e Michael acenou para que eu fosse até ele. Eu levantei uma mão para acenar para John, depois segui meu tutor em direção às portas da frente da escola.

— Tenha uma boa noite, senhorita Belle — Joseph chamou atrás de mim.

Eu me afastei e corri pelo corredor. Michael mal conseguia me acompanhar. Quando saí, tudo que eu queria fazer era gritar. Então senti Michael atrás de mim; ele não estava feliz com a maneira como eu estava agindo, mas ele não sabia nem metade do que eu havia feito. E eu não podia contar nada a ele.

— Você não precisa ser rude só porque está brava por não ir à festa.

— Eu não estou... — Eu me parei e suspirei. Não havia sentido em discutir com Michael. Entramos no carro dele e dirigimos em silêncio por todo o caminho para casa.

27

MEMÓRIAS

Alex estava sentada em seu carro enferrujado. O estacionamento estava silencioso. Ela esperou pacientemente enquanto o último sinal tocava; mesmo agora, os últimos ônibus ainda se alinhavam um atrás do outro para transportar os estudantes para suas casas. Logo, seria hora de ela ir para a dela também.

Ela estava com medo depois de tudo o que havia acontecido e se perguntou por que nunca havia notado isso antes. Sempre havia sido assim. O Dr. Edwards sempre havia lhe parecido estranho, mas ela nunca havia suspeitado de mais nada. Somente após sua morte tudo começara a fazer sentido. Ela simplesmente não havia feito a conexão até agora; até mesmo visitar o túmulo era algo difícil de fazer.

Os portões enferrujados do antigo cemitério a haviam recebido no mesmo dia em que a velha contara a ele sobre a volta de Quinn. Ela decidira que era hora de ver o túmulo dele, mas não podia explicar nem para si mesma por que havia demorado tanto tempo para fazê-lo. Alex havia mantido distância, mesmo depois de ter descoberto quem ele realmente era.

Era para o melhor. Claro, ela havia tido a intenção de um dia se revelar, mas então a morte havia chegado. E Quinn havia voltado.

Ela engoliu em seco no estacionamento da escola, observando seus colegas entrando nos ônibus amarelos e esperando pacientemente que Claudia aparecesse. Alex estava prestes a sair do carro e acenar para ela quando Michael desceu as escadas atrás de Claudia. Alex imediatamente se abaixou em seu carro. Não havia como falar com Claudia agora, e Alex realmente precisava falar com ela.

A luz do cristal avisava que isso era uma má ideia, mas a consciência de Alex a convenceu de que precisava compartilhar tudo isso com a nova amiga. Se ela não avisasse Claudia logo, seria tarde demais. Ela não queria que a mesma coisa acontecesse com Claudia; a coisa toda parecia loucura, até para ela, e ela havia vivido tudo.

Michael e Claudia entraram no SUV Honda dele e saíram do estacionamento. Quando a barra estava limpa, Alex se sentou e se perguntou a si mesma o que fazer a seguir. Ela poderia encontrar Claudia facilmente mais tarde naquela noite, ou talvez ela esperasse para arrastá-la para fora de casa para a festa. Elas precisavam conversar.

Ela girou a chave na ignição, mas o motor não ligou até que ela colocou a palma da mão suavemente sobre o painel. O motor rugiu e ela pisou no acelerador, sorrindo com a lembrança da confissão de Claudia.

Claudia era de fato ingênua e uma presa muito fácil; ela não tinha ideia do que a perseguia. Era hora de contar a verdade sobre seu avô, e isso tinha que acontecer em breve. Primeiro, Alex tinha que fazer mais uma parada. Ela iria vê-lo novamente, talvez pela última vez, e faria o que deveria ter feito há muito tempo. Ela acelerou para fora do estacionamento, assustando um casal na calçada.

Quando ela chegou e desligou o carro, sentiu vontade de fugir; ela odiava cemitérios, sempre havia odiado. Isso era tudo culpa do homem das sombras. Ele havia sido chamado de muitas coisas, até de Morte, em um determinado momento. O loiro bem vestido de terno preto; Quinn a havia assustado com todas as suas histórias e, normalmente, ela não suportava nem pisar em um cemitério. Mas hoje ela precisava. Não havia como voltar atrás.

Ela saiu do carro, carregando uma rosa. As mãos dela tremiam. Alex passou pelos portões abertos e viu o funeral do outro lado do cemitério. Tantos carros pretos e pessoas vestidas de preto. Ela se encaixava perfeitamente. A maioria das pessoas apenas assumia que ela era do tipo que gostava de passar seu tempo em um lugar como este. Ela não era.

Era aqui que o homem das sombras espreitava. Ele estava sempre procurando por eles, os seres e seus colegas - aqueles como ela. E Alex ainda não sabia o que ele queria.

Ela se apressou e encontrou o túmulo facilmente. Em pé na frente dele, ela já estava chorando enquanto se ajoelhava na frente da lápide. Ela pegou a bolsa preta que havia tirado do armário, enxugou os olhos e colocou a rosa em um vaso perto da pedra.

— Eu a conheci — ela começou. — Ela é tão bonita e muito mais forte do que eu esperava. — Alex abriu a bolsa e tirou um longo cristal cilíndrico. — Ela está em perigo. Mas acho que você provavelmente já sabia disso.

Alex segurou o cristal; ele havia parado de brilhar. — Por que você não deu isso a ela? Tenho certeza de que você pretendia. Não se preocupe. Eu não vou deixar nada acontecer com ela. Ela não sofrerá como nós. — Ela respirou fundo. — Eu vou detê-lo. — Correndo os dedos sobre as palavras na pedra, Alex suspirou, depois colocou o cristal de volta na bolsa.

— Eu sinto tanto sua falta... eu nunca parei de esperar que um dia nos encontrássemos novamente. Eu deveria ter vindo antes. Perdoe-me... — Um soluço escapou dela, o rímel escorrendo sob seus olhos escuros. Toda sua maquiagem branca parecia tão dura em seu rosto.

— Ok. Eu tenho que ir agora. — Ela se inclinou para frente e deu um beijo na pedra dura, mais uma vez passando os dedos pelas palavras gravadas ali.

Neil Edwards

Amado Avô e Educador Devoto

— Me desculpe por não ter estado lá com você, meu filho.

Ela se virou e correu pelo cemitério em direção aos portões. Algo chamou sua atenção alguns metros ao lado dela, e ela girou.

De trás de uma árvore entre as lápides, dedos ossudos curvavam-se ao redor do tronco, seguidos por uma cabeça escura, espiando em cumprimento.

— Maya, venha aqui! — O homem loiro sibilou. Ele não podia tocá-la; certas leis o impediam de fazer isso. Mas ele adorava brincar com ela.

Alex se apressou enquanto sua risada enchia o cemitério. Ela tropeçou no estacionamento enquanto as pessoas no funeral baixavam seu ente querido morto no chão. Ela entrou no carro e fechou a porta. A pulseira em seu pulso ainda estava branca e ela suspirou de alívio.

O carro deu partida na primeira volta da chave e ela se afastou. A noite estava caindo agora e já estava escuro quando ela chegou à casa da velha. Ela teria que ir embora logo, sempre fugindo. Quinn nunca estava muito atrás. Ela sabia que estava ficando sem tempo.

Quando chegou em casa, ela fez sanduíches, serviu o chá da velha e se juntou a ela assistindo *The Bachelor*. Era o programa favorito da velha senhora. Ela estava falando sobre as diferentes mulheres no programa, uma vez mencionando que a própria Alex deveria se candidatar para a próxima temporada.

Às 21:00, a velha estava dormindo no sofá. Estava na hora de levá-la para a cama.

Alex a ajudou a subir as escadas e entrar no primeiro quarto. Depois de colocá-la na cama grande, ela fechou a porta atrás dela e atravessou o corredor. O chão rangeu sob seus passos, e ela parou para ouvir o vento lá fora. A casa quase parecia uma coisa viva.

Ela havia escolhido aquele quarto nesta casa porque era o único que não estava pintado em uma cor pastel nauseante ou cheio de coisas. Mas qualquer coisa era melhor do que dormir em um prédio abandonado.

Uma sombra se moveu pelo chão e ela congelou em frente à escada. Ela queria correr, mas não podia deixar a velha sozinha. Em vez disso, ela ficou parada na porta do quarto; a luz da lua se derramando através da janela aberta cortava um pouco da escuridão. Ela abriu a porta com um rangido.

— Maya, Maya, Maya. O que eu vou fazer com você?

Alex passou a mão sobre o interruptor, mas não funcionou. Ela estendeu a mão para a lâmpada em seguida e, quando a luz acendeu, ela o encontrou sentado no parapeito da janela, olhando para ela. Havia um olhar estranho no seu rosto pálido e jovem.

— Quinn!

— Eu mesmo. Quem mais viajaria pelas dimensões do universo para encontrar você, meu amor? Senti sua falta. De seu toque e seu cheiro. Você me intoxica. Por que você faz isso? Por que você foge de mim?

Seu cabelo era escuro como a noite, sua pele era da cor de leite. Ele era bonito, especialmente seus olhos roxos. Um uniforme de couro escamoso cobria seu corpo - o mesmo traje militar que ele estivera usando quando haviam fugido das terras congeladas da Antártica.

— Você prefere viver na miséria aqui do que voltar comigo e ser minha rainha? — Ele saltou da janela, mas não se aproximou. O cristal em seu pulso se certificava disso. — Você acha que há maquiagem suficiente nesse mundo para esconder seu lindo rosto de mim? Estamos unidos.

— Pare com isso — Alex gritou.

— Eu nunca vou parar, meu amor. Eu provei você e não quero mais nada além de você. Você é minha...

— Não, você me levou. Assim como você levou todo o resto *de* mim.

— Anseio por você, Maya. Eu sinto sua falta. Eu preciso de você e não posso mais ficar sem você. Por favor, não me faça... eu não aguento mais. Eu quero estar com você. Eu te amo.

— Pare!

— Não me faça fazer algo horrível. Você sabe que eu vou.

Ela franziu o cenho.

Ele avançou, a fome correndo em suas veias, a energia pulsando através de ambos. Ela se virou.

— Eu preciso de você, Maya. Por favor. Você é tudo em que penso em cada momento da minha existência. Você está no meu sangue agora, percorrendo minhas veias, percorrendo minha alma. Você faz parte de mim. Nada pode mudar isso.

— Você não tem alma — ela sussurrou.

Ele riu. — Esse é o fogo que eu desejo, minha Maya! — Ele se aproximou.

— Pare! — Ela levantou o cristal em seu pulso, e ele disparou de volta. — Não chegue mais perto. Eu *não* sou sua.

— É hora de parar esse jogo tolo. Eu o permiti, até o tolerei, mas é o suficiente. Seu lugar é comigo. O que você procura? O que te afasta de mim?

Ela balançou a cabeça, tentando combater o olhar dele.

Um sorriso lento se espalhou por seus lábios e ele riu. — Você acha que eu não sei por que você veio até aqui?

Ela não podia esconder a verdade dele, não importava o que ela fizesse. — Não ouse machucá-la. — Alex correu para ele, segurando o cristal na frente dela como um escudo.

Quinn pulou pela janela, as risadas desaparecendo junto com ele. Quando Alex alcançou a janela, ela se inclinou para fora para procurá-lo, mas ele já havia sumido.

Lightning Source UK Ltd.
Milton Keynes UK
UKHW022154261020
372285UK00006B/815